弘道书系

诗词格律新说

石观海　著

暨南大學出版社
JINAN UNIVERSITY PRESS

中国·广州

图书在版编目（CIP）数据

诗词格律新说/石观海著. —广州：暨南大学出版社，2013.4（2020.9 重印）
（弘道书系）
ISBN 978-7-5668-0435-8

Ⅰ.①诗…　Ⅱ.①石…　Ⅲ.①诗词格律—基本知识—中国　Ⅳ.①I207.21

中国版本图书馆 CIP 数据核字(2013)第 297777 号

诗词格律新说
SHICI GELU XINSHUO
著　者：石观海

出 版 人： 张晋升
策划编辑： 杜小陆
责任编辑： 杜小陆　陈绪泉
责任校对： 黄　颖
责任印制： 汤慧君　周一丹

出版发行： 暨南大学出版社（510630）
电　　话： 总编室（8620）85221601
营销部（8620）85225284　85228291　85228292　85226712
传　　真：（8620）85221583（办公室）　85223774（营销部）
网　　址： http://www.jnupress.com
排　　版： 广州市广海照排设计中心
印　　刷： 广东虎彩云印刷有限公司
开　　本： 787mm×960mm　1/16
印　　张： 11.25
字　　数： 206 千
版　　次： 2013 年 4 月第 1 版
印　　次： 2020 年 9 月第 3 次
定　　价： 39.80 元

自　序

在中国古典诗苑中，各种诗歌样式的奇花异朵林林总总、异彩纷呈。其中最为璀璨的当属近体诗和长短句。近体诗自初唐时期定型以来，至今已有一千四百余岁；长短句自晚唐蔚成大观时起，也已一千余岁。它们虽然已经如此老态龙钟，但依然是而今国人欣赏和吟唱的幸运儿。

去年中华书局推出的由武汉大学学人编撰的《唐诗排行榜》一书，运用统计学的方法，列出了一份唐诗前百名的排行榜。令人感兴趣的是，在这一百首唐诗中，近体诗的比例高达百分之八十；在前十名中，近体诗占据了前九首的位置，比例竟然高达百分之九十。这一接受学的现象无疑启迪着我们：近体诗是国人最喜欢的一种诗歌样式。

中国的当代诗坛有个发行量颇大的刊物叫《中华诗词》，它是由拥有会员最多的学会——中华诗词学会主办的。虽然没做过统计，但是好多人都知道该刊发表的今人诗作中，近体诗与长短句占的比例远远超过了其他旧体诗型。这一现象从创作的角度又给了我们一个启示：不仅是近体诗，还有长短句，都是国人最喜欢的诗歌样式。

近体诗与长短句都是格律诗，或许格律正是人们爱诗成癖、爱词成瘾的重要原因之一。20 世纪初，在新文化运动中，以胡适、闻一多、刘半农、郭沫若、戴望舒等人为代表的新诗人颠覆了旧诗在诗坛的霸主地位，结束了千百余年旧诗统治诗坛的局面，开辟了以新诗为主流的诗歌发展道路。不过，其后新诗的创作虽然流派纷呈，但在新格律的探索方面可以说成绩寥寥。在当下的诗坛，新诗几乎又被挤到了边缘，除了沉醉于其间的作者们孤芳自赏之外，读者圈越来越萎缩。相反，不少男女老少的诗歌爱好者却转过身来，到唐诗宋词中去寻觅物质世界中罕见的诗情。诗坛似乎出现了轮回，那些被粉碎、被扬弃了的旧体诗的样式而今又被不少人重新拾回，用以抒发人生的喜怒哀乐。究其原因，固然纷纭繁杂，而短小凝练、合辙押韵，有它独特的形式规则，不能不说是原因之一。

诗歌的灵魂是意境，意境的载体之一就是格律。那么，诗歌的格律是什么？就是诗歌在字数、韵式、声调、对仗等方面约定俗成的各种规则。这是中国人的创造，是任何其他国家都不可能具备的独特的创造，因为中国人具有得天独厚的汉字，尽管它还存在着很多缺点，但不可否认，汉字是任何其他文字都无法比拟的含有声调的表意文字。而且，汉字的超地域性与持久稳定性，又使一千多年以前形成的诗歌格律在中国甚至在域外的广袤土地上，代代传承下来。那些立意深远、境界不俗的近体诗和长短句，正是借助格律的外壳，才永远地昭著青史、脍炙人口。因此，大体弄清诗词格律应该不无意义。

格律诗中的两种近体诗与长短句自大唐王朝创成之后，宋元明清直至现代，人们都在坚持不懈地关注它们、解析它们、琢磨它们。而我们先入为主的则是前人特别是现代学人的一些观点。然而，如果重新仔细审视近体诗与长短句的“老照片”时，就会发现那些见解原来对“老照片”的本来面目有心无心地进行了艺术修润。笔者在端详“老照片”时不幸就有了这种感觉。比如被说得云山雾罩的“拗救”问题，被奉为诗家大忌的“孤平”、“三连平”问题，后人编撰的“词谱”问题，唐诗宋词与韵书的问题等。如果用唐人或宋人的原作去比对其后问世的各种所谓格律的“模式”，要是不削足适履，就硬是无法穿上后人给他们配制的“新鞋”。这种感受一直如骨鲠在喉，不吐不快。于是决计不揣固陋，公之于世。

既然与别人的看法不一样，书名便拟为《诗词格律新说》，特地标明一个“新”字，不是为了标新立异，而是为了就教于方家硕学。

拙稿承蒙陈世铙先生、李中华、林惠成二兄指疵纠谬，谨此致谢。

石观海

壬辰年中秋于南海之滨观音山下

目　　录

上编　近体诗的格律

引子 近体诗的形成

近体诗是在南朝宫体诗中“新绝句”与“准五律”的基础上形成的。①

“新绝句”是南朝宫体诗派对传统五言古诗“古绝句”进行变革后创造出的一种四句型五言诗，原本称作“连绝”、“绝句”、“断句”，或者省称为“绝”。称为“连绝”、“绝句”、“断句”或“绝”，是着眼于这种诗型从连句（联句）衍生出来的源流关系；称为“新绝句”，则旨在突出它与“古绝句”之间的差异，强调它作为南朝四句型五言诗的“新变”特征。

“新绝句”的称谓见于《玉台新咏》，该书卷十收有吴均的《杂绝句四首》，但值得重视而且屡为人们忽视的是，“杂绝句”在目录中却明明白白地写作“新绝句”。对此，清人纪容舒“考异”道：“目录作‘新绝句’，然体仍旧格，不应云新，当由字形（石按：指繁体‘雜’字与‘新’字）相近而误。”（《玉台新咏考异》）纪氏之说颇有臆断之嫌，“新”字与繁体的“雜”字字形固然相近，但并不见得就是目录中的“雜绝句”讹成了“新绝句”。根据南朝文人“绝句”诗型的创作实践和徐陵对《玉台新咏》所收“绝句”的编次，可以断定错讹的情形恰与纪氏所考的结论相反，即应该是正文诗题中的“新绝句”讹成了“杂绝句”。“新”与“古”是意义相反的两个语词，吴均诗称“新绝句”，目的在于彰显其作与“古绝句”的不同：既然《玉台新咏》卷十开篇所列的四首古诗题为“古绝句”，与之相对的近人吴均四首完全有理由称为“新绝句”，这是作者所处时代的“古”、“新”之别；尤为重要的是，在诗作的体格上，吴均的四首与“古绝句”也存在着“古”、“新”之别。诗入元嘉以后，讲究偶对，永明迩来，注重声律，四句型五言诗表现出一种引人注目的形式美和声律美。吴均的四首绝句显然带有这种与“古”体大相异趣的永明“新”体特征。而且，四首中有的已经“新”得与近体五绝几乎相差无几（如其第一首）。吴均把自己的诗题写作“新绝句”，无非是有意识地强调或突出这类四句型五言诗异于“古”体的

① 石观海：《宫体诗派研究》，武汉大学出版社2003年版。

"新变"特征而已。

"新绝句"形式上所具备的重偶对、讲平仄的时代特征，不仅表现在上引吴均的四首诗中，而且也表现在南朝宫体诗派许多诗人的作品中，可以说它不是个别诗人偶一为之的特例，而是代表着南朝宫体诗派的创作趋向。换言之，所谓"新绝句"，已经当仁不让地成为南朝宫体诗派笔下四句型五言诗的主流形式。徐陵编撰《玉台新咏》，为了突现南朝人创作"新绝句"的业绩，在全书中特辟"卷十"一卷，专收四句型五言诗，在全卷所收的一百八十五首诗中，南朝人之作即有一百七十一首，所占的比例高达百分之九十二，而且，其中大部分篇章都与吴均的"新绝句"相类，显示出锤炼构造、雕琢声律的倾向。尤其是这一卷中江洪、何逊、姚翻、萧衍、萧纲、庾肩吾、刘孝仪、刘泓、萧驎、戴暠等人的一些"新绝句"，全章结构严谨、平仄整饬，粘对处理完全符合后世近体五绝的规则，应该说它们对近体五绝格律的形成无疑起到了不容小觑的借鉴作用。

所谓"准五律"，指的是宫体诗派诗人笔下八句型五言诗中声律接近近体五律的一种诗型。同"新绝句"一样，它们与古诗最大的差异也在于具备了"新变"特征：一是注重对仗，或者全诗对仗，或者前三联对仗；二是讲究声律，诗篇中出现了大量的律句。之所以称它们为"准五律"，是因为这种诗型总体上还没有导入"粘"的规则，与近体诗中的五律还有距离。但是，正是这些"准五律"的大量创作，才为近体五律的形成积累了宝贵的经验，换言之，"准五律"恰恰是近体五律的先声。

在宫体诗派的全盛期有梁一代，诗人们越来越注意诗联之内声调的对应谐调，讲究一联之内两个律句平仄相对的诗人与诗作占据了主导地位。如《玉台新咏》卷七所收的梁武子弟萧纲、萧绎、萧纶、萧纪四人近四十首八句型五言诗中，有七八成注重了律句与律句的平仄相对。同时，关于对仗的使用，梁武子弟也开始越来越集中于颔联与颈联。这两条变化使南朝人的"准五律"与近体五律之间的距离越来越小，及至宫体诗派的衰飒期有陈一代，有些"准五律"实际上已与近体五律浑然莫辨，如徐陵的《折杨柳》、陈后主的《梅花落》等。南朝末期出现的这类完全合乎近体五律格律的诗作当然带有相当大的偶然性，联与联之间的"粘"的关系并未形成诗歌创作的定则。但毫无疑义的是，这类作品在后人成就近体五律的规则时成为最初的参照物。可以毫不夸张地说，如果没有南朝宫体诗派的创作实践与创作经验，就不可能有唐代近体诗的形成。换言之，唐代近体诗正是在“新绝句”与“准五律”这些前朝诗型基础上发展而成的。

入唐以后，诗歌的发展大体延续着前朝的走向，“句栉字比，非古非律”是以唐太宗为首的宫廷诗人们诗作的主要特征。不过，上官仪在总结南朝对偶与声律的关系基础上，提出的所谓“六对”、“八对”说，对古诗的律化定型起到了推动作用。而“斗酒学士”王绩不仅以其恬淡清新的诗风令人刮目相看，而且还在古绝向律绝演化的过程中作出了突出的贡献，他所作的五言绝句中有六成以上都完全符合近体律绝的格式。

近体诗的最后定型，是在初唐的武则天执政以后。武则天这位传奇的女性皇帝，不仅懂得治国用人的方略，而且还喜欢赋诗作文，《全唐诗》说她“有《垂拱集》百卷，《金轮集》六卷，今存诗四十六篇”。她的诗歌或许“皆元万顷、崔融辈为之”（《唐诗纪事》卷三），但史称她曾“广召文词之士，入禁中修撰”（《旧唐书·元万顷传》），不少诗人都是以诗博得她的青睐，如郭震“上《宝剑篇》”，武后“览嘉叹，诏示学士李峤等，即授右武卫铠曹参军”（《新唐书·郭震传》）；杜审言也是如此，“武后召审言，将用之，问曰：‘卿喜否？’审言蹈舞谢。后令赋欢喜诗，叹重其文，授著作佐郎”（《新唐书·杜审言传》）。据说骆宾王参与徐敬业反叛武则天的兵乱，写下一篇《讨武曌文》，武则天“读但嘻笑，至‘一抔之土未干，六尺之孤安在’，矍然曰：‘谁为之？’或以宾王对，后曰：‘宰相安得失此人？’”（《唐诗纪事》卷七）由此逸事，更可想见她对骚人墨客的态度。她自唐高宗显庆五年（660）开始视政至长安四年（704）辞世的近半个世纪，为诗歌的繁荣与发展创造了良好的外部环境。“初唐四杰”、“沈宋”、“文章四友”等人，正是在这样的环境中，完成了古诗律化和定型的最后一步。

第一节　入声字：把握近体诗格律的障碍

对于生活在21世纪的今人来说，把握近体诗的一个最大障碍就是入声字，因为唐人吟咏近体诗使用的是中古音，而其中的入声在现代汉语普通话中已经不复存在。即使掌握了近体诗的平仄规则，如果分辨不出中古的入声字，用今天普通话的四声去衡量古人的近体诗，也会弄得糊里糊涂。比如下述的两首唐人近体诗：

好雨知时节，当春乃发生。

随风潜入夜，润物细无声。
野径云俱黑，江船火独明。
晓看红湿处，花重锦官城。

（杜甫《春夜喜雨》）

多情却似总无情，唯觉尊前笑不成。
蜡烛有心还惜别，替人垂泪到天明。

（杜牧《赠别二首》其二）

诗中带重点号的“节”、“发”、“黑”、“独”、“湿”、“觉”、“烛”、“惜”、“别”诸字都是入声字，这些字在现代汉语普通话中读作阳平或阴平，根据今音来对照五律或七绝的平仄格式，难免令人产生困惑：近体诗的奇数句尾（首句押韵者除外）不都是仄声吗，为什么“野径云俱黑”、“蜡烛有心还惜别”两句的尾字都是“平”声？近体诗首句尾字是平声则肯定是韵脚，“好雨知时节”的尾字“节”与其他的韵字“生”、“声”、“明”、“城”也不和谐呀？“发”、“独”、“湿”、“觉”、“烛”、“惜”都处于应该“仄”的位置，何以都成了“平”声？产生诸如此类困惑的原因，就是因为不知道这些字在中古都是入声字。

须知近体诗讲究的四声，并不是今天普通话中的阴平、阳平、上声、去声，而是中古音的平、上、去、入，第一个“平”即近体诗四声中的平声，剩下的“上、去、入”则统属于仄声。中古以后，语音变化中一个最突出的现象就是入声逐渐嬗变为平、上、去三声，这就是元人周德清《中原音韵》所谓的“入派三声”。比如“逼、急、尺、立”四个字，中古音皆为入声，而进入近古时期则分别演化为阴平（逼）、阳平（急）、上声（尺）、去声（立）。演化成上声、去声的入声字仍旧属仄声，不知道其为入声对掌握近体诗的格律并没有太大的障碍，但分辨不出已经演化成平声的入声字，却会给掌握近体诗的规则造成一些麻烦。因此，辨识而今变成平声的入声字是近体诗入门的第一要义。

辨识入声字固然有一定的难度，但这道所谓的难关也并非不可逾越。尤其是对于那些会讲至今仍然保存着入声的粤语、客家语、闽南语等方言的人，只要稍微用点儿心，辨识入声字几乎可以说是易如反掌。生活在北方方言区的人，也无须为此烦恼，入声字毕竟是母语在特定的历史阶段生成的一种语言现象，与现代汉语普通话、汉字的结构都有着丝丝缕缕的关联，如果找到一些诀窍，辨识起来也并非难事。

不是语言学专业人士，对音韵学一窍不通，搞不懂国际音标怎么读，弄不清什么“帮滂并明”、“端透定泥”之类等，还有可能辨识中古的入声字吗？回答是：当然很有可能！不太会辨识入声字的人不妨循着下述的一些“捷径”走出入声字的迷宫。

一、借助方音、日语辨识

古代有不少和尚都很有学问，对声韵有研究的也不乏其人，如唐代的处忠、明代的真空等。他们都曾对四声的发音方法有过描述：

> 平声哀而安，上声厉而举，去声清而远，入声直而促。
>
> （处忠《元和韵谱》）
>
> 平声平道莫低昂，上声高呼猛烈强，去声分明哀远道，入声短促急收藏。
>
> （真空《新编篇韵贯珠集》）

平、上、去三声的发音方法，且不必去管它。首先，关键是入声的发音，处忠说是“直而促”，真空说“短促急收藏”，“促”即“短促”，这是两位和尚共同发现的入声发音的重要特征；其次是真空所说的“急收藏”，这是入声发音的又一个重要特征。说白了，入声字的发音就是短促而没有拖腔，而且给人的感觉就好像音尚未发完就突然咽回了肚子里一样。如前引唐诗中“节”、“发”、“黑”、“独”、“湿”、“觉”、“烛”、“惜”、“别”等字，会说粤语、客家语或潮汕语等方言的，可以体会这类字的发音，熟悉它们的发音特点，而碰到拿不准的疑似入声字，可以利用方音作然否的判断。

如果会一点儿日语，就更容易借助其汉字的音读来帮助识别入声字。日语中的汉字读音分两种：一是“训读”，即用汉字义而读日本音；另一种是“音读”，即模仿中国的读音。日语使用汉字是中古时期的事，因此，汉字的音读模仿的便是中国的中古音。日语的音读分“吴音”、“汉音”、“唐音（宋音）”三种，后一种时代较晚，可以忽略；前两种则是模仿隋唐时期汉字的读音，其中入声字的日语音读大都带有中古入声的痕迹，如：

节：せつ（汉音）

发：はつ（汉音）

黑：こく（汉音）

独：とく（汉音）
湿：しつ（惯用音）[①]
觉：かく（汉音）
烛：しょく（汉音）
惜：しゃく（吴音）
别：べつ（惯用音）へつ（汉音）

上述汉字日语音读中语尾的“つ”、“く”便是中古音入声字东传后的胎记，有了这类假名缀尾，一般就可以判断这些汉字是入声字。所以，学点儿日语对把握中古音大有好处。

二、借助汉字结构辨识

从汉字的结构而言，汉字中最多的是形声字。形声字是由表示声音的声符与表示意义范畴或类别的意符构成的，如：

植　值　殖　埴　潼　禃　犆

意符亦即偏旁“木”、“亻”、“歹”、“土”、“氵”、“礻”、“牜”表示其字意义所指的范围，而每个字之中的声符“直”表示这些字的读音全都读作“zhí”，按照现代汉语的声调全都是平声。但是，“直”字的中古音却是入声字，以它为声符的上述诸字毫无例外地皆为入声字。再如“白”字为入声字，以它为声符的“帛、伯、箔、泊、拍、舶、铂、鲌、百、柏、迫、珀、粕、敀、岶、狛”等字也都是入声字，只不过“百”字以下都演化成了仄声而已。另如“夹”字为入声字，含有声符“夹”的“峡、狭、侠、硖、挟、颊、荚、铗、郏、浃、蛱、梜、筴、鹓、唊、块、胠”等也都是入声字。

由此可以得出一个结论，一个字的声符如果是入声字，那么包含这个声符的其他字也往往是入声字，利用“声符”来推断某字是否为入声字，应该是可以辨识入声字的方法。

---

① 部分入声字的日语音读为长音，“湿”字的汉音、吴音均为“しつ”，惯用音实际上是一种误读，此误读即受了大部分入声字以“つ”、“く”缀尾之读法的影响。

三、借助汉语拼音辨识

1. *声母助记法*

有几个声母很有意思，它们与韵母相拼时，如果是阳平的声调，则拼出的汉字大都是入声字。这些声母就是双唇音 b，舌尖中音 d，舌尖前音 z，舌根音 g，舌面音 j 和舌尖后音 zh。

如双唇音 b 与韵母 o 相拼时的阳平声调字：

孛 脖 渤 勃 鹁 薄 博 搏 伯 泊 铂 箔 舶 驳 帛

如舌尖中音 d 与韵母 i 相拼时的阳平声调字：

的 敌 嘀 嫡 镝 狄 荻 翟 迪 笛 涤 籴 觌

如舌尖前音 z 与韵母 e 相拼时的阳平声调字：

责 啧 帻 箦 赜 泽 择 舴 则

如舌根音 g 与韵母 e 相拼时的阳平声调字：

鬲 隔 膈 嗝 镉 格 阁 葛 革 胳

如舌面音 j 与韵母 i 相拼时的阳平声调字：

及 汲 圾 岌 级 笈 极 急 集 疾 嫉 蒺 楫 辑 缉 戢 吉 佶 脊 瘠 踖 鹡 即 籍 藉

如舌尖后音 zh 与韵母 uo 相拼时的阳平声调字：

卓 倬 焯 浊 镯 灼 啄 诼 琢 濯 擢 酌 着 茁 斫

以上这些声母与韵母相拼时出现的恍如规律性的现象，对于辨识入声字具有一定的帮助作用，如果与其他方法结合起来使用，则更为有效。

2. *韵母助记法*

以复韵母 üe 为韵母的，除去个别字"靴"、"瘸"外，基本上都是入声字。如：

yue 曰 约 岳 月 越 粤 乐 跃 悦 阅 说
nüe 虐 疟
lüe 略 掠 锊

jue　绝　决　诀　觉　掘　爵　厥　倔　珏　崛　攫　矍　玦
que　缺　阙　却　确　雀　鹊　榷　悫　埆　峃
xue　学　血　雪　薛　穴　削　谑　噱　鸴　岤　泬

以复韵母 ie 为韵母配声母时，也有很多字为入声字，如：

ye　夜　叶　业　页　谒　嶪　靥　曳　邺　液　掖　腋
bie　别　憋　鳖　蹩
pie　撇　瞥　苤
mie　灭　蔑　篾　眜
die　跌　碟　叠　蝶　迭　谍　牒　耋　堞　喋　绖　昳　瓞　蹀
tie　贴　帖　铁　餮
nie　捏　涅　孽　聂　啮　嗫　蹑　蘖　臬
lie　列　烈　裂　猎　劣　冽　洌　咧　鬣　埒　捩
jie　接　节　劫　结　杰　洁　捷　揭　截　竭　婕　羯　藉　诘　桀　睫
　　碣　讦　颉
qie　挈　朅　切　怯　窃　妾　箧　锲
xie　歇　蟹　谢　泄　卸　屑　挟　蝎　懈　撷　颉

但是，声母与复韵母 ie 相配时得出的汉字，也有一些并非是入声字，如“些”、“谐”、“偕”等，因此，运用此法帮助记忆时应当与其他方法结合起来使用，以免出现讹误。

3. 鼻韵母排除法

鼻韵母作为韵母与声母相配而出现的汉字均非入声字。所谓鼻韵母即韵尾为“ -n”和“ -ng”的韵母：

an　ian　uan　üan
en　in　un　ün
ang　iang　uang
eng　ing　ueng
ong　iong

任何声母与上述的韵母相拼，得出的汉字都不可能是入声字，记住这一点，就可以省去不少气力。

四、借助诗词规则辨识

1. 律绝出句尾字助记法

在近体律绝中，凡是不押韵的出句，其尾字（五言的第五字，七言的第七字）今音读平声的，一律都是入声字，比如：

无人信高洁，谁为表予心。（骆宾王《在狱咏蝉》）
乡书何处达，归雁洛阳边。（王湾《次北固山下》）
青山横北郭，白水绕东城。（李白《送友人》）
香雾云鬟湿，清辉玉臂寒。（杜甫《月夜》）
随意春芳歇，王孙自可留。（王维《山居秋暝》）
儿童相见不相识，笑问客从何处来。（贺知章《回乡偶书》）
春潮带雨晚来急，野渡无人舟自横。（韦应物《滁州西涧》）
日暮汉宫传蜡烛，轻烟散入五侯家。（韩翃《寒食》）
蜡烛有心还惜别，替人垂泪到天明。（杜牧《赠别二首》其二）
可怜夜半虚前席，不问苍生问鬼神。（李商隐《贾生》）

在上述唐人五律和七绝中，出句的尾字“洁”、“达”、“郭”、“湿”、“歇”、“识”、“急”、“烛”、“别”、“席”等字，今音虽然都读平声，但它们都处于律句的特殊位置上，即处于近体诗出句的尾字位置上，因此，一律都是入声字。

2. 近体诗位置助记法

在近体律绝中，偶数位的字（五言中的二、四，七言中的二、四、六）值得注意，按照其平仄的规律可以断定，发音是现代汉语中一声或二声的，一般都是入声字。比如：

归朝多便道，搏击望秋天。（杜甫《送十五弟侍御使蜀》）
月上行虚市，风回望舶船。（张祜《送徐彦夫南迁》）
夷狄寝烽候，关河无战声。（元稹《塞马》）
随牒牵黄绶，离群会墨卿。（孟浩然《送袁太祝尉豫章》）
牧人驱犊返，猎马带禽归。（王绩《野望》）
自是樯低帆幅少，溪风终不两般吹。（陆龟蒙《溪行》）
图画风流似长康，文词体格效陈王。（李嘉祐《访韩司空不遇》）
及镂银盘盛蛤蜊，镜湖莼菜乱如丝。（贺知章《答朝士》）

屐齿无泥竹策轻，莓苔梯滑夜难行。（马戴《山中作》）
银台级级连清汉，桂子香浓月杵低。（王初《送陈校勘入宿》）

诗句中的“击”、“舶”、“狄”、“牒”、“犊”、“幅”、“格”、“蛤”、“滑”、“级”等，这些字处于偶数位，今音读平声，但一律都属于入声。

3. 词牌助记法

有些词派要求押入声韵，记住这类常见的名家作品，对一些入声字就会有深刻的印象，如李白《忆秦娥》的韵字“咽、月、别、节、绝、阙”；王安石《桂枝香·金陵怀古》的韵字“目、肃、簇、矗、足、逐、续、辱、绿、曲”；苏轼《念奴娇·赤壁怀古》的韵字“物、壁、雪、杰、发（發）、灭、发（髮）、月”；柳永《雨霖铃》的韵字“切、歇、发、噎、阔、别、节、月、设、说”；李清照《声声慢》的韵字“觅、戚、息、急、识、积、摘、黑、滴、得”；岳飞《满江红》的韵字“歇、烈、月、切、雪、灭、缺、血、阙”；姜夔《暗香》的韵字“色、笛、摘、笔、席、国、寂、积、泣、忆、碧、得”；姜夔《疏影》的韵字“玉、宿、竹、北、独、绿、屋、曲、幅”；毛泽东《满江红·和郭沫若同志》的韵字“壁、泣、易、镝、急、迫、夕、激、敌”。

记住了《忆秦娥》（仄韵）、《桂枝香》、《念奴娇》（仄韵）、《雨霖铃》、《声声慢》（仄韵）、《满江红》（仄韵）、《暗香》、《疏影》等常用词牌，就会清楚它们的韵字都是入声字。

把握近体诗规则的障碍除了入声字外，还有一些今古声调不同的字，有的是今古平仄不同，有的是中古时有平仄二读，如：

蜀僧抱绿绮，西下峨眉峰。（李白《听蜀僧濬弹琴》）
但使龙城飞将在，不教胡马渡阴山。（王昌龄《出塞》）
千载琵琶作胡语，分明怨恨曲中论。（杜甫《咏怀古迹》）
却看妻子愁何在，漫卷诗书喜欲狂。（杜甫《闻官军收河南河北》）
衣裳已施行看尽，针线犹存未忍开。（元稹《遣悲怀》）
徒令勾践霸，不信子胥贤。（殷尧藩《吴宫》）
徒言人最灵，白骨乱纵横。（孟郊《吊国殇》）
云横秦岭家何在，雪拥蓝关马不前。（韩愈《左迁至蓝关示侄孙湘》）

上引诗句中加点字的中古音均与今音不同，“峨”读上声，“教”读平声，“论”读平声，“看”读平声，“施”读去声，“令”读平声，“纵”读平声，

"拥"读上声，如果读作今音，就都违背了近体诗的平仄格律。这类字尚有"并、凭、漫、吹、听、叹、泥、量、浪、凉、过、翰、禁、吟、嗟、渐、溅、醒、旋、治、烧、胜、疏、操、思、望、忘、援"等，好在此类字数量不甚多，多读近体诗，了解一些格律，自然会掌握。

第二节　格律："平"与"仄"的有序组合

近体诗的格律实质上就是"平"与"仄"的有序组合。有序即有规律，平声字与仄声字按照约定俗成的规律次序井然地排列在五言句或七言句之中，便构成了律句，律句再按照约定俗成的规律次序井然地固定在一定的句数框架中，就构成了五绝、五律、七绝和七律，排律则是五律或七律的延长。因此，掌握了律句，等于掌握了解开近体诗格律的钥匙。

一、标准律句：不同平仄字的有序组合

什么是律句？律句就是唐人所作近体诗中符合平仄规则的句子，包括五言句和七言句两种。这两种诗句用字的声调有固定的规则，不妨先以近体诗的七言诗句为例，杜甫的一首七律《又送》写道：

双峰寂寂对春台，万竹青青照客杯。
细草留连侵坐软，残花怅望近人开。
同舟昨日何由得，并马今朝未拟回。
直到绵州始分首，江边树里共谁来。

这首诗的平仄格式如下：

平平仄仄仄平平，仄仄平平仄仄平。
仄仄平平平仄仄，平平仄仄仄平平。
平平仄仄平平仄，仄仄平平仄仄平。
仄仄平平仄平仄，平平仄仄仄平平。

虽然是八句，其实平仄形式只有五种，即：

A．平平仄仄仄平平
B．仄仄平平仄仄平

C. 仄仄平平平仄仄

D. 平平仄仄平平仄

E. 仄仄平平仄平仄

前四句是七律的四种标准律句，最后一句是七律的特殊句（后述）。运用二分法就可以清楚地看出标准律句平仄组合的规律。所谓“二分法”就是把一句七字分作四三两截，这时就会发现：前四字平仄两两成对；后三字中的第六字平仄必定与第四字相反，第五字则必定与第七字平仄相反。掌握了这个诀窍，就明白了标准律句的平仄规则。

E 句所示的诗句其实就是标准律句 C 平仄格式的变异：

C. 仄仄平平平仄仄——E. 仄仄平平仄平仄

也就是把 C 句第五、六字的“平仄”改为“仄平”。虽然这种平仄的诗句貌似违背了律句的平仄规则，但唐人都喜欢运用，所以称之为“特殊句”。这一“特殊句”将在后面详论。

总之，唐人七言近体不管是七律、七绝还是七言排律，其中的标准律句句型都超不出上述的四种类型，即通常所谓的：

平起平收的“A. 平平仄仄仄平平”
仄起平收的“B. 仄仄平平仄仄平”
仄起仄收的“C. 仄仄平平平仄仄”
平起仄收的“D. 平平仄仄平平仄”

“起”以第二字的平仄为准，“收”以第七字的平仄为准，第二字为平声，即称“平起”，为仄声，则称“仄起”；第七字为平声，即称“平收”，为仄声，则称“仄收”。

二、变格律句：一三五不论，二四六分明

实际上，唐人近体诗作中虽然有不少单个诗句完全符合这些标准律句的平仄，但更多的单个诗句却并不见得与标准律句的平仄铢两悉称，比如：

A. 平平仄仄仄平平　百花潭水即沧浪（杜甫《狂夫》）
B. 仄仄平平仄仄平　一柱观头眠几回（杜甫《所思》）
C. 仄仄平平平仄仄　多病所须唯药物（杜甫《江村》）

D. 平平仄仄平平仄　映阶碧草自春色（杜甫《蜀相》）

上引杜甫七律诗句中的“百”、“潭”、“眠”、“多”、“所”、“映”、“自”诸字与标准律句的平仄恰恰相反。并不是诗人不懂平仄格律，而是因为标准律句的平仄实在太束缚创作想象力的发挥，于是他们不想可丁可卯地迎合标准律句的平仄，而在一些位置上作了声调改动。这类微调后的诗句在近体诗中比比皆是，而且它们都有一个共同的特征，就是改动声调的字肯定在一、三、五的位置上，偶数位置上的字除非后面要叙说的两种“特殊句”外，是绝不能改动平仄声调的。对于这些仅仅在一、三、五位置改动平仄的诗句，可以称之为变格律句。

不知具体从何时起，诗坛开始流行一句口诀：“一三五不论，二四六分明。”这个口诀被民间诗歌爱好者奉为作近体诗的诀窍。但是，从清代至现今，先后都有一些学者出来批评这条口诀如何不科学，如何不严谨，如何误人子弟。笔者对此倒是很不以为然。

应该说这条总结出变格律句特征的口诀对普及近体诗的创作起到了较好的推动作用。有一句名言说，任何比喻都是蹩脚的。这条口诀虽然不是比喻，但也有它蹩脚的一面，然而，当我们了解了一些被人们奉为圭臬的所谓近体诗“孤平”与“三连平”的两种“避忌”后，“一三五不论，二四六分明”或许正成为我们掌握近体诗格律的一条捷径。沿着这条捷径前行时，只要稍微注意一下，不拐进“孤平”与“三连平”的岔道，就会进入近体诗貌似深幽难测而实则宽敞亮堂的殿堂。当然，所谓“孤平”与“三连平”也并非是不可侵犯的天条，偶一为之，也无不可，这一点在第六、七两节中将会详加论述。

“一三五不论，二四六分明”是针对七言近体说的，对五言近体而言，当然是“一三不论，二四分明”。这是古代国人总结出来的创作经验：如何在森严的戒律下多少取得一些回旋的自由。除了两种“特殊句”，二四六位置规定的平仄铁律，不允许有任何的松动。但一三五位置的平仄却允许随心所欲，当然，最好别导致通常为诗家诟病的所谓“孤平”与“三连平”的结果！如果明白了这个道理，一三五的位置，“平”又何妨！“仄”又何妨！

三、律绝：律句的有序组合

不少人都觉得近体诗的格律很复杂，难以在短时间内掌握。其实不然，只要明白一点，即律诗和绝句是由四种不同平仄的标准律句或变格律句有序地组合而成，把握起来便不是什么难事。不妨仍以七律为例，分别以前述的 A、B、C、D 四种律句为首句：

A. 平起平收　平平仄仄仄平平

平平仄仄仄平平　　紫泉宫殿锁烟霞，
仄仄平平仄仄平　　欲取芜城作帝家。
仄仄平平平仄仄　　玉玺不缘归日角，
平平仄仄仄平平　　锦帆应是到天涯。
平平仄仄平平仄　　于今腐草无萤火，
仄仄平平仄仄平　　终古垂杨有暮鸦。
仄仄平平平仄仄　　地下若逢陈后主，
平平仄仄仄平平　　岂宜重问后庭花。

（李商隐《隋宫》）

B. 仄起平收　仄仄平平仄仄平

仄仄平平仄仄平　　来是空言去绝踪，
平平仄仄仄平平　　月斜楼上五更钟。
平平仄仄平平仄　　梦为远别啼难唤，
仄仄平平仄仄平　　书被催成墨未浓。
仄仄平平平仄仄　　蜡照半笼金翡翠，
平平仄仄仄平平　　麝熏微度绣芙蓉。
平平仄仄平平仄　　刘郎已恨蓬山远，
仄仄平平仄仄平　　更隔蓬山一万重。

（李商隐《无题》）

C. 仄起仄收　仄仄平平平仄仄

仄仄平平平仄仄　　剑外忽传收蓟北，
平平仄仄仄平平　　初闻涕泪满衣裳。
平平仄仄平平仄　　却看妻子愁何在，
仄仄平平仄仄平　　漫卷诗书喜欲狂。
仄仄平平平仄仄　　白日放歌须纵酒，
平平仄仄仄平平　　青春作伴好还乡。

平平仄仄平平仄　　即从巴峡穿巫峡，
仄仄平平仄仄平　　便下襄阳向洛阳。
（杜甫《闻官军收河南河北》）

D. 平起仄收　平平仄仄平平仄

平平仄仄平平仄　　舍南舍北皆春水，
仄仄平平仄仄平　　但见群鸥日日来。
仄仄平平平仄仄　　花径不曾缘客扫，
平平仄仄仄平平　　蓬门今始为君开。
平平仄仄平平仄　　盘飧市远无兼味，
仄仄平平仄仄平　　樽酒家贫只旧醅。
仄仄平平平仄仄　　肯与邻翁相对饮，
平平仄仄仄平平　　隔篱呼取尽余杯。
（杜甫《客至》）

标准律句（或变格律句）只有四种，同样，七律也仅有上引的四种体式。综观上引例诗，不难发现，七律纵然有八句，而其中的诗句都超越不了这四种句型，并且，这四种句型都是按照一定的规则排列的。

规则一，是“对”。

习惯上七律的八句中，每两句被称作一联，依次称为首联、颔联、颈联和尾联；每一联的上句称“出句”，下句称“对句”。所谓“对”是指一联之中出句与对句之间的平仄关系，具体说就是指一联中的出句和对句在二、四、六位置上的字必须平仄相反。

规则二，是“粘”。

所谓“粘”是指相邻两联之间的平仄关系，具体说就是指上一联的对句与下一联的出句在二、四、六位置上的字必须平仄相同。

“对”与“粘”的规则是近体诗区别于南朝新体诗最为重要的标志。掌握了这两个规则，那么给你任何一种律句作首句，你都可以不假思索地推导出全首七律的格式。

而且，只要细心一些，就可以发现：上述四种七律格式中“仄收（以仄声收尾）”的C与D两种，前四句与后四句的平仄一模一样；“平收（以平声收尾）”的A与B两种，前四句与后四句的平仄基本相同，仅仅第一句与第五句的后三字小有差异。这种现象是因为首句押韵造成的，第一句押韵，尾字自然是平声；第五字是奇数句，尾字必然是仄声；由此又导致了两句第五字声调的差异。

第三节　平仄格式记忆法

既然近体诗七律的平仄格式只有四种，照理说硬记起来并非什么难事。不过，对于入门者而言，总是还有一个磕磕绊绊的过程。世界中虽然少有终南捷径，但为到达目的地，抄近道总不失为良策。概括说来，记忆近体诗的平仄格式大略有三种近道可循：

一、照猫画虎法

为了避免记忆的枯燥性，不妨熟记一些名篇来抽绎平仄格式。比如四种律句，如果脑海里存有杜甫的《绝句》，那么据此来记忆便轻而易举：

两个黄鹂鸣翠柳，一行白鹭上青天。
窗含西岭千秋雪，门泊东吴万里船。

这首七绝正好包括四种律句的平仄格式，按照这些诗句的声调，就很容易写出它们的平仄格式，只是记住：①别被其中的入声字“一”、“白”、“泊”搅昏了头，错把它们当成平声字；②“一”、“西”、“门”三个字处于“一三五不论”的位置上，声调自由了一下，原本分别应是平声、仄声、仄声。

同样，四种七律的平仄格式，只要熟记四首唐人的名篇，如前引的李商隐《隋宫》和《无题》、杜甫《闻官军收河南河北》和《客至》，再根据这些名作抽象出平仄格式来。当然，也还是要留心诗中今音变成平声的入声字以及“一三五不论”的自由。

把这种简单的方法称为“照猫画虎”，除了帮助记忆平仄格式外，还可以为尝试旧体诗创作的人提供一个临摹的范本。只要在声调方面亦步亦趋地跟着做，就无大问题。

二、顺水推舟法

这种方法就是根据“对”与“粘”的规则进行推导，有了这两个规则的顺风顺水，驾驭平仄格式的小舟就会畅行无阻。比如随便拿出四种律句的任何一种，让它作为七律的首句，以下七句都可以像多米诺骨牌似的“倒”出来。

比如第一句为：

平平仄仄平平仄

其中二、四、六字为“平”、“仄”、“平”，根据“对”的规则，第二句的二、四、六字肯定是“仄”、“平”、“仄”，前四字无疑是“仄仄平平”。第五字是平还是仄，当然要看最后一个字（尾字），近体诗偶句尾字必定是韵脚，韵脚为平声，与其相反的第五字则无疑为仄声。这样第二句的平仄格式肯定是：

仄仄平平仄仄平

第二句中二、四、六字为“仄”、“平”、“仄”，根据“粘”的规则，第三句的二、四、六字必然同样是“仄”、“平”、“仄”，前四字肯定为“仄仄平平”。第五字的声调与第七字（尾字）相反，近体诗奇数句除首句押韵时尾字为“平”外，一律都是“仄”，那么与其相反的第五字则为“平”，第三句的平仄显而易见是：

仄仄平平平仄仄

同理，以下五句的平仄格式均可顺利导出，以“平平仄仄平平仄”为首句的七律平仄格式即：

平平仄仄平平仄
仄仄平平仄仄平
仄仄平平平仄仄
平平仄仄仄平平
平平仄仄平平仄
仄仄平平仄仄平
仄仄平平平仄仄
平平仄仄仄平平

而且，记住“仄收”的两种诗型，前半截与后半截平仄相同，“平收”的两种诗型前半截与后半截大同小异，会使这种方法更为容易。

三、举一反三法

《论语》说：“举一隅不以三隅反，则不复也。”孔老夫子有点儿脾气，说学生无法做到举一反三，他就罢课。不过他的这句气话却也道出了“学而不思则罔”的道理。确实，举一反三能使人收到事半功倍的效果。如果掌握了七律的平仄格式，其他的七绝、五律、五绝还有排律等诗型都可以了然于心。

1．五律的平仄格式

只要对七律的平仄格式实施“斩首术”，剩下的便是五律的平仄格式，如：

七律　平起平收

平平仄仄仄平平
仄仄平平仄仄平
仄仄平平平仄仄
平平仄仄仄平平
平平仄仄平平仄
仄仄平平仄仄平
仄仄平平平仄仄
平平仄仄仄平平

“斩首”就是把每句的前二字去掉，只是七律的平起平收变成了五律的仄起平收而已。运用同样的“斩首术”，五律的另外三种平仄格式（平起仄收、仄起仄收、仄起平收）也都会不费吹灰之力而得到。

2．绝句的平仄格式

七绝和五绝的平仄格式，可以分别对七律、五律实行“腰斩术”，如：

平平仄仄仄平平
仄仄平平仄仄平
仄仄平平平仄仄
平平仄仄仄平平
平平仄仄平平仄
仄仄平平仄仄平
仄仄平平平仄仄
平平仄仄仄平平

从第四句与第五句中间挥刀，七律被拦腰截断，就可以一石二鸟地得到平起平收与平起仄收两种七律的平仄格式。过去有人说“绝句”就是“截句”，“截句"就是截取律诗的一半，从绝句发生学的角度说并不科学、准确，但不失为由律诗而记绝句的一种技巧。同理，腰斩仄起平收的七律格式，也会得到另外两种即仄起平收与仄起仄收的七绝格式；五绝也可以由腰斩五律而得出。

第四节 两种"特殊句"：颠覆律句的平仄

近体诗中有两种平仄句型，虽然并非律句，但使用频率却不低。学者们总是用所谓"拗救"法去解说它们，其实完全没有必要，因为它们就是唐代诗人试图突破律句平仄的束缚，多给自己一些自由创作的空间，从而创造出的两种特殊句型。因此，称之为"特殊句"是最为恰当不过的。

这两种"特殊句"分别是：

一、仄仄平平仄平仄（五言则为"平平仄平仄"）

前面曾经言及，杜甫七律《又送》诗中的第七句很特别，与七律的四种律句不一样：

直到绵州始分首

它的平仄格式是：

仄仄平平仄平仄

如果以律句的平仄组合规则衡量它，它的"毛病"就在第五、六字"始"、"分"上。律句平仄的组合规则要求这两个字必须是"平"、"仄"，而"始"、"分"二字恰恰相反，是"仄"、"平"。把本来应该的"平仄"改成"仄平"，使全句的平仄组合乱了阵脚，这样岂不是违背了律诗的规则？的确是，唐人就是有意运用这种颠覆律句正常平仄结构的"特殊句"来争取一些框架内的创作自由，这正是他们一种戴着镣铐的轻舞慢旋。

翻阅唐人的近体诗作，就会发现这绝不是老杜偶一为之的个案，相反，它以很高的频率反复出现在许多诗人的律绝中，如：

<u>巫峡啼猿数行泪</u>，衡阳归雁几封书。（高适《送李少府贬峡中王少府贬长沙》）
<u>已忍伶俜十年事</u>，强移栖息一枝安。（杜甫《宿府》）
<u>庾信平生最萧瑟</u>，暮年诗赋动江关。（杜甫《咏怀古迹五首》其一）

千载琵琶作胡语，分明怨恨曲中论。（杜甫《咏怀古迹五首》其三）
妆罢低声问夫婿，画眉深浅入时无。（朱庆余《近试上张水部》）
谁料苏卿老归国，茂陵松柏雨萧萧。（李商隐《茂陵》）
刻意伤春复伤别，人间惟有杜司勋。（李商隐《杜司勋》）
直道相思了无益，未妨惆怅是清狂。（李商隐《无题》）
任是深山更深处，也应无计避征徭。（杜荀鹤《山中寡妇》）
苦恨年年压金线，为他人作嫁衣裳。（秦韬玉《贫女》）

不过，也有人用此句型时第五字偶用平声，如李商隐的《定子》：

檀槽一抹广陵春，定子初开睡脸新。
却笑邱墟隋炀帝，破家亡国为何人。

这种运句法极少，或者小李的“隋”字是作仄声读？难以论定。但是诗坛上的又一新体诗——长短句兴起后，这种句法却为词人所习用（参见下编第五节）。

在五言近体中，特殊句的格式则为：平平仄平仄。与七言近体中的特殊句一样，唐人运用这种特殊句的热情也斐然可观：

无人信高洁，谁为表予心。（骆宾王《在狱咏蝉》）
明朝望乡处，应见陇头梅。（宋之问《题大庾岭北驿》）
回看射雕处，千里暮云平。（王维《观猎》）
寒山转苍翠，秋水日潺湲。（王维《辋川闲居赠裴秀才迪》）
襄阳好风日，留醉与山翁。（王维《汉江临泛》）
客心洗流水，余响入霜钟。（李白《听蜀僧浚弹琴》）
仍怜故乡水，万里送行舟。（李白《渡荆门送别》）
遥怜小儿女，未解忆长安。（杜甫《月夜》）
凉风起天末，君子意如何？（杜甫《天末怀李白》）
清新庾开府，俊逸鲍参军。（杜甫《春日忆李白》）
何时一樽酒，重与细论文？（杜甫《春日忆李白》）
昔闻洞庭水，今上岳阳楼。（杜甫《登岳阳楼》）
长江一帆远，落日五湖春。（刘长卿《饯别王十一南游》）
惟怜一灯影，万里眼中明。（钱起《送僧归日本》）
何因不归去，淮上有秋山。（韦应物《淮上喜会梁州故人》）

依依向馀照，远远隔芳尘。（李商隐《离席》）
烦君最相警，我亦举家清。（李商隐《蝉》）
芳心向春尽，所得是沾衣。（李商隐《落花》）
猿啼洞庭树，人在木兰舟。（马戴《楚江怀古》）
春风对青冢，白日落梁州。（张乔《书边事》）

这样的例子举不胜举，足以证明前人对这种拗句有一种近乎偏爱的倾向。我们无须追寻前人为什么如此，只消记住“仄仄平平仄平仄［平平仄平仄］”是一种唐人习用的“特殊句”之一就可以了。记忆的方法是记住杜甫的《咏怀古迹五首》（其三）中的尾联“千载琵琶作胡语，分明怨恨曲中论”，联中的出句便是“特殊句”的具体例证。

此外，近体诗中还有另一种特殊句：

二、仄仄(平)仄仄[①]

这种特殊句式不妨也先从例诗看起：

人事有代谢，往来成古今。
江山留胜迹，我辈复登临。
水落鱼梁浅，天寒梦泽深。
羊公碑尚在，读罢泪沾襟。
（孟浩然《与诸子登岘山》）

离离原上草，一岁一枯荣。
野火烧不尽，春风吹又生。
远芳侵古道，晴翠接荒城。
又送王孙去，萋萋满别情。
（白居易《赋得古原草送别》）

孟浩然诗的第一句、白居易诗的第三句，按照律句的平仄规则都应该是：

仄仄平平仄

也就是说，第四字必须是“平”，但是两人诗作的“代”字、“不”字却都用了“仄”声；第三字根据“一三不论”的口诀，可平可仄，孟诗用了“仄

① 一、三字平仄不论，但此句第三字重要，故以(平)平示之。

(有)”，白诗用了“平（烧)”。结果便使“仄仄平平仄”的律句格式发生了异变，成为近体诗中第二种“特殊句”：

仄仄㊥仄仄

这种平仄格式第一字可按“一三不论”处理，即可平可仄，第三字也是如此，平仄皆宜。唐人诗作中也不乏这种平仄格式的例子，如：

对酒不觉暝，落花盈我衣。
醉起步溪月，鸟还人亦稀。
（李白《自遣》）

白鹭拳一足，月明秋水寒。
人惊远飞去，直向使君滩。
（李白《赋得白鹭鸶送宋少府入三峡》）

秋浦猿夜愁，黄山堪白头。
清溪非陇水，翻作断肠流。
欲去不得去，薄游成久游。
何年是归日，雨泪下孤舟。
（李白《秋浦歌》其二）

幽意忽不惬，归期无奈何。
出门流水注，回首白云多。
自笑灯前舞，谁怜醉后歌。
只应与朋好，风雨亦来过。
（杜甫《陪郑广文游何将军山林十首》其六）

光细弦初上，影斜轮未安。
微升古塞外，已隐暮云端。
河汉不改色，关山空自寒。
庭前有白露，暗满菊花团。
（杜甫《初月》）

孤雁不饮啄，飞鸣声念群。
谁怜一片影，相失万重云。
望尽似犹见，哀多如更闻。

野鸦无意绪，鸣噪自纷纷。

（杜甫《孤雁》）

夜醉长沙酒，晓行湘水春。
岸花飞送客，樯燕语留人。
贾傅才未有，褚公书绝伦。
名高前后事，回首一伤神。

（杜甫《发潭州》）

向晚意不适，驱车登古原。
夕阳无限好，只是近黄昏。

（李商隐《登乐游原》）

粉洞二十里，当中幽客行。
片时迷鹿迹，寸步隔人声。
以杖探虚翠，将襟惹薄明。
经时未过得，恐是入层城。

（皮日休《过云》）

玉枕寝不足，宫花空触檐。
梁间燕不睡，应怪夜明帘。

（皮日休《古宫词三首》其三）

古态日渐薄，新妆心更劳。
城中皆一尺，非妄髻鬟高。

（陆龟蒙《古态》）

上彻炼丹峰，求玄意未穷。
古坛青草合，往事白云空。
仙境日月外，帝乡烟雾中。
人间足烦暑，欲去恋松风。

（张乔《题终南山白鹤观》）

这种“特殊句”与前一种“特殊句”，本质上都一样，都是解构律句规则的拗句，只因唐人约定俗成地把它们当作律句来使用，因此，无须视之为拗句。两种“特殊句”相比，后一种使用的频率较前者要低一些，而且一般仅限于五言近体诗中。七言近体诗中的“平平仄仄(平)仄仄”与“仄仄(平)仄仄”相类，但运用此种句型的诗人相对来说要少得多，用者如晚唐小李杜的诗作：

伊人卜筑自幽深，桂巷杉篱不可寻。
柱上雕虫对书字，槽中瘦马仰听琴。
求之流辈岂易得，行矣关山方独吟。
赊取松醪一斗酒，与君相伴洒烦襟。
（李商隐《复至裴明府所居》）

晚醉题诗赠物华，罢吟还醉忘归家。
若无江氏五色笔，争奈河阳一县花。
（李商隐《县中恼饮席》）

千里莺啼绿映红，水村山郭酒旗风。
南朝四百八十寺，多少楼台烟雨中。
（杜牧《江南春》）

故里溪头松柏双，来时尽日倚松窗。
杜陵隋苑已绝国，秋晚南游更渡江。
（杜牧《将赴宣州留题扬州禅智寺》）

谢傅秋凉阅管弦，徒教贱子侍华筵。
溪头正雨归不得，辜负南窗一觉眠。
（杜牧《醉后呈崔大夫》）

汉宫一百四十五，多下珠帘闭琐窗。
何处营巢夏将半，茅檐烟里语双双。
（杜牧《村舍燕》）

尽日看云首不回，无心都大似无才。
可怜光彩一片玉，万里晴天何处来？
（杜牧《云》）

上引小李杜诗中的这类句子：

求之流辈岂易得
若无江氏五色笔
南朝四百八十寺
杜陵隋苑已绝国
溪头正雨归不得

汉宫一百四十五
可怜光彩一片玉

实际上就是标准律句“平平仄仄平平仄”的变格：平平仄仄㊥仄仄。如果加上一些“一三五不论”的自由因素，其格式就可以抽象为：

㊥平㊀仄㊥仄仄

这种平仄句型虽然可以与五言特殊句“仄仄㊥仄仄”一视同仁，但它的用例在唐人诗作中毕竟要少一些，而且，此种句型的第六字究竟是个故意使用的仄声字，还是权且代替平声的“变声”字，至今为止仍然是个悬案。宋人洪迈曾经指出：

白乐天诗，好以司字作入声读，如云：“四十著绯军司马，男儿官职未蹉跎”，“一为州司马，三见岁重阳”是也。又以相字作入声，如云：“为问长安月，谁教不相离”是也。相字之下自注云：“思必切。”以十字作平声读，如云：“在郡六百日，入山十二回”，“绿浪东西南北路，红栏三百九十桥”是也。以琵字作入声读，如云：“四弦不似琵琶声，乱写真珠细撼铃”，“忽闻水上琵琶声”是也。武元衡亦有句云：“唯有白须张司马，不言名利尚相从。”（《容斋随笔》卷一，着重号为笔者所加，下同）

洪氏所谓“好以司字作入声读”，是看走了眼，其实“司”字古音本来有平、去两声。但云白居易“以十字作平声读”倒发人深思。遗憾的是，他没有言及所见的白诗对此有无“自注”，不过，从其叙说白诗“以相字作入声”有白氏自注“思必切”观之，似乎他并非仅仅从律句平仄格式推论出来的。入声字“十”字作平声读，自洪迈指出后，明人杨慎也颇为留意，他曾以“十字平音”为题著录于其书中：

唐诗：“三十六所春宫殿，一一香风透管弦。”又：“绿波东西南北水，红阑三百九十桥。”又：“春城三百九十桥，夹岸朱楼隔柳条。”又：“烦君一日殷勤意，示我十年感遇诗。”陈郁云：“十音当为谌也，谓之长安语音，律诗不如此，则不叶矣。”（《升庵诗话》卷一）

洪迈是北宋人，陈郁是南宋人，如果他们说的都是实情，“十”字用的是发音类似于“谌”字的“长安语音”，那么杜牧的“南朝四百八十寺”一句完全符合律句“平平仄仄平平仄”的格式。倘若杜牧的“十”字是作平声读，那么上述例诗中的“实”、“易”、“色”、“绝”、“不”等入声字也都有可能是代作平声，因此，也就无须考虑该句型特殊不特殊了。只是“片”字却非入声，而是去声，所以，唐人用“作平声读”的仄声字或许不仅仅是入声字而已。

唐人作近体诗似乎试图在有限的空间中尽可能地自由一下，“一三五不论”也好，“特殊句”也好，都是这样的尝试。此外，临时改变一下字的读音，平声作入声读，或者入声作平声读，也都属于争取些许创作自由的一种尝试。宋人王楙曾经指出：

《容斋随笔》云：“白乐天好以司字作入声读，如云‘四十着绯军司马，男儿官职未蹉跎’，‘一为军司马，三见岁重阳’是也。又以相字作入声，如云‘为问长安月，谁教不相离’是也，相字下自注云：‘思必切’。以十字作平声读，如云‘在郡六十日，入山十二回’，‘绿涨东西南北水，红栏三百九十桥’是也。以琵字作入声读，如云‘四弦不似琵琶声’是也。武元衡亦有句云‘惟有白须张司马，不言名利尚相从’。”仆谓二诗司字非入声，乃去声耳。观白诗无注，《广韵》入声不收，《集韵》去声伺字韵收，曰：司，主也。仆观《西汉·叙传》与夫《文选》，司字作伺字协，疑此诗亦以司为伺。如琶字、相字，洪谓作入声，此说是已。白诗多犯鄙俗语，又如枇杷之枇、蒲萄之蒲，亦协入声。如请召之请协平声，谅暗之暗协去声，似此之类甚多。其诗句有曰‘况对东溪野枇杷’，‘烛泪粘盘累蒲萄’，‘燕姬酌蒲萄’，是协入声者也。又曰‘当时绮季不请钱’，‘商宗谅暗中’，是协平声去声者也。仆又考之，不特白诗为然，唐人之诗多有如是者，如张祜曰‘生擒枇杷酸’，曰‘宫楼一曲琵琶声’，姚合曰‘每月请钱共客分’，张文昌曰‘锦江楼下三江流’，是皆随其律而用之。(《野客丛书》卷十九)

除了他所指出的“十”、“琶”、“枇”、“蒲”、“请”、“谅”这类“随其律而用之”的权宜变声字之外，还有多少同样的情形呢？洪迈、王楙、陈郁的发现对于今人来说是研究近体诗格律的重要启示，千万不要以为唐人只会傻乎乎地死守着标准律句的格式，他们有着许多聪明的应对方法。

第五节　“拗救”：未尝有过的假古董

以前读当代诗律学家们讲述近体诗律的著作，感觉最痛苦的莫过于“拗救”说，心想唐代诗人真是不得了，“拗”就“拗”了吧，还非得挖空心思地去“救”，“救”得我等后人为了探寻那些“拗救”规则而苦不堪言，甚至疑心贾岛

“两句三年得，一吟双泪流”，卢延让“吟安一个字，捻断数茎须”，大概全都是为了“救”而闹的。诗圣“晚节渐于诗律细”，诗仙嘲讽他“借问别来太瘦生？总为从前作诗苦”，莫非他老人家也因为“救”自己而弄得疾病缠身吗？

综观当代学者们关于“拗救”的解说，大都相当琐细繁杂，使人如坠云里雾中。正所谓你不说我倒明白，你越说我反而越糊涂。其实这类纯属烦琐哲学的“拗救”说，跟文物市场上的赝品似的，并无那么悠久的历史，充其量也只能算是大清盛世康乾而后的货色。如果不是赵执信始作鼓吹“拗救”的俑者，今人也许不会煞有介事地大谈“救”“拗”的“金科玉律”。

赵执信少有神童之誉，长大成为一位著名的诗人兼诗论家。他对于诗歌的声律兴趣浓厚，曾向王士祯问学此道，无奈王士祯为人有点儿吝啬，独门秘籍不肯传人。赵执信却很争气，师傅不教没关系，咱可以自学成才，于是他“乃发唐人诸集，排比钩稽，竟得其法”，写下了《声调谱》三卷。赵执信在这本书中提出了“拗救”的观点，因此，赵氏大约算得上“拗救”说的老祖宗了。纪晓岚等对这本书曾“提要”道：

律诗以本句平仄相救为单拗，出句如杜甫之“清新庾开府”、对句如王维之“暮禽相与还”是也。两句平仄相救为双拗，如许浑之“溪云初起日沉阁，山雨欲来风满楼”是也。其它变例数条，皆本此而推之。而起句结句不相对偶者，则不在此限焉。其说颇为精密，惟所列李贺十二月乐府所标平仄不可解，卷末附以古韵通转，其说尤谬，盖其门人所妄增者。今特加刊削焉。（《四库提要·声调谱》）

看纪晓岚的“提要”，对于何者为“救”、何者为“拗”还是有点儿犯晕，不如直接看赵执信是怎么说的。下面引的是杜牧的五律《句溪夏日送卢霈秀才归王屋山将欲赴举》，中括号中的文字乃赵执信《声调谱》中的解说：

野店正【宜平而仄】分泊，

茧蚕初【宜仄而平〇第一字仄，第三字必平】引丝【第三字救上句〇亦可不救〇二句律句中拗】。

行人碧【宜平而仄】溪【宜仄而平】渡【拗句〇第四字拗平，第三字断断用仄，今人不论者非】，

系马绿杨枝【不对格而实对】。

苒苒迹始去【五字俱仄〇中有入声字妙】，

悠悠心【此字必平，救上句】所期【此必不可不救，因上句第三第四字皆当平而反仄，必以此第三字平声救之，否则落调矣。上句仄仄平仄仄，亦同】。

秋山念君别【拗，同第三句】，

惆怅桂花时。

《声调谱》中关于“拗救”的集中叙述，卷一（序号为引者加）有：

1. 平平仄仄仄，下句仄仄仄平平，律诗常用。若仄平仄仄仄，则为落调矣。盖下有三仄，上必二平也。律诗平平仄仄平，第二句之正格，若仄平平仄平，变而仍律者也【即是拗句】。仄平仄仄平，则古诗句矣。此格人多不知者，由一三五不论二语误之也。

2. 七言，不过于五言上加平平仄仄耳。拗处总在第五、第六字上。七言之五六字，即五言之三四字，可以类推。

3. 起句第二字仄、第四字平者，如仄仄平平仄，或平仄平平仄，或平仄仄平平，俱可；若平仄平仄仄，则古诗句矣。

4. 起句仄仄仄平仄，或平仄仄平仄，唐人亦有此调，但下句必须用三平或四平，如仄平平仄平、平平平仄平是也。

5. 上句第三字平，下句第三字可仄。若上句第三字仄，下句第三字断宜平。此在首联，唐人亦有不拘者；若二联，则必不容不严矣。

综观赵氏的上述说法，可以看出他的见解有长处也有短处。他的“长处”就在于发现了唐人近体诗中的两种常用句式，即所谓“第四字拗平，第三字断断用仄”的“行人碧溪渡”与所谓“五字俱仄”的“苒苒迹始去”，也就是笔者称之为“特殊句”的“平平仄平仄”与“仄仄㊥仄仄”。这两种句式，虽然明显违背近体诗律句的平仄规则，但是唐人就是毫无顾忌地把它们当作律句来使用。赵执信对这两种句式予以特殊关注，说明他确实眼光敏锐。只可惜他虽然看出了“仄仄㊥仄仄”句式的特殊，却没有承认它的合理性，没有承认它是一种“特殊”的律句。

他的“短处”则主要表现在：

（1）认定“平仄平仄仄”是“古诗句”，“仄平仄仄仄”为“落调”。

（2）认为“仄平仄仄平”为“古诗句”。

（3）提出了所谓的“拗救”说。

试看其一，所谓“古诗句”，当然是指与律句平仄相悖的古风句式。实际上“平仄平仄仄”是律句“仄仄平平仄”的异变，尽管它违背律句的平仄规则，但唐人在近体诗创作中却相沿成习地大加使用，所以再无须把它看成“古诗句”，而径直视之为“特殊”的律句即可。有如前述，本书称之为“特殊句”的第二种形式，就是这个道理。至于他所讥讽的“仄平仄仄仄”句式，实际上是变格律句，连诗仙、诗圣的笔下都不罕见，如：

蜀僧抱绿绮，西下峨眉峰。(李白《听蜀僧濬弹琴》)
水如一匹练，此地即平天。(李白《秋浦歌》其十二)
幸因腐草出，敢近太阳飞。(杜甫《萤火》)
别离已昨日，因见古人情。(杜甫《送远》)

因此，又有什么理由挖苦它为“落调”？

试看其二，赵执信所谓唐人近体中的另一种“古诗句”，即“仄平仄仄平”，正演化出近人所谓的近体诗一大避忌“孤平”说。“孤平”说究竟具有何种程度的合理性，笔者后面有专节论述。

再看其三，所谓的“拗救”说。赵执信的“拗救”分作两类，一为“可救可不救”，一为“不可不救”。前者如其说到“仄仄平平仄”句式时，说此句第三字如用仄声，则对句第三字作平声，是“救上句”，但“亦可不救”。之所以有这种模棱两可的说法，是因为他在诗歌作品中看到这种句式的对句第三字，既有平声的，又有仄声的。为了弥合他所谓“拗救”说的破绽，不得已而采取了“可救可不救”的措辞。然而，既然可救可不救，那还谈论“救”干什么！恰恰是这种模棱两可的措辞，使他的“拗救”说彻底失去了存在的意义。

后者的“不可不救”，听起来似乎言之凿凿，不可移易。但是，切莫轻信。每个人的视野中都存在着自己扫描不到的死角，他自以为找到了立论的确凿论据，可他视野死角中却往往存在着足以推翻他观点的证据。比如赵执信论说关于“仄仄(平)仄仄”的对句所谓“拗救”时说：

苒苒迹始去，悠悠心【此字必平，救上句】所期【此必不可不救，因上句第三第四字皆当平而反仄，必以此第三字平声救之，否则落调矣】。

按照赵氏的“拗救”说，出句为“仄仄(平)仄仄”时，对句的第三字必须是平声，这样才能收到“救上句”的效果。这种“拗救”属于“必不可不救”之列，“否则落调矣”。验之于唐人的诗作，赵氏的观点并非完全无据，确实有相当一批如此吟咏的诗作，如：

流水如有意，暮禽相与还。（王维《归嵩山作》）
人事有代谢，往来成古今。（孟浩然《与诸子登岘山》）
远送从此别，青山空复情。（杜甫《奉济驿重送严公四韵》）
致此自僻远，又非珠玉装。（杜甫《蕃剑》）
壮岁忽已去，浮荣何足论。（白居易《晚岁》）
高阁客竟去，小园花乱飞。（李商隐《落花》）
肠断未忍扫，眼穿仍欲归。（李商隐《落花》）
不卷锦步障，未登油壁车。（李商隐《朱槿花二首》其一）
渐与骨肉远，转于僮仆亲。（崔涂《除夜有怀》）

既然有如此不一而足的例证，补救的理论似乎可以成立了。但是且住！殊不知还有一些唐人的诗作并没有按照这种“金科玉律”进行所谓的“补救”：

渌水净素月，月明白鹭飞。
郎听采菱女，一道夜歌归。
（李白《秋浦歌》其十三）
北上途未半，南行岁已阑。
孤舟下建德，江水入新安。
海近山常雨，溪深地早寒。
行行泊不可，须及子陵滩。
（崔颢《发锦沙村》）
拂衣去何处？高枕南山南。
欲徇五斗禄，其如七不堪。
早朝非晏起，束带异抽簪。
因向智者说，游鱼思旧潭。
（孟浩然《京还赠张维》）
正字芸香阁，幽人竹素园。
经过宛如昨，归卧寂无喧。
高鸟能择木，羝羊屡触藩。

物情今已见，从此愿忘言。

（孟浩然《寄赵正字》）

吾友太乙子，餐霞卧赤城。
欲寻华顶去，不惮恶溪名。
歇马凭云宿，扬帆截海行。
高高翠微里，遥见石梁横。

（孟浩然《寻天台山》）

水上鹄已去，亭中鸟又鸣。
辞因使楚重，名为救齐成。
荒垄遽千古，羽觞难再倾。
刘伶今日意，异代是同声。

（柳宗元《善谑驿和刘梦得酹淳于先生》）

踏碎作赋笔，驱车出上京。
离筵俯歧路，四坐半公卿。
守命贫难掷，忧身梦数惊。
今朝赴知己，休咏苦辛行。

（姚合《送卢二弟茂才罢举游洛谒新相》）

不似人手致，岂关地势偏。
孤光袅馀翠，独影舞多妍。
迸火烧闲地，红星堕青天。
忽惊物表物，嘉客为留连。

（孟郊《酬郑毗踯躅咏》）

芳草正得意，汀洲日欲西。
无端千树柳，更拂一条溪。
几朵梅堪折，何人手好携。
谁怜佳丽地，春恨却凄凄。

（杜牧《不饮赠官妓》）

往事起独念，飘然自不胜。
前滩急夜响，密雪映寒灯。
的的三年梦，迢迢一线缅。

明朝楚山上，莫上最高层。

（杜牧《襄阳雪夜感怀》）

雪涨前溪水，啼声已绕滩。

梅衰未减态，春嫩不禁寒。

迹去梦一觉，年来事百般。

闻君亦多感，何处倚阑干？

（杜牧《初春有感寄歙州邢员外》）

何处人事少？西峰旧草堂。

晒书秋日晚，洗药石泉香。

后岭有微雨，北窗生晓凉。

徒劳问归路，峰叠绕家乡。

（杜牧《西山草堂》）

蜀道波不竭，巢乌出浪痕。

松阴盖巫峡，雨色彻荆门。

宿寺青山尽，归林彩服翻。

苦吟怀冻馁，为吊浩然魂。

（李洞《送皇甫校书自蜀下峡归觐襄阳》）

万木冻欲折，孤根暖独回。

前村深雪里，昨夜一枝开。

风递幽香出，禽窥素艳来。

明年应知律，先发望春台。

（齐己《早梅》）

巫峡七百里，巫山十二峰。

年年自云雨，环佩竟谁逢？

（陆龟蒙《巫峡》）

明日添一岁，端忧奈尔何？

冲寒出洞口，犹校夕阳多。

（司空图《岁尽二首》其一）

在这些“特殊句”的对句中，第三字都不是赵氏“拗救”说所主张的“必以此第三字平声救之”。而在这些例诗的作者中，最无名气的大概是和尚齐己了，但是，其诗的数量在《全唐诗》中仅次于李杜、元白，位居第五，而其人也与皎然、贯休一起并称唐代三大诗僧，铁齿铜牙纪晓岚甚至说“唐诗僧以齐己为第一”，所以他大概不会被认为是诗律的门外汉吧。至于李白、崔颢、孟浩然、柳宗元、孟郊、姚合、杜牧、陆龟蒙、司空图等人，都是有口皆碑的唐代一流诗人。有点儿令人无奈的是，这些根本就不符合后世专家们诗律学的例证，宛如重磅炸弹似的，炸出了所谓“拗救”理论的破绽。

赵执信在《声调谱》卷一中还曾明确谈到：

上句第三字平，下句第三字可仄。若上句第三字仄，下句第三字断宜平。此在首联，唐人亦有不拘者；若二联，则必不容不严矣。

措辞很干脆，“若二联，则必不容不严矣”，当然也属于“不可不救”之列。但是，唐人律诗中的二联果真都像赵氏所说的这样吗？答曰非也，请看：

银台金阙夕沉沉，独宿相思在翰林。
三五夜中新月色，二千里外故人心。
渚宫东面烟波冷，浴殿西头钟漏深。
犹恐清光不同见，江陵卑湿足秋阴。

（白居易《八月十五日夜禁中独值对月忆元九》）

此花南地知难种，惭愧僧闲用意栽。
海燕解怜频睥睨，胡蜂未识更徘徊。
虚生芍药徒劳妒，羞杀玫瑰不敢开。
唯有数苞红萼在，含芳只待舍人来。

（徐凝《题开元寺牡丹》）

高槛凉风起，清川旭景开。
秋声向野去，爽气自山来。
霄外鸿初返，檐间燕已归。
不因烟雨夕，何处梦阳台。

（李德裕《秋日美晴郡楼闲眺寄荆南张书记》）

幽岛藓层层，诗人日日登。
坐危石是榻，吟冷唾成冰。
静对唯秋水，同来但老僧。

竹枝题字处，小篆复谁能。

（姚合《吟诗岛》）

交阯同星座，龙泉佩斗文。

烧香<u>翠</u>羽帐，看舞<u>郁</u>金裙。

鹢首冲泷浪，犀渠拂岭云。

莫教铜柱北，空说马将军。

（杜牧《送容州唐中丞赴镇》）

楚国同游过十霜，万重心事几堪伤。

蒹葭<u>露</u>白莲塘浅，砧杵<u>夜</u>清河汉凉。

云外山川归梦远，天涯歧路客愁长。

寒城欲晓闻吹笛，犹卧东轩月满床。

（许浑《秋夜与友人宿》）

看山对酒君思我，听鼓离城我访君。

腊雪<u>已</u>添墙下水，斋钟<u>不</u>散槛前云。

阴移竹柏浓还淡，歌杂渔樵断更闻。

亦拟村南买烟舍，子孙相约事耕耘。

（李商隐《子初郊墅》）

这些并不怎么费事随手就可以检出的例子，轻而易举地证明赵氏所谓“若二联，则必不容不严”说的不可信。

唐人近体诗作创作的实际与赵氏所谓的“拗救”说如此错位，这不能不叫人疑心当初唐人作诗并没有讲究什么“拗救”，大清王朝的赵执信及以后的学者把唐人近体诗的声律作为一门学问来研究，研究来研究去便研究出一门“拗救”诗律学。唐人的近体诗多如牛毛，每位诗人都在带着镣铐跳舞，他们既不得不受“二四六分明”的制约，同时又享受着“一三五不论”的些微自由。这种些微的自由使得他们的近体诗作在声律上既存在着差异，又出现了类同，后世的学者们在这些方面探究、对照、比较、阐释，于是就创造出当句救、对句救、邻句救、隔句救、多句救等名称不一而花样翻新的“拗救法”。比如一家重点大学的教科书叙述“拗救”算是很简洁的，它所叙说的“拗救法”也仍然有三种：一为“本句救”，其实就是本书所述的“特殊句”之一；二为“对句救”，其实就是本书所述的“特殊句”之二；三为“本句对句并救”，这一种就得多费些笔墨。该书举的例子是：

潮满冶城渚，日斜征虏亭。(刘禹锡《金陵怀古》)

对这个例子，该书解说道：

此联节奏点上平仄是合律的，可以不救。但上句原为“仄仄平平仄”，第一字该仄而平（“潮”，平声），所以将第三字该平而改仄（“冶”，仄声），这是本句救了。下句本为“平平仄仄平”，第一字应平而用仄（“日”，仄声），将第三字应仄而改用平（“征”，平声），救了本句第一字。从两句关系看，下句第三字又补救了上句第三字，属对句救。

如果按照“一三五不论，二四六分明”的口诀，依据“仄仄平平仄”格式而作的“潮满冶城渚”，第一字和第三字可平可仄，根本就不存在“拗”与不“拗”的问题，所以用“潮”、“冶”，本身就是合律。既然不是“拗”，哪里还有什么“救”！同理，下句也是如此，第一字“日”和第三字“征”都在平仄“不论”之列，这样一来，以“征”救“日”之说就变成了无稽之谈。实际上，属于“仄仄平平仄”格式的诗句，很多人根本就没有像这部教科书所说的去“救”，如李商隐的诗：

桥迴凉风至，沟横夕照和。(《镜槛》)
朝佩皆垂地，仙衣尽带风。(《垂柳》)
王子调清管，天人降紫泥。(《哭刘司户》)
谁瞑衔冤目，宁吞欲绝声。(《有感》)

“凉”、“皆”、“调”、“衔”都是平声字，都没有如上文所述，以仄声字去“救”第一字（“桥”、“朝”、“王”、“谁”)。这样的例子举不胜举，唐人写起诗来都那么自由，今人又何必“救”啊“救”地自找麻烦?《新唐书》说：“天下本无事，庸人扰之而烦耳。”学习近体诗格律者，在所谓“拗救”上花时间、下功夫，窃以为是大大得不偿失的。

第六节 注意不“孤平”，但非绝对避忌

什么是“孤平”?

学人大致有两种意见，一种意见是：句中两仄夹一平便是“孤平”，也就是说诗句中出现“仄平仄”的声调排列，即犯了“孤平”的毛病。按照这种意见，

从唐人近体诗中很容易找出一大堆犯下“孤平”毛病的诗作来，如老杜《秋兴八首》中即有“巫山巫”、“每依北”、“请看石”、“百年世”等四处，《咏怀古迹五首》中即有“羯胡事”、“画图省”、“翠华想”、“指挥若”、“福移汉”等五处。一位“晚节渐于诗律细”的诗圣，竟然幼稚到在两套组诗中接二连三地犯下如此之多的格律错误，而且是些“常识”性的错误！莫非他患上了老年痴呆症，变得越来越不懂近体诗？因此，这种所谓“孤平”的见解，不管主张者有何等权威，都无法叫人心悦诚服。

另一种意见则是：“孤平”通常是指在特定的律句即五言“平平仄仄平”或七言“仄仄平平仄仄平”中所犯的一种毛病。据说在这个特定的律句中，如果除了韵脚外，只有一个平声字，那就是犯“孤平”。这种“孤平”说似乎就源自赵执信的《声调谱》，赵氏认为“仄平仄仄平”是非律句的“古诗句”，亦即近体诗应该避忌的一大毛病。据说唐人极少犯这种低级错误，比如下列诗句：

白鹭拳一足，月明秋水寒。（李白《赋得白鹭鸶送宋少府入三峡》）
白日依山尽，黄河入海流。（王之涣《登鹳雀楼》）
木落雁南渡，北风江上寒。（孟浩然《早寒江上有怀》）
已近苦寒月，况经长别心。（杜甫《捣衣》）
芙蓉阙下会千官，紫禁朱樱出上阑。（王维《敕赐百官樱桃》）
重阳独酌杯中酒，抱病起登江上台。（杜甫《九日五首》其一）
三年谪宦此栖迟，万古惟留楚客悲。（刘长卿《长沙过贾谊宅》）
先知风起月含晕，尚自露寒花未开。（李商隐《正月崇让宅》）

这些诗句中的“平平仄仄平（或‘仄仄平平仄仄平’）”格式，除了韵脚的平声外，都在句中保持了两个平声字，由此似乎可以证明唐人是何等刻意避免所谓的“孤平”现象的出现。有观点，又有例证，不由人不信。而且，由于学者们的诗词格律著作反复强调这一点，“孤平”似乎已经铁定为近体诗诗家的大忌。

不过，任何事情强调得过度就会令人生疑。比如有人为了坐实这条“铁律”，甚至明确地声言“在唐人的律诗中，很难发现孤平的句子”。试想，《全唐诗》皇皇九百卷，诗作近五万首，其中近体诗不知有多少，有几个人敢有这般底气作出这样的结论？他们还言之凿凿地说“杜甫近体诗中只有一个例外”，这就使读者益发相信他们的结论。事实果真如此吗？除了老杜的“臂悬两角弓”（《寄赠王使将军承俊》）外，再没有其他所谓“孤平”的例诗了吗？令人有些不解的是，权威们的言论有时倒很缺乏“权威”性，下面所引近体诗中所谓“孤平”的实例恰恰证明了他们的结论似嫌武断：

1．五律中“孤平”的诸例

金缕通秦国，为裘指魏君。
落花遥写雾，飞鹤近图云。
马眼冰凌影，竹根雪霰文。
何当画秦女，烟际坐氤氲。

（李峤《绫》）

美酒值芳春，醒余气益真。
降欢时倒屣，乘兴偶翻巾。
徐榻思方建，左车理自均。
傲然歌一曲，一醉濯缨人。

（赵冬曦《答张燕公翻著葛巾见呈之作》）

老来懒赋诗，惟有老相随。
宿世谬词客，前身应画师。
不能舍余习，偶被世人知。
名字本皆是，此心还不知。

（王维《偶然作六首》之六）

夜深露气清，江月满江城。
浮客转危坐，归舟应独行。
关山同一照，乌鹊自多惊。
欲得淮王术，风吹晕已生。

（杜甫《玩月呈汉中王》）

羁心不自解，有别会沾衣。
春草连天积，五陵远客归。
十年经转战，几处便芳菲。
想见函关路，行人去亦稀。

（刘长卿《送友人西上》）

别筵欲尽秋，一醉海西楼。
夜雨寒潮水，孤灯万里舟。
酒飞鹦鹉重，歌送鹧鸪愁。

惆怅三年客，难期此处游。

（李群玉《广江驿饯筵留别》）

所居幸接邻，相见不相亲。
一似云间月，何殊镜里人。
丹诚空有梦，肠断不禁春。
愿作梁间燕，无由变此身。

（崔仲容《赠所思》）

古来利与名，俱在洛阳城。
九陌鼓初起，万车轮已行。
周秦时几变，伊洛水犹清。
二月中桥路，鸟啼春草生。

（于邺《过洛阳城》）

极南极北游，东泛复西流。
行匝中华地，魂销四海秋。
题诗在琼府，附舶出青州。
不遇一公子，弹琴吊古丘。

（李洞《上昭国水部从叔郎中》）

汉皇敦故友，物色访严生。
三聘迨深泽，一来遇帝庭。
紫宸同御寝，玄象验客星。
禄位终不屈，云山乐躬耕。

（吴筠《高士咏·严子陵》）

2. 七律中"孤平"的诸例

水石随缘岂计程，东吴相遇别西京。
夜禅月下袈裟湿，晚上山巅锡杖鸣。
念我为官应易老，羡师依佛学无生。
越中多有前朝寺，处处铁钟石磬声。

（姚合《送文著上人游越》）

桑柘悠悠水蘸堤，晚风晴景不妨犁。
高机犹织卧蚕子，下坂未饥逢饲妻。

杏色满林羊酪熟，麦凉浮垄雉媒低。
生时自乐死由命，万事在天管不迷。
（杨发《南野逢田客》）

早起雀声送喜频，白鱼芳酒寄来珍。
馨香乍揭春风瓮，拨剌初辞夜雨津。
樽阔最宜澄桂液，网疏殊未损霜鳞。
不曾垂钓兼亲酝，堪愧金台醉饱身。
（徐夤《谢主人惠绿酒白鱼》）

3. 五绝中“孤平”的诸例

两鬓入秋浦，一朝飒已衰。
猿声催白发，长短尽成丝。
（李白《秋浦歌》其四）

秋浦千重岭，水车岭最奇。
天倾欲堕石，水拂寄生枝。
（李白《秋浦歌》其八）

渌水净素月，月明白鹭飞。
郎听采菱女，一道夜歌归。
（李白《秋浦歌》其十三）

食出野田美，酒临远水倾。
东流若未尽，应见别离情。
（李白《口号》）

麋入神羊队，鸟惊海鹭眠。
仍教百余日，迎送直厅前。
（元稹《直台》）

苦雨晴何喜，喜于未雨时。
气收云物变，声乐鸟乌知。
（白居易《喜晴联句》）

海月非常物，等闲不可寻。
披沙应有地，浅处定无金。
（钱起《江行无题》）

石城古岸头，一望思悠悠。
几许六朝事，不禁江水流。
（刘洞《石城怀古》）

莫折红芳树，但知尽意看。
狂风幸无意，那忍折教残。
（徐铉《离歌辞》其一）

且喜安能保，那堪病更忧。
可怜藜杖者，真个种瓜侯。
（司空图《休休亭》）

4. 七绝中“孤平”的诸例

一月主人笑几回，相逢相识且衔杯。
眼看春色如流水，今日残花昨日开。
（崔惠童《宴城东庄》）

青骢一匹昆仑牵，奏上大王不取钱。
直为猛风波滚骤，莫怪昌龄不下船。
（王昌龄《上马当山神》）

一日踏春一百回，朝朝没脚走芳埃。
饥童饿马扫花喂，向晚饮溪三两杯。
（孟郊《济源寒食》其三）

百岁老翁不种田，惟知曝背乐残年。
有时扪虱独搔首，目送归鸿篱下眠。
（李颀《野老曝背》）

古竹老梢惹碧云，茂陵归卧叹清贫。
风吹千亩迎雨啸，鸟重一枝入酒尊。
（李贺《昌谷北园新笋》）

不明不暗胧胧月，不暖不寒慢慢风。
独卧空床好天气，平明闲事到心中。
（白居易《嘉陵夜有怀二首》）

豆苗鹿嚼解乌毒，艾叶雀衔夺燕巢。

鸟兽不曾看本草，谙知药性是谁教。

（白居易《禽虫十二章》）

人形上品传方志，我得真英自紫团。

惭非叔子空持药，更请伯言审细看。

（周繇《以人参遗段成式》）

曲突徙薪不谓贤，焦头烂额飨盘筵。

时人多是轻先见，不独田家国亦然。

（周昙《春秋战国门·再吟》）

昨日雪山记尔名，吾今坐石已三生。

少年道性易流动，莫遣秋风入别情。

（皎然《送胜云小师》）

5. 排律中的“孤平”

小隐慕安石，远游学屈平。（李白《秋夜独坐怀故山》）

入侍瑶池宴，出陪玉辇行。（李白《秋夜独坐怀故山》）

平旦驱驷马，旷然出五盘。（岑参《早上五盘岭》）

峡险通舟过，水长注海奔。（杜甫《奉汉中王手札》）

去俗因解绶，忆山得采薇。（钱起《酬陶六辞秩归旧居见柬》）

花下本无俗，酒中别有神。（孟郊《罗氏花下奉招陈侍御》）

不见诗酒客，卧来半月余。（白居易《病中逢秋，招客夜饮》）

折简能荣瘁，遗簪莫弃捐。（温庭筠《感旧陈情五十韵献淮南李仆射》）

谢氏怜儿女，郗家贵舅甥。（陆龟蒙《江南秋怀激华阳真人》）

杳无霄汉上，仰攀日月行。（李宾《登瓦官寺阁》）

……

不知道所谓“在唐人的律诗中，很难发现孤平的句子”，“杜甫近体诗中只有一个例外”云云，其中的“律诗”是广义的还是狭义的。如果是广义的，指的便是格律诗，亦即近体诗，而上述的例诗都是近体诗，都存在他们看不上眼的所谓“孤平”毛病。如果是狭义的，那么指的则是五七言律诗，而上引的李峤《绫》以下至徐夤《谢主人惠绿酒白鱼》等不都是五七言律诗吗？“杜甫近体诗”中也不是“只有一个例外”，五律《玩月呈汉中王》不也是他的近体诗吗？

引述这些例诗的目的并不是要推翻既成的所谓“孤平”说，只是想说明强调过了头就会走向反面。把避忌“孤平”一味地渲染成不得怀疑的金科玉律，就无法对上引“孤平”诸例的客观存在作出合理的解释，总不能说那些诗家都是诗坛的“低能儿”吧？关于“孤平”，比较稳妥的说法应该是：唐人作近体诗注意不“孤平”，但并非绝对避忌。至于唐人为什么注意不“孤平”，“孤平”究竟于诗有什么损害，时至今日也没有人能作出圆满的解释，或许它只不过是唐代诗人的一种创作惯性而已。

第七节 避免“三连平”，但也时而用之

学人们说近体诗的另一个避忌是“三连平”。“三连平”亦即“三平调”，也就是韵句的最后三个字都是平声字。确实如方家所论，“三连平”是古风中常见的形式，这一点在古体诗中几乎是随处可见，如李白与杜甫的两首古风：

我浮黄河去京阙，挂席欲进波连山。
天长水阔厌远涉，访古始及平台间。
平台为客忧思多，对酒遂作梁园歌。
却忆蓬池阮公咏，因吟渌水扬洪波。
洪波浩荡迷旧国，路远西归安可得！
人生达命岂暇愁，且饮美酒登高楼。
平头奴子摇大扇，五月不热疑清秋。
玉盘杨梅为君设，吴盐如花皎白雪。
持盐把酒但饮之，莫学夷齐事高洁。
昔人豪贵信陵君，今人耕种信陵坟。
荒城虚照碧山月，古木尽入苍梧云。
梁王宫阙今安在？枚马先归不相待。
舞影歌声散绿池，空馀汴水东流海。
沉吟此事泪满衣，黄金买醉未能归。
连呼五白行六博，分曹赌酒酣驰晖。
歌且谣，意方远，东山高卧时起来，

欲济苍生未应晚。

（李白《梁园吟》）

车辚辚，马萧萧，行人弓箭各在腰。
耶娘妻子走相送，尘埃不见咸阳桥。
牵衣顿足拦道哭，哭声直上干云霄。
道旁过者问行人，行人但云点行频。
或从十五北防河，便至四十西营田。
去时里正与裹头，归来头白还戍边。
边庭流血成海水，武皇开边意未已。
君不闻汉家山东二百州，千村万落生荆杞。
纵有健妇把锄犁，禾生陇亩无东西。
况复秦兵耐苦战，被驱不异犬与鸡。
长者虽有问，役夫敢伸恨？
且如今年冬，未休关西卒。
县官急索租，租税从何出？
信知生男恶，反是生女好。
生女犹得嫁比邻，生男埋没随百草。
君不见青海头，古来白骨无人收。
新鬼烦冤旧鬼哭，天阴雨湿声啾啾！

（杜甫《兵车行》）

李白《梁园吟》中有九个韵句最后三个字如下：

挂席欲进<u>波连山</u>
访古始及<u>平台间</u>
平台为客<u>忧思多</u>
对酒遂作<u>梁园歌</u>
因吟渌水<u>扬洪波</u>
且饮美酒<u>登高楼</u>
五月不热<u>疑清秋</u>
古木尽入<u>苍梧云</u>
分曹赌酒<u>酣驰晖</u>

“波连山”、“平台间”、“忧思多”、“梁园歌”、“扬洪波”、“登高楼”、“疑清秋”、“苍梧云”、“酣驰晖”等，便是所谓的“三连平”（“三平调”）。后一首杜诗《兵车行》中运用这种韵脚的韵句则如：

尘埃不见咸阳桥
哭声直上干云霄
便至四十西营田
禾生陇亩无东西
古来白骨无人收
天阴雨湿声啾啾

李杜古风韵句中多有“三连平”，且并不是偶然的特例，这种现象在其他唐人的古风中也可以说比比皆是。换言之，说“三连平”是古风的标志性句尾，似乎也言之成理。但是，是不是就可以因此而把它强调为古风的独门绝技呢？是不是可以把“三连平”论定为近体诗家的大忌呢？恐怕也不能说得太绝对。之所以这样说，是因为近体诗中也不乏所谓“三连平”的句尾，比如下述的律诗：

逆旅逢佳节，征帆未可前。
窗临汴河水，门渡楚人船。
鸡犬散墟落，桑榆荫远田。
所居人不见，枕席生云烟。
（王维《千塔主人》）

欣逢柏台旧，共谒聪公禅。
石室无人到，绳床见虎眠。
阴崖常抱雪，枯涧为生泉。
出处虽云异，同欢在法筵。
（孟浩然《陪李侍御访聪上人禅居》）

渥洼汗血种，天上麒麟儿。
才士得神秀，书斋闻尔为。
棣华晴雨好，彩服暮春宜。
朋酒日欢会，老夫今始知。
（杜甫《和江陵宋大少府暮春雨后同诸公及舍弟宴书斋》）

仙界一日内，人间千载穷。

双棋未遍局，万物皆为空。
樵客返归路，斧柯烂从风。
唯余石桥在，犹自凌丹虹。
（孟郊《烂柯石》）

鸡调扶桑枝，秋空隐少微。
阔云霞并曜，高日月争辉。
若厥开天道，同初发帝机。
以言当代事，闲辟紫宸扉。
（刘乙《山中早起》）

朦胧南溟月，汹涌出云涛。
下射长鲸眼，遥分玉兔毫。
势来星斗动，路越青冥高。
竟夕瞻光彩，昂头把白醪。
（李群玉《七月十五夜看月》）

隐居三十载，石室南山巅。
静夜玩明月，清朝饮碧泉。
樵人歌垄上，谷鸟戏岩前。
乐矣不知老，都忘甲子年。
（许宣平《庵壁题诗》）

远公遁迹庐山岑，开士幽居祇树林。
片石孤峰窥色相，清池皓月照禅心。
指挥如意天花落，坐卧闲房春草深。
此外俗尘都不染，惟馀玄度得相寻。
（李颀《题璿公山池》）

靖安客舍花枝下，共脱青衫典浊醪。
今日洛桥还醉别，金杯翻污麒麟袍。
喧阗夙驾君脂辖，酩酊离筵我藉糟。
好去商山紫芝伴，珊瑚鞭动马头高。
（白居易《醉送李二十常侍赴镇浙东》）

梦游飞上天家楼，珠箔当风挂玉钩。
鹦鹉隔帘呼再拜，水仙移镜懒梳头。

丹霞不是人间晓，碧树仍逢岫外秋。
将谓便长于此地，鸡声入耳所堪愁。
（项斯《梦游仙》）

不独五七言律诗，绝句中的“三连平”现象也不罕见：

万籁不在耳，寂寥心境清。
无妨数茎竹，时有萧萧声。
（施肩吾《幽居乐》）

终南阴岭秀，积雪浮云端。
林表明霁色，城中增暮寒。
（祖咏《终南望余雪》）

人闲桂花落，夜静春山空。
月出惊山鸟，时鸣春涧中。
（王维《鸟鸣涧》）

紫藤挂云木，花蔓宜阳春。
密叶隐歌鸟，香风留美人。
（李白《紫藤树》）

八月边风高，胡鹰白锦毛。
孤飞一片雪，百里见秋毫。
（李白《观放白鹰》）

泠泠七弦上，静听松风寒。
古调虽自爱，今人多不弹。
（刘长卿《听弹琴》）

青骢一匹昆仑牵，奏上大王不取钱。
直为猛风波滚骤，莫怪昌龄不下船。
（王昌龄《上马当山神》）

怜君异域朝周远，积水连天何处通。
遥指来从初日外，始知更有扶桑东。
（刘长卿《同崔载华赠日本聘使》）

枋口花间掣手归，嵩阳为我留红晖。
可怜踯躅千万尺，柱地柱天疑欲飞。
（孟郊《济源寒食》其六）

洛阳一别梨花新，黄鸟飞飞逢故人。
携手当年共为乐，无惊蕙草惜残春。
（李颀《遇刘五》）
篔筜无子鸳雏饥，毛彩凋摧不得归。
谁念火云千嶂里，低身犹傍鹧鸪飞。
（李群玉《大庾山岭别友人》）
只爱糟床滴滴声，长愁声绝又醒醒。
人间荣辱不常定，唯有南山依青青。
（段成式《醉中吟》）

至于排律中的“三连平”现象更为多见，如白居易《酬张太祝晚秋卧病见寄》一诗十韵二十句中“三连平”就有六处之多：

西街居处远，北阙官曹深。
差池终日别，寥落经年心。
况兹独愁夕，闻彼相思吟。
容衰晓窗镜，思苦秋弦琴。
一章锦绣段，八韵琼瑶音。
何以报珍重？惭无双南金。

这些诗作中含有“三连平”的诗句，固然可以被人解释成所谓的“拗句”，但是一来唐人并无“拗句”之说，二来要是像后人说的那样“拗”一把，也往往是在关键的偶数位置上，而以上所引例诗别处都不“拗”，唯独第五字（或第三字），即容许在声调上有些许平仄选择权的位置使用了平声。这种现象表明：纵然“三连平”是古风的标志性句尾，大部分唐人近体诗作有意与其切割，但有些诗人为了诗意，时而运用此法，也不算是触犯了诗家大忌。既然王孟、李杜、白居易们都在近体诗的句尾无所顾忌地高唱着“平平平”的“三平调”，难道后人还有理由断定所谓的“三平调”为唐代近体诗不可忽视的“大忌”吗？后人还有理由凭借上述这些所谓的“毛病”来嘲笑唐人诗歌创作技艺的低下吗？

唐代以后，有些诗歌研究者似乎特别喜欢多事，他们不仅归纳出近体诗要避忌“三连平”，而且还得避忌“三连仄”，即律句最后三个字不能都是仄声。已如前述，“三连平”的顾忌说都要打些折扣，“三连仄”的顾忌说就靠谱了吗？其实判断这一说法有无道理的方法依然很简单，就是验之于唐人的近体诗。如果唐代诗人们的近体诗作，并没有刻意地避开“三连仄”现象，那么所谓“三连仄”的避忌说也就完全站不住脚。试看下面的唐人诗作：

童颜若可驻，何惜醉流霞。（孟浩然《宴梅道士山房》）
蜀僧抱绿绮，西下峨眉峰。（李白《听蜀僧濬弹琴》）
江流石不转，遗恨失吞吴。（杜甫《八阵图》）
将军不好武，稚子总能文。（杜甫《陪郑广文游何将军山林十首》其五）
星临万户动，月傍九霄多。（杜甫《春宿左省》）
乡书不可寄，秋雁又南回。（韦庄《章台夜思》）
朝罢须裁五色诏，佩声归到凤池头。（王维《和贾至舍人早朝大明宫之作》）
怅望千秋一洒泪，萧条异代不同时。（杜甫《咏怀古迹五首》其二）
偏称含香五字客，从兹得地始芳荣。（李商隐《和马郎中移白菊见示》）
若无江氏五色笔，争奈河阳一县花。（李商隐《县中恼饮席》）
回廊四合掩寂寞，碧鹦鹉对红蔷薇。（李商隐《日射》）

上引唐人近体诗中的所谓“三连仄”现象，都不过是在不经意之间检出的，如果细搜起来，真不知还有多少唐人多少律绝都不免如此“三连仄”。既然前朝的名家巨擘对“三连仄”都泰然处之，后人尤其是生活在21世纪的今人，又何必给自己多制造一条枷锁呢？

总之，“孤平”与“三连平”这两种所谓近体诗的避忌，并非唐人自己制定的近体诗创作规则，而是后人在阅读和吟诵唐人近体诗作的基础上总结归纳出来的所谓“法则”。应该承认，避免出现“孤平”与“三连平”，并不完全是空穴来风。有相当多的唐代诗人，有相当多的唐代近体诗，确确实实显示了与“孤平”或者“三连平”的绝缘，但是，任何人对唐代近体诗都无法做到穷尽式地阅读和吟诵，他们的视野中都不可避免地存在着死角，因此，他们总结归纳的结论就很难做到万全和准确，人们一旦较起真来，就容易发现其中的破绽或瑕疵。特别有趣的是，中国传统文化中有些东西不管是不是真理，只要约定俗成后，就会不受任何怀疑地代代流传下去。

第八节　拗句与拗体：近体格律的解构

“拗句”与“拗体”也不是唐人创造出来的诗学语汇，而且到现在它们的内涵还是言人人殊。

首先来看“拗句”的问题。

一、“拗句”说的流变

“拗句”一语是唐代近体诗形成后，后代人对近体诗评价或者批评的一种用语。目前所见较早言及“拗句”一语的似乎是北宋的胡仔。宋王楙的《野客丛书·拗句格》卷十九记载道：

《禁脔》云：鲁直有换字对句法，如曰“只今满坐且尊酒，后夜此堂空月明”。曰：“田中虽问不纳履，坐下适来何处蝇。”前此未有人作此体，自鲁直变之。《苕溪渔隐》曰：“此体出老杜，如‘宠光蕙叶与多碧，点注桃花舒小红’者是也。今俗语谓之拗句格。”仆谓此体非出于老杜，与杜同时如王摩诘亦多是句，如云“雨中草色绿堪染，水上桃花红欲燃”，曰“劝君更尽一杯酒，西出阳关无故人”，疑亦久矣。张说诗曰“山接夏空险，台留春日迟”，此亦拗句格也。

这段文字曾为宋代许多诗话或类书如《诗人玉屑》、《锦绣万花谷》、《古今事文类聚》、《古今合璧事类备要》等广加征引，但讹误甚多。《禁脔》即北宋诗僧惠洪的《天厨禁脔》，今存四库全书本未见此条。王楙大约也是从胡仔的《苕溪渔隐丛话》转引的，胡氏说：

《禁脔》云：“鲁直换字对句法，如‘只今满坐且尊酒，后夜此堂空月明’，‘清谈落笔一万字，白眼举觞三百杯’，‘田中谁问不纳履，坐上适来何处蝇’，‘秋千门巷火新改，桑柘田园春向分’，‘忽乘舟去值花雨，寄得书来应麦秋’，其法于当下平字处，以仄字易之，欲其气挺然不群，前此未有人作此体，独鲁直变之。”《苕溪渔隐》曰：“此体本出于老杜，如‘宠光蕙叶与多碧，点注桃花舒小红’，‘一双白鱼不受钓，三寸黄柑犹自青’，‘外江三峡且相接，斗酒新诗终日疏’，‘负盐出井此溪女，打鼓发船何郡郎’，‘沙上草阁柳新暗，城边野池莲欲红’，似此体甚多，聊举此数联，非独鲁直变之也。余尝效此体作一联云：‘天连风色共高远，秋与物华俱老成。’今俗谓之拗句者是也。”（前集卷四十七）

从上引两段文字中可以看出，惠洪所谓的黄庭坚“换字对句法”就是北宋俗称的“拗句”，这种“拗句”究竟指的是什么样的诗句，从王、胡二书所引的黄庭坚诗句可以判断出来：

1. 只今满坐且尊酒，后夜此堂空月明。(《野客丛书》引)
2. 田中谁问不纳履，坐上适来何处蝇。(《野客丛书》引)
3. 清谈落笔一万字，白眼举觞三百杯。(《苕溪渔隐丛话》引)
4. 秋千门巷火新改，桑柘田园春向分。(《苕溪渔隐丛话》引)
5. 忽乘舟去值花雨，寄得书来应麦秋。(《苕溪渔隐丛话》引)

黄氏的这五种诗句实际上就是基本律句“平平仄仄平平仄，仄仄平平仄仄平”按照“一三五不论”的口诀而产生的变格律句。1、4、5 三联可以一目了然，稍微麻烦一点儿的是 2、3 两联。这两联出句的第六字用的不是平声，而是仄声，貌似违背了平声的规则。但是，这两个仄声字一个是“纳”，一个是“万”，全都是入声字①。前面已经述及，唐人有“权宜变声”的吟诗法，白居易的“红阑三百九十桥”与杜牧的“南朝四百八十寺”以及上述诗句属于同类句型，只是第六字都用了权且代替平声的入声字“十”。因此，2、3 两联无疑也是“平平仄仄平平仄，仄仄平平仄仄平”的变格律句。而且，《野客丛书》所引的两联王维诗：

雨中草色绿堪染，水上桃花红欲燃。
劝君更尽一杯酒，西出阳关无故人。

同样是“平平仄仄平平仄，仄仄平平仄仄平”的变格律句。

那么，胡仔在追根寻源，说此体出于杜甫而引的五联杜诗，是不是属于同样的句型呢？且看《苕溪渔隐丛话》所引杜甫的这五联：

1. 宠光蕙叶与多碧，点注桃花舒小红。
2. 一双白鱼不受钓，三寸黄柑犹自青。
3. 外江三峡且相接，斗酒新诗终日疏。
4. 负盐出井此溪女，打鼓发船何郡郎。
5. 沙上草阁柳新暗，城边野池莲欲红。

毋庸置疑，1、3、4 三联都与“平平仄仄平平仄，仄仄平平仄仄平”属于同一句型，问题是 2 与 5 两联。初一看去，2 联中出句的第四字“鱼”、第六字“受”，5 联中出句第二字“上”及对句第二字“边”，都明显违背了这一句型的平仄规则，为什么胡仔视而不见，气定神闲地把二者与另外三联并列？最合理的

① “万”字有两音，一去声，一入声。又，这两联出句亦可视为用例较少的七言“特殊句”。

解释就是："鱼"、"受"、"上"、"边"这几个字极有可能都使用了"权宜变声"法，或者以平代仄，或者以仄代平。否则胡仔在仿效此体创作一联时就不会选择了一个同样的句型：

天连风色共高运，秋与物华俱老成。

宋人所称的"拗句"，今天看来实际上就是变格律句，而该律句的变化就在于其第五字的声调作了相反的处理，至于第一、三字的声调改变与否并不在意。

基于同样的认识，许浑的"溪云初起日沉阁，山雨欲来风满楼"、赵嘏的"湘潭云尽暮山出，巴蜀雪消春水来"等，也都被看成了"拗句"（见清王渔洋《分甘余话》）。之所以运用这种"拗句"，特地使"七言第五字反其平侧（仄）"，乃如宋僧惠洪所说，"欲其气挺然"（宋祝穆《古今事文类聚别集》卷十引《天厨禁脔》）。

至于五言近体诗的"拗句"，便是仿照"七言第五字反其平仄"，而使第三字反其平仄，如宋人吴可所说："苏州常熟县破头山，有唐常建诗刻，乃是'一径遇幽处'。盖唐人作拗句，上句既拗，下句亦拗。所以对'禅房花木深'，遇与花皆拗故也。其诗刻近时人常见之。"（《藏海诗话》）

所谓"拗救"说出现后，"拗句"的内涵有了变化，"拗句"不再单指宋人的"换字对句法"。只要基本律句中一三五的位置上用字声调发生了改变，该句就被称为"拗句"，如王维的"王孙归不归"，本该为仄声的第三字被自由成了平声"归"；孟浩然的"童颜若可驻"，本该为平声的第三字被自由成了仄声"若"，于是这两句也都被看成了"拗句"。其实把这类变格律句视为"拗句"完全是庸人自扰。

当今诗坛似乎对"拗句"的内涵作了些修正，即认为基本律句偶数位置的声调如有变化，该句即被视为"拗句"。即使如此界定"拗句"的内涵，反观唐人近体诗作时也还是慎之又慎。比如下面唐人的两首名诗：

八月湖水平，涵虚混太清。
气蒸云梦泽，波撼岳阳城。
欲济无舟楫，端居耻圣明。
坐观垂钓者，徒有羡鱼情。

（孟浩然《临洞庭上张丞相》）

故人西辞黄鹤楼，烟花三月下扬州。
孤帆远影碧空尽，唯见长江天际流。

（李白《黄鹤楼送孟浩然之广陵》）

孟浩然诗的首句格式应该是“仄仄仄平平”，但他却咏作了“八月湖水平”；李白七绝的首句应是“仄仄平平仄仄平”，而他却故意咏作了“故人西辞黄鹤楼”。这两句在关键的“二四六”位置上使用了与平仄规则相悖的声调，“八月湖水平”的第四字应该用平声，孟浩然却选用了仄声的“水”字，“故人西辞黄鹤楼”的第二字应该用仄声，李白却选用了平声的“人”字，因此，似乎都不符合上述近体诗的律句格式，所以有些人主张称这样的句子为“拗句”。然而，从前面引述《野客丛书》所见唐人的“权宜变声”现象观之，如果真的存在仄声协平声、平声协仄声的情况，那么仿照“请”协平、“暗”协仄声的先例，孟浩然的“水”、李白的“人”当然也可以同样协平声、协去声，而“八月湖水平”、“故人西辞黄鹤楼”两句就完全属于律句，也就不存在“拗句”的嫌疑了。当然，推测只是推测，现存的史料无法证实他们二人是否运用“权宜变声”法，所以也姑且将此类不符合律句平仄规则的诗句看作是“拗句”。

如果说“拗句”是仅指诗句而言，那么“拗体”则是就整篇诗而言。“拗体”的说法从出现到而今内涵也是处于不断的流变过程中。

二、“拗体”说的流变

所谓“拗体”，最初是近体诗中的一种诗体。南宋人周弼编选《三体唐诗》时，特地在所选七绝中设置“拗体”，在这一标目下选入唐人的七首七言绝句。周弼在书前的《选例》中专门解说了设置“拗体”的缘由，说：

此体绝高，必得奇句，方见标格。所谓风流挺特，不烦绳削而自合者，神来之候，偶一为之可耳。

周氏把这七首绝句命名为“拗体”，是因为他认为这些诗作不同凡响，独具一格，理由是他们都有显示“标格”的“奇句”，而且写得自然流转，毫无斧凿之痕。然而非常奇怪的是，此卷设置“拗体”实际上与前面的“后对”及后面的“侧体”一样，都是明显着眼于结构特征的，而周氏竟然绝口不提。“拗体”之前的“后对”所选的五首七绝，三四句均是对仗，所以叫“后对”；“拗体”之后的“侧体”所选的五首七绝，全部押的是仄声韵，所以叫“侧（仄）体”。而“拗体”所选的七首诗之所以称“拗体”，其真实缘由必然也离不开它们在结构上的共同特征。仔细阅读这七首绝句，就会发现它们可以分作“平起”的A类和“仄起”的B类两组：

A. 百花原头望京师，黄河水流无尽时。
秋天旷野行人绝，马首西来知是谁。
（李颀《旅望》）

A. 独怜幽草涧边生，上有黄鹂深树鸣。
春潮带雨晚来急，野渡无人舟自横。
（韦应物《滁州西涧》）

A. 宦情羁思共凄凄，春半如秋意转迷。
山城过雨百花尽，榕叶满庭莺乱啼。
（柳宗元《柳州二月》）

B. 怅望南徐登北固，迢遥西塞限东关。
落日临川问音信，寒潮惟带夕阳还。
（皇甫冉《酬张继》）

B. 野火烧枝水洗根，数围枯朽半心存。
应是无机承雨露，却将春色寄苔痕。
（长孙佐辅《河边枯木》）

B. 道士夜诵蕊珠经，白鹤下绕香烟听。
夜移经尽人上鹤，天风吹入秋冥冥。
（鲍溶《寄峨嵋山杨炼师》）

B. 呜轧江楼角一声，微阳潋滟落寒汀。
不用凭阑苦回首，故乡七十五长亭。
（杜牧《题齐安城楼》）

“平起”的A组三首，除李颀诗首句第四字“头”与第二句第二字“河”，疑为“权宜变声”外，余皆相同。“仄起”的B组四首，除鲍溶诗首句第二字“士”、第二句第四字“绕”、第六字“烟”疑为“权宜变声”，并且后两句失对外，余皆相同。而且，这两组绝句除首句押韵外，平仄形式都是前两句与后两句相同①；由此而生的第二个共同点，就是表现在两联之间的平仄关系上，七首绝句全部“失粘”。换言之，“失粘”是这七首诗共同拥有的最醒目的特征。对这种平仄形式的近体诗，后人称为“折腰体”，又因为王维的《渭城曲》也是“折腰体”，但他的名头更大，《渭城曲》又被改编过《阳关三叠》，

① 仅鲍溶诗第3句为较为少见的七言特殊句，第4句与第3句平仄失对。

于是后人又特地称王维这首“平起”的折腰体为“阳关体”。

元代的方回在《瀛奎律髓》一书中提出了所谓“拗字诗”的概念，他说：

拗字诗在老杜集七言律诗中谓之吴体。老杜七言律一百五十九首，而此体凡十九出，不止句中拗一字，往往神出鬼没，虽拗字甚多，而骨骼愈峻峭。今江湖学诗者，喜许浑诗“冰声东去市朝变，山势北来宫殿高”、“湘潭云尽暮山出，巴蜀雪消春水来”，以为丁卯句法，殊不知始于老杜，如“负盐出井此溪女，打鼓发船何郡郎”、“宠光蕙叶与多碧，点注桃花舒小红”之类，是也。如赵嘏“残星几点雁横塞，长笛一声人倚楼”，亦是也。唐诗多此类，独老杜吴体之所谓拗，则才小者不能为之矣。五言律亦有拗者，止为语句要浑成，气势要顿挫，则换易一两字，平仄无害也。但不如七言吴体全拗尔。（卷二十五）

他认为所谓“拗字诗”就是老杜的“吴体”，因为有“七言吴体全拗”的看法，于是后人据此即称老杜的“吴体”就是拗体七律。何为“吴体”？不妨先看看老杜自注“强戏为吴体”的《愁》诗：

江草日日唤愁生，巫峡泠泠非世情。
盘涡鹭浴底心性，独树花发自分明。
十年戎马暗南国，异域宾客老孤城。
渭水秦山得见否，人今疲病虎纵横。

全诗就单句而言，虽然不无律句，但各句组合在一起时，联与联之间完全忽略了平仄的粘对关系。仇兆鳌注杜诗引黄生曰：“皮陆集中亦有吴体诗，乃当时俚俗为此体耳。诗流不屑效之。杜公篇什既众，时出变调；凡集中拗律，皆属此体。”黄生没有说明这种“吴体”究属何体，只是说“乃当时俚俗为此体耳”，其实杜甫模仿的就是“吴声歌曲”体。“吴声歌曲”又称“吴歈”或“吴趋”，乃是流行于江南的民歌，南朝时对文人影响极大。既然是民歌，自然并不注意近体诗的所谓平仄规则，“强戏为吴体”的《愁》诗在用语通俗的同时又忽略了平仄的粘对关系自在情理之中。施蛰存说杜甫“用吴音来吟诵，也许并不拗”，那只是猜测，吴地的民间歌手唱“吴歌”根本不会考虑是不是符合近体的平仄规则，河南人老杜不是方言学家，他怎么会清楚诗中语词的“吴”音？以民歌“吴体”吟咏性情，最大的好处就是没有声律束缚，但是不是真像“吴体”，杜甫也没把握，所以自注说“强”为，不像也没关系，“戏”之而已。

明清文人基本沿袭了方回的“拗字诗”的观点，认定杜甫的“吴体”之类为拗体律诗，同时又把含有变格律句的七律也称为拗律，如清人王士祯说：

拗体律诗二种　唐人拗体律诗有二种：其一，苍莽历落中自成音节，如老杜“城尖径仄旌旆愁，独立缥缈之飞楼”诸篇是也；其一，单句拗第几字，则偶句亦拗第几字，抑扬抗坠，读之如一片宫商，如赵嘏之“溪云初起日沉阁，山雨欲来风满楼”（按《全唐诗》作许浑诗）、许浑之“湘潭云尽暮山出，巴蜀雪消春水来”是也。(《分甘余话拗体律诗二种》卷三)

问题是王氏把含有变格律句的近体也视为拗律，这只能使并不复杂的近体格律被弄得更复杂化，如他所引许浑的两首诗：

一上高楼万里愁，蒹葭杨柳似汀洲。
溪云初起日沉阁，山雨欲来风满楼。
鸟下绿芜秦苑夕，蝉鸣黄叶汉宫秋。
行人莫问当年事，故国东来渭水流。
(《咸阳城东楼》)

宋祖凌高乐未回，三千歌舞宿层台。
湘潭云尽暮山出，巴蜀雪消春水来。
行殿有基荒荠合，寝园无主野棠开。
百年便作万年计，岩畔古碑空绿苔。
(《凌歊台》)

两首七律不仅全由标准律句和变格律句构成，而且粘对关系无可挑剔。如果这样的诗被定为拗律，那么全唐诗的近体诗中还有不是拗律的吗？王士祯虽然为清初大家，但他的这种观点却似是而非。

三、而今如何界定“拗体”

“拗体”一语流变到今天，应该在总结前人见解的基础上重新给予界定。笔者认为所谓“拗体”是近体诗的一种变种，但是它必须至少在半首以上保留某些近体诗的格律特征，否则就成了古体诗的变种。比如七律，清人赵执信《声调谱》说：“凡拗律诗无八句纯拗者，其中必有谐句。如上四拗，下四谐；上六拗，下二谐；或中间拗，前后谐。若不粘不谐，定是古诗。”（卷二）赵氏之说有一定道理，但不完全是。“八句纯拗”的是古体诗，而“上六拗，下二谐”的仍以视为古体诗为宜；四谐、六谐的才可算是拗律。比如下述的唐人诗作：

昔人已乘黄鹤去，此地空余黄鹤楼。
黄鹤一去不复返，白云千载空悠悠。
晴川历历汉阳树，芳草萋萋鹦鹉洲。
日暮乡关何处是，烟波江上使人愁。
（崔颢《黄鹤楼》）

崔颢《黄鹤楼》首联的出句、颔联的出句都是拗句，颔联的对句也有“三连平”之嫌，但马马虎虎可以借对搪塞过去（“空”字借用去声）。不过，诗的后半首严守了近体诗的格律，颔联的对句与颈联的出句也符合粘的规则，因此，可以视之为拗律，前人称它为唐人七律中的压卷之作是合适的。

至于半首以上皆为拗句的，与其称之为“拗律”，还不如称之为“吴体”，或者称之为有律化倾向的古体诗。

除了拗句较多的近体诗为拗体外，通篇皆为律句，却不遵守粘对规则的，也是拗体，七律如：

仙官欲往九龙潭，旄节朱幡倚石龛。
山压天中半天上，洞穿江底出江南。
瀑布杉松常带雨，夕阳苍翠忽成岚。
借问迎来双白鹤，已曾衡岳送苏耽。
（王维《送方尊师归嵩山》）

居延城外猎天骄，白草连山野火烧。
暮云空碛时驱马，秋日平原好射雕。
护羌校尉朝乘障，破虏将军夜渡辽。
玉靶角弓珠勒马，汉家将赐霍嫖姚。
（王维《出塞》）

凤凰台上凤凰游，凤去台空江自流。
吴宫花草埋幽径，晋代衣冠成古丘。
三山半落青天外，二水中分白鹭洲。
总为浮云能蔽日，长安不见使人愁。
（李白《登金陵凤凰台》）

摇落深知宋玉悲，风流儒雅亦吾师。
怅望千秋一洒泪，萧条异代不同时。
江山故宅空文藻，云雨荒台岂梦思。
最是楚宫俱泯灭，舟人指点到今疑。
（杜甫《咏怀古迹五首》之二）

这类拗体是继承了周弼《三体唐诗》的分类法。构成此种“拗体”的前提是全篇各句皆为律句，唯独犯了“失粘”的毛病。如上引王维二律，前者颔联对句与颈联出句、颈联对句与尾联出句，后者首联对句与颔联出句、颔联对句与颈联出句都忽略了粘对规则；李白的七律首联对句与颔联出句、颔联对句与颈联出句，杜甫七律首联对句与颔联出句，也都没有考虑“粘”的问题。

属于这类“拗体”的近体绝句，最具代表性的是前面述及的“折腰体”，如：

谁道君王行路难，六龙西幸万人欢。
地转锦江成渭水，天回玉垒作长安。
（李白《上皇西巡南京歌》其四）
剑阁重关蜀北门，上皇归马若云屯。
少帝长安开紫极，双悬日月照乾坤。
（李白《上皇西巡南京歌》其十）
离别家乡岁月多，近来人事半消磨。
唯有门前镜湖水，春风不改旧时波。
（贺知章《回乡偶书》）
秋草生庭白露时，故园诸弟益相思。
尽日高斋无一事，芭蕉扇上独题诗。
（韦应物《闲居寄诸弟》）
八月长江去浪平，片帆一道带风轻。
极目不分天水色，南山南是岳阳城。
（崔峒《清江曲内一绝》）

王维诗作《渭城曲》而被称为“阳关体”的“折腰体”，也属于这种失粘的“拗体”：

渭城朝雨浥轻尘，客舍青青柳色新。

劝君更尽一杯酒，西出阳关无故人。

（王维《渭城曲》）

海潮南去过浔阳，牛渚由来险马当。

横江欲渡风波恶，一水牵愁万里长。

（李白《横江词》其二）

海神来过恶风回，浪打天门石壁开。

浙江八月何如此，涛似连山喷雪来。

（李白《横江词》其四）

独怜幽草涧边生，上有黄鹂深树鸣。

春潮带雨晚来急，野渡无人舟自横。

（韦应物《滁州西涧》）

男儿何不带吴钩，收取关山五十州？

请君暂上凌烟阁，若个书生万户侯？

（李贺《南园》之一）

特称此类拗体为“阳关体”，是因为王维的《渭城曲（一名“送元二使关西”）》后来被改写成“阳关三叠”。其实它们与李白《上皇西巡南京歌》（其四）之类的不同不过在于不是仄起而是平起罢了。

四、“拗句”与“拗体”的本质是解构近体格律

近体诗的格律在初唐时期定型后，受到了诗人们的认同和热捧，许多诗人都喜欢运用这种整饬的形式抒情写意。那么，《全唐诗》中的“拗句”与“拗体”是不是意味着诗人们的技法拙劣呢？当然不是。他们之所以笔下偶现“拗句”，集中或见“拗体”，原因不一。有的是不小心，一不留神，造成了出格的瑕疵。即使是方家巨擘有时也在所难免，正应了“善游者溺，善骑者堕”那句话。不过，只要不影响诗意，这样小小的瑕疵算不了什么，前引孟、李二人之作脍炙人口，便证明了这一点。有的则是故意标新立异，试图另创一种风格，如唐代诗坛巨擘杜甫就故意写一些“吴体”，而北宋以老杜为诗祖的江西诗派等更是亦步亦趋，大概是想在诗坛独树瘦硬奇拗的诗家大纛。

标新立异是一种创新意识。当重复创作或重复欣赏同一种样式的诗歌时，很容易产生审美疲劳。阅读和研究七律的人都会马上想起诗圣杜甫，他的古风不消

说，七律尤其深受后人的好评，因为他非常注重“诗律细”，是诗律的行家里手。他运用严整细密的七律格式创作诗篇已经驾轻就熟，甚至已经养成了某种思维惯性，但是，忽然有一天听到民间的吴声歌曲时，立即生出一种新鲜感。民间歌手“不平则鸣”，高兴就唱，根本不管什么粘对、平仄，与在七律规则的框架中循规蹈矩的文人完全是两股道上跑的车。受到这种新鲜感刺激的杜甫产生了创作冲动，即有意识地冲破七律格式的束缚，解构既成的七律声律规则，于是就有了他模仿吴声歌曲的“吴体”。“诗圣”的名头最易产生跟风效应，诗圣的后世崇拜者便给他这类解构近体七律规则的诗作命名，或称之为“拗字诗”，或称之为“拗律”，甚至亦步亦趋地跟着模仿创作。而因循守旧的七律规则捍卫者则看不起这类诗作，声言“乃当时俚俗为此体耳。诗流不屑效之”，但因杜甫声名高高在上，只好客气地说他“篇什既众，时出变调”。“吴体”也好，“拗律”也好，“变调”也好，都从侧面道出了杜甫敢于颠覆诗律规则的创新意识。

第九节　韵脚与韵式

先谈“韵脚”。

此处所谓的“韵脚”是指近体诗句末押韵的韵字。几个带韵字的律句组合在一起，才能奏出一首和谐的韵调，因此，韵脚是近体诗构成的基本要素。

几个字彼此押韵的条件是它们的韵母基本相同或相似，不过，定型于唐代的近体诗遵照的是中古音，与现在的普通话发音不一样。欣赏和研究前人的近体诗时，必须知道反映近体诗韵部的是一部俗称“平水韵”的古代韵书。这部韵书就是金代平水（今山西临汾）人王文郁刊行的《平水新刊礼部韵略》，收录106个韵部。在他三十年后，南宋平水人刘渊也编了一部《壬子新刊礼部韵略》，收录107个韵部。两书大同小异，只是前者比后者少了一个韵部。

“平水韵”成书于唐代以后，在它以前韵书尚有隋代陆法言的《切韵》（亡佚）、唐代孙愐的《唐韵》（亡佚），以及存世的北宋陈彭年的《广韵》（韵部206个）。“平水韵”反映了唐代诗人用韵的全貌，而且，由此也透露出一条重要的信息：唐人作诗时手头并没有一部“平水韵”作参照；当时收有193个韵部的《切韵》、收有195个韵部的《唐韵》纵然行世，但唐人作诗大约也未必把它们奉为圭臬。只收录106个韵部的“平水韵”一书表明，唐人作诗择韵突破了分部细密的

《切韵》、《唐韵》的束缚，似乎很有些怎么顺口、怎么和谐就怎么用韵的味道。

元代以后，“平水韵”成为人们创作近体诗的权威性依据。所以，今人作旧体诗时，有人就提出必须以“平水韵”为声韵标准，否则就是浅学之士，写出来的就不是诗词。这种主张似是而非，不无抱残守缺之嫌。现在已经是21世纪，“平水韵”所收同一韵部中的一些韵字，读起来已不再押韵，如支韵的“枝”与“碑”、微部的“依”与“霏”、佳部的“怀”与“偕”、灰部的“槐”与“梅”、元部的“园”与“门”、麻部的“车”与“霞”、侵部的“深”与“簪”等。杜甫著名的七律《登高》广为人知，但用今音朗诵就有的地方不和谐：

风急天高猿啸哀，渚清沙白鸟飞回。
无边落木萧萧下，不尽长江滚滚来。
万里悲秋常作客，百年多病独登台。
艰难苦恨繁霜鬓，潦倒新停浊酒杯。

这首七律的五个韵脚用今音读，韵母为ai的“哀”、“来”、“台”与韵母中有ei的“回”、“杯”就不再押韵。如果今人作近体诗，选择普通话读音韵母相同或相似的韵字，在诗歌朗诵时会更富于和谐的音乐效果。选择今音为韵，可以说是应时而变、与时俱进，否则难免被视为不知时变的腐儒。

在“平水韵”106韵中，前人根据韵部所含字数的多寡，把韵分别称为“宽韵”、“中韵”、“窄韵”、“险韵”四类，所含韵字的字数愈少，自然愈窄、愈险，古人有时故意选择窄韵、险韵赋诗，因为那样可以显示自己的才华，今人作旧诗则大可不必如此。

再说“韵式”。

“韵式”就是选择、组织和排列韵脚的方式。近体诗的韵式不像词那么复杂。它有几个显著的特征：

1. 押平声韵

近体诗一般押平声韵。虽然有人主张近体诗也可以押仄声韵，但押平声韵是正格，平仄格式符合近体而又押仄声韵的应该视为变格。比如晚唐诗人皮日休的《天台国清寺》：

十里松门国清路，饭猿台上菩提树。
怪来烟雨落青天，原是海风吹瀑布。

全诗除了韵脚外，平仄格式均符合七绝（首句是“特殊句”），视之为近体固然可以，但毕竟是极少数。就绝大多数近体诗而言，押的还都是平声韵。

2. 首句可以用韵，也可以不用韵

就近体诗律绝的平仄格式而言，二式四体中首句用韵与首句不用韵的各占一半。一般说来，七言近体以首句用韵的为多，五言近体则以首句不用韵的为多。过去说首句用韵的七言近体是正例，首句不用韵的五言近体是正例，从今人创作近体诗的角度来说，正变之分已经毫无价值。诗的好坏与首句用韵与否没多大关系，有意境的就是好诗，不管是正例还是变例。

在唐代诗坛上，近体诗的首句有时会借用不属于同一韵部的邻韵。这种借用“旁韵”的现象，清代学者如钱大昕等谓之“借韵”。明人谢榛说：“七言绝、律，起句借韵，谓之‘孤雁出群’，宋人多有之。”（《四溟诗话》）所以后人又称首句借韵为“孤雁出群”格。前人首句的“借韵”与诗中其他诗句的韵字发音很相近，今人不查韵书都觉察不出来二者并非同一韵部，例如，杜甫的《军中醉饮寄沈八刘叟》：

酒渴爱江清，余甘漱晚汀。
软沙倚坐稳，冷石醉眠醒。
野膳随行帐，华音发从伶。
数杯君不见，都已遣沈冥。

首句的韵字“清”属于庚韵，其他的韵字“汀”、“醒（声调阳平）”、“伶”、“冥”则属青韵。既然以今音读之也很和谐，就不必考虑所谓“借韵”之说。

3. 偶数句末用韵

诗骚奠定了中国古典诗歌句数以偶数为主，韵脚多在偶数句末的传统，近体诗也继承了这一传统。偶数句末用韵，就是两句一韵。所以，五律、七律传统说法往往都称“四韵”，首句即使押韵，也不称“五韵”，如果称“五韵”，就成了十句诗。首句押韵实际上等于顺便捎带着押一下韵，即使押个相似而不属同一韵部的韵也没有关系。

唐人五言排律同五言古风一样，句数也往往以“韵”计算，前者如杜甫《寄李十二白二十韵》、《秋日夔府咏怀奉寄郑监李宾客一百韵》等，后者如李商隐《井泥四十韵》等。“二十韵”就是四十句，“一百韵”就是两百句，“四十韵”就是八十句。

牢记了偶数句末押韵，也可以帮助初学者记忆平仄格式时，不至于把偶数句的最后一个字误记成仄声。

4. 一韵到底，中途不能换韵

近体诗要求确定了诗韵后，通篇就必须坚守到底，不能像一些古风或有些词似的，中途换韵。五绝七绝如此，五律七律也如此，长篇排律仍是如此。中途换韵不行，出韵也不行，不过，唐人近体出韵的例子也并非没有，如元稹的《行宫》：

寥落古行宫，宫花寂寞红。
白头宫女在，闲坐说玄宗。

所谓“出韵”是指诗中的韵字不属同一个韵部，此诗第四句“宗”字为冬韵，第一二句的“宫”、“红”则属东韵。这种情形让人怀疑是不是后世的“平水韵”总结归纳唐诗用韵时并不严密。

首句入韵的律绝，第一个韵脚出韵更是习见，如前所述，只是前人对其已经默许而已。今人作旧体诗特别是近体诗时，就不必顾忌什么出韵不出韵，只要根据普通话的读音，怎么顺口、怎么合辙就行。

第十节　对仗：律体的要素

作为修辞手法之一的对偶被使用到近体诗中时，就成了律体的一种规则。五律、七律、排律除了首尾两联之外，中间各联一般都要求对仗。排律姑置勿论，五律与七律两种近体诗型，颔联与颈联一般都是要对仗的。之所以用了“一般”的限制语，就是因为五律的对仗要求似乎不那么严格，特别是颔联，好像存在着一种对仗固然好、不对亦无妨的不定之规。比如在清人蘅塘退士编选的《唐诗三百首》中，五律收有八十首，颔联并非标准对仗的就有十分之一：

海上生明月，天涯共此时。
情人怨遥夜，竟夕起相思。
灭烛怜光满，披衣觉露滋。
不堪盈手赠，还寝梦佳期。

（张九龄《望月怀远》）

阳月南飞雁，传闻至此回。
我行殊未已，何日复归来。
江静潮初落，林昏瘴不开。
明朝望乡处，应见陇头梅。
（宋之问《题大庾岭北驿》）

清晨入古寺，初日照高林。
曲径通幽处，禅房花木深。
山光悦鸟性，潭影空人心。
万籁此俱寂，惟闻钟磬音。
（常建《破山寺后禅院》）

青山横北郭，白水绕东城。
此地一为别，孤蓬万里征。
浮云游子意，落日故人情。
挥手自兹去，萧萧班马鸣。
（李白《送友人》）

蜀僧抱绿绮，西下峨眉峰。
为我一挥手，如听万壑松。
客心洗流水，余响入霜钟。
不觉碧山暮，秋云暗几重。
（李白《听蜀僧浚弹琴》）

牛渚西江夜，青天无片云。
登舟望秋月，空忆谢将军。
余亦能高咏，斯人不可闻。
明朝挂帆席，枫叶落纷纷。
（李白《夜泊牛渚怀古》）

清川带长薄，车马去闲闲。
流水如有意，暮禽相与还。
荒城临古渡，落日满秋山。
迢递嵩高下，归来且闭关。
（王维《归嵩山作》）

人事有代谢，往来成古今。
江山留胜迹，我辈复登临。
水落鱼梁浅，天寒梦泽深。
羊公碑尚在，读罢泪沾襟。
（孟浩然《与诸子登岘山》）

木落雁南渡，北风江上寒。
我家襄水曲，遥隔楚云端。
乡泪客中尽，孤帆天际看。
迷津欲有问，平海夕漫漫。
（孟浩然《早寒江上有怀》）

移家虽带郭，野径入桑麻。
近种篱边菊，秋天未着花。
叩门无犬吠，欲去问西家。
报道山中去，归来每日斜。
（僧皎然《寻陆鸿渐不遇》）

有人解释说，那是因为初唐时期五律尚未完全成熟，诗人写诗还受着南朝宫体诗的影响。实际上上述诸人中王维、孟浩然、李白是盛唐诗人，而僧皎然则已为中唐诗僧。而且，在南朝诗人的“准五律”中，喜欢对仗甚至可以说是一大特征，不仅第二联，甚至全诗的每一联都运用了对仗的形式，这样的作品举不胜举。因此，不能到前朝去寻找原因。还有人把上引五律中首联对仗而颔联不对仗的名之为“偷春格”，大概是本该在第二联对仗的，却偏偏提前到第一联对仗，就好像来了个乾坤大挪移似的，让对仗的春花提前到第一联开放，所以才弄了个“偷春”的古怪称呼。其实唐人作五律时，恐怕根本就没有想到什么“偷春”、“卖春”的，只不过在对仗规则的镣铐下，偷工减料了一把，潇洒自由了一下而已。至于七律，似乎比五律严格多了。除非是连诗仙都佩服得五体投地的崔颢，一般的诗人都恪守着中间两联对仗的规则。

近体诗中的对仗，最明显的特征是“五相”，即字数相等、词性相同、结构相似、意思相关和平仄相对。“五相”的对仗胎息于先唐的骈赋之中，如：

焚芰制而裂荷衣，
抗尘容而走俗状。

（孔稚圭《北山移文》）

将军一去，大树飘零；
壮士不还，寒风萧瑟。

（庾信《哀江南赋》）

南朝宫体诗派诸人更是在诗中大量运用，待到近体诗成型后，骈赋、宫体诗的对仗便被纳入到律诗的结构中，只能在五言或七言的方寸之地内施展功夫。对仗虽然不能决定一首五律或七律的优劣，但一联绝妙的对仗往往能加深读者的记忆，如：

海内存知己，天涯若比邻。（王勃《送杜少府之任蜀州》）
大漠孤烟直，长河落日圆。（王维《使至塞上》）
风鸣两岸叶，月照一孤舟。（孟浩然《宿桐庐江寄广陵旧游》）
浮云游子意，落日故人情。（李白《送友人》）
星垂平野阔，月涌大江流。（杜甫《旅夜书怀》）
无边落木萧萧下，不尽长江滚滚来。（杜甫《登高》）
乱花渐欲迷人眼，浅草才能没马蹄。（白居易《钱塘湖春行》）
岭树重遮千里目，江流曲似九回肠。（柳宗元《登柳州城楼》）
庄生晓梦迷蝴蝶，望帝春心托杜鹃。（李商隐《锦瑟》）
深秋帘幕千家雨，落日楼台一笛风。（杜牧《题宣州开元寺水阁》）

前人关于对仗研究出了很多学问，比如刘勰总结出言对、事对、正对、反对等“四对”，上官仪总结出正名对、同类对、连珠对、双声对、叠韵对、双拟对等“六对”或地名对、异类对、双声对、叠韵对、联绵对、双拟对、回文对、隔句对等“八对”，东邻日本的遍照金刚根据华人的诗论甚至总结出了二十九对。窃以为今人学诗者，不必钻研得太深，大体以相同词性的语词对仗即可。“五相”（即字数相等、词性相同、结构相似、意思相关和平仄相对）之中，“结构相似”并不一定为语法结构相同，只要从直观上看，字面的结构差不多就行，比如：

口衔山石细，心望海波平。（韩愈《学诸进士作精卫衔石填海》）
永忆江湖归白发，欲回天地入扁舟。（李商隐《安定城楼》）

“山石细”与“海波平”结构相似，不必管“山石细”的“细”字是不是修饰语后置。“归白发”与“入扁舟”结构相似，也不必管“归白发”是词序倒置。须知古人虽然没有语法，不讲主谓结构、偏正结构之类，但他们对诗意是不会产生误读的。

对仗时，还应该注意“三避”：避免重字，避免同律，避免合掌。除非是特殊的修辞需要，对仗中要尽可能地避免重复的字。同律是指出句与对句的语词平仄相同，合掌则是指出句与对句的意义相同，如陈寅恪曾经言及的“斯为美矣，岂不妙哉”。

对仗有“工对”与“宽对”之分。“宽对”是说对仗的语词词性相同即可。所谓“工对”，是说对仗的语词不仅词类同性，而且还要细致地做到同一类词下属的细小分类也相对。只是名词对名词还不够，还要做到名词下属的天文、时令、地理、器物、衣饰、饮食、文具、文学、草木、鸟兽虫鱼、形体、人事、人伦等各个门类相对，比如杜甫绝句中所用的对仗：“两个黄鹂鸣翠柳，一行白鹭上青天”，“两个”对“一行”，是数量结构相对；“黄鹂”与“白鹭”是偏正结构相对，而且“黄”与“白”是颜色对颜色，“鹂”与“鹭”是禽鸟对禽鸟；“鸣”与“上”是动词相对；“翠”与“青”又是颜色相对。稍显不工的只是两句的尾字，虽然是名词相对，但“柳”为草木，而“天”为天文。不过，一句七个字六个字对得如此工巧，已经很难能可贵了，全联仍可视为“工对”。只是过于在对仗的工稳上下功夫，有时不免伤于纤巧，或者诗思会受到形式的牵制。所以，不如宁宽勿工、宁拙毋巧。李商隐的下述对仗即属宽对：

> 天意怜幽草，人间重晚晴。（《晚晴》）
> 村小犬相护，沙平僧独归。（《桂林路中作》）

正因为没有刻意地追求细类的偶对，反倒更觉流畅自然。

在前人归纳总结的各种对仗中，值得注意的是“流水对”与“借对”。

“流水对”指出句与对句之间属于层递关系，两句合在一起方能表达一种完整的意义。如：

> 哪堪玄鬓影，来对白头吟。（骆宾王《在狱咏蝉》）
> 欲寻芳草去，惜与故人违。（孟浩然《留别王维》）
> 此地一为别，孤蓬万里征。（李白《送友人》）
> 即从巴峡穿巫峡，便下襄阳向洛阳。（杜甫《闻官军收河南河北》）
> 唯将终夜长开眼，报答平生未展眉。（元稹《遣悲怀》）

玉玺不缘归日角，锦帆应是到天涯。（李商隐《隋宫》）

出句与对句连贯而下、一气呵成，共同表达一个意思。而出句与对句往往构成了假设、条件、因果关系。

“借对”包括“借音对”与“借义对”。“借音对”是借用本字的谐音与他字形成对仗，如：

何年归碧落，此路向皇都。（李商隐《圣女祠》）
拂砚轻冰散，开樽绿酎衣。（李商隐《乐游原》）
赤岭久无耗，鸿门犹合围。（李商隐《即日》）
红楼隔雨相望冷，珠箔飘灯独自归。（李商隐《春雨》）

所举四例依次为：借用“皇”字的谐音“黄”与“碧”对，借用“轻”的谐音“青”与“绿”对，借用“鸿”的谐音“红”与“赤”对，借用“珠”的谐音“朱”与“红”对。“借义对”则是借用本字的另外含义与他字形成对仗，如：

酒债寻常行处有，人生七十古来稀。（杜甫《曲江二首》其二）
文吏何曾重刀笔，将军犹自舞轮台。（李商隐《汉南书事》）
落日渚宫供观阁，开年云梦送烟花。（李商隐《宋玉》）

“寻常”二字看起来好像与“七十”不对，但它使用的却是二字的其他含义，“八尺曰寻，倍寻曰常”，“寻常”二字的数量含义正可与“七十”相对。“轮台”本是汉西域三十六国之一的国名，字又写作“仑头”，大约是此国语言的音译，李诗却将本来不可分割的“轮台”一分为二，借它们的“轮”、“台”义与“刀”、“笔”相对。“落日”之“日”本义为太阳，李诗借其“天”义与“年”相对。

此外，还有一个“自对兼互对”。“自对”是说在同一个句子（出句或者对句）中所存在的自我对仗的词组，如王维《汉江临眺》的颔联：

江流天地外，山色有无中。

出句中的“天地”和对句中的“有无”都是各自自我对仗的词组。“天地”是由两个名词对仗构成的并列词组，“有无”是由两个动词对仗构成的并列词组，虽然它们词性不同，但是因为它们具备了“自对”的特征，所以仍可视为对仗。又如李商隐《流莺》中的颈联：

风朝露夜阴晴里，万户千门开闭时。

乍一看似乎“风”不对“万”，“露”不对“千”，“阴”不对“开”，“晴”不对“闭”，实际上这一联采用的是“自对兼互对”，以自对“风朝露夜”与自对“万户千门”互对，以自对“阴晴”与自对“开闭”互对。再如：

草木尽能酬雨露，荣枯安敢问乾坤！（王维《重酬苑郎中》）
戎马不如归马逸，千家今有百家存。（杜甫《白帝》）
今日性情如往日，秋风气味似春风。（白居易《偶饮》）
牧羊驱马虽戎服，白发丹心尽汉臣。（杜牧《河湟》）

“自对兼互对”有时是对对仗某些规则的变通，甚至是颠覆，因为它并不考虑词性是否相同。正因如此，它也某种程度地扩大了对仗表现的自由。

律体要求首联与尾联之外其他各联应该使用对仗，绝句、律诗的其他位置则随作者之意，可以使用对仗，也可以不使用。不过，不管在哪个位置上，工稳新奇的对仗都会加强近体诗的艺术表现力。可以说，精巧的对仗正是近体诗的艺术魅力所在。比如下面的对仗：

白日依山尽，黄河入海流。（王之涣《登鹳雀楼》）
众鸟高飞尽，孤云独去闲。（李白《独坐敬亭山》）
日暮苍山远，天寒白屋贫。（刘长卿《逢雪宿芙蓉山主人》）
绿蚁新醅酒，红泥小火炉。（白居易《问刘十九》）
故乡今夜思千里，愁鬓明朝又一年。（高适《除夜作》）
曾经沧海难为水，除却巫山不是云。（元稹《离思五首》其五）
镜中丝发悲来惯，衣上尘痕拂渐难。（杜牧《途中一绝》）
天上碧桃和露种，日边红杏倚云栽。（高蟾《上高侍郎》）

这些对仗都运用于绝句中，并非诗律的硬性规定，但它们独特的表现力甚至使之仅仅作为名联而深深刻在读者的记忆中。有的绝句由两联对仗构成，如杜甫《绝句四首》其三：

两个黄鹂鸣翠柳，一行白鹭上青天。
窗含西岭千秋雪，门泊东吴万里船。

两联对仗熔铸了一幅鲜明的立体图画，有声有色，生趣盎然。只不过写这种绝句，如果不具生花妙笔，就会流于呆板滞重了。

第十一节 酬唱

酬唱（“酬”亦作“詶”、“醻”、“酧”；“唱”字亦作“倡”），又称唱酬（亦作“唱和”），指诗人们彼此以诗歌相互赠答唱和。诗歌的产生原本与歌唱不可分割，诗人以诗传达友情、交流思想的方式，自然是源自歌唱。中国最古老的诗集《诗经》就记载着你唱我和的男女交往，如《郑风·萚兮》：

萚兮萚兮，（萚，tuò，枯叶）
风其吹女。（女，后写作“汝”）
叔兮伯兮，
倡予和女。（倡，本又作“唱”）
萚兮萚兮，
风其漂女。（漂，犹吹。）
叔兮伯兮，
倡予要女。（要，yāo，清陈奂《诗毛氏传疏》：“要，亦和也。”）

翻译过来，大意就是：

黄叶一片又一片，
风儿吹来满天飞。
阿哥阿弟好情郎，
你唱歌来我相随。

在诗歌脱离音乐而独立之后，这种因为友情或爱情而彼此唱和的习惯不仅没有消失，而且还成为一些诗人喜爱的吟咏形式。或许以诗酬唱在表达了友情、亲情、爱情的同时，又能充分显示文人的敏捷才思，所以唐代诗人的笔下，此类诗作时有所见。

唐人近体诗中的酬唱诗作诗型比较灵活自由，比较多的情形是以相同的七律或五律或七绝或五绝相互唱和，这样的诗例不胜枚举。也有人以句数不同的排律来彼此唱和，比如：

秋亭病客眠，庭树满枝蝉。
凉风绕砌起，斜影入床前。

梨晚渐红坠，菊寒无黄鲜。
倦游寂寞日，感叹蹉跎年。
尘欢久消委，华念独迎延。
自寓城阙下，识君弟事焉。
君为天子识，我方沉病缠。
无因会同语，悄悄中怀煎。

（张籍《病中寄白学士拾遗》）

高才淹礼寺，短羽翔禁林。
西街居处远，北阙官曹深。
君病不来访，我忙难往寻。
差池终日别，寥落经年心。
露湿绿芜地，月寒红树阴。
况兹独愁夕，闻彼相思吟。
上叹言笑阻，下嗟时岁侵。
容衰晓窗镜，思苦秋弦琴。
一章锦绣段，八韵琼瑶音。
何以报珍重？惭无双南金。

（白居易《酬张太祝晚秋卧病见寄》）

张籍的排律八韵十六句，而白居易的酬诗却十韵二十句。有的诗人甚至以律诗与绝句来互相唱和，比如：

湛湛玉泉色，悠悠浮云身。
闲心对定水，清净两无尘。
手把青筇杖，头戴白纶巾。
兴尽下山去，知我是谁人。

（白居易《题玉泉寺》）

岁岁云山玉泉寺，年年车马洛阳尘。
风清月冷水边宿，诗好官高能几人。

（徐凝《和夜题玉泉寺》）

白居易的诗是五律，与之唱和的徐凝却使用的是七绝。有些诗人还以古风或以古风与近体相互唱和，此种情况就不在本书论述之列了。中唐以后，诗人们越来越注重酬唱诗押韵的谐和，使这类诗作的韵式变得更加多样化。

宋人在总结归纳唐人酬唱诗时，指出了韵式的类别，如北宋刘攽说：“唐诗赓和，有次韵，先后无易；有依韵，同在一韵；有用韵，用彼韵不必次。”（《中山诗话》）南宋陆游也说：“古诗有倡有和，有杂拟追和之类，而无和韵者。唐始有之，而不尽同。有用韵者，谓同用此韵耳。后乃有依韵者，谓如首倡之韵，然不以次也。最后始有次韵，则一皆如其韵之次。自元、白至皮、陆，此体乃成，天下靡然从之。”（《跋吕成叔和东坡尖义韵雪诗》）刘陆二人的说法稍显模糊，明人徐师曾则更为明确地界定了酬唱诗的三种韵式：“和韵诗有三种：一曰依韵，谓在同一韵中而不用其字也；二曰次韵，谓和其原韵而先后次第皆同也；三曰用韵，谓其用韵先后不必次也。”（《文体明辨》）只是徐氏关于“依韵”的解说太过绝对，应该修正为“谓在同一韵中而不用其字，或不皆用其字”，这样才符合唐人的创作实际。

参考前贤的观点，可以把唐人近体酬唱诗的韵式分为四种，即“各自押韵”、“依韵”、“用韵”和“次韵”。

一、各自押韵

“各自押韵”就是彼此酬唱的诗作各押各的韵。宋人洪迈说：“古人酬和诗必答其来意，非如今人为次韵所局也。”（转引自《唐音癸签》卷三）洪氏所说的“古人”大约指的是盛唐诗人酬唱诗作的样态，也就是明人所谓的“和诗不和韵”，他人的诗作是自己作诗的引子，自己赋诗只是唱和其意而已，不去考虑使用他人诗作的韵脚。著名的例子如盛唐诗人贾至作七律《早朝大明宫呈两省僚友》诗：

银烛朝天紫陌长，禁城春色晓苍苍。
千条弱柳垂青琐，百啭流莺绕建章。
剑佩声随玉墀步，衣冠身惹御炉香。
共沐恩波凤池里，朝朝染翰侍君王。

王维、岑参、杜甫等都有酬和之作，三人的和诗依次为：

绛帻鸡人报晓筹，尚衣方进翠云裘。
九天阊阖开宫殿，万国衣冠拜冕旒。
日色才临仙掌动，香烟欲傍衮龙浮。

朝罢须裁五色诏，佩声归到凤池头。

（王维《和贾至舍人早朝大明宫之作》）

鸡声紫陌曙光寒，莺啭皇州春色阑。
金阙晓钟开万户，玉阶仙仗拥千官。
花迎剑佩星初落，柳拂旌旗露未干。
独有凤皇池上客，阳春一曲和皆难。

（岑参《和贾至舍人早朝大明宫之作》）

五夜漏声催晓箭，九重春色醉仙桃。
旌旗日暖龙蛇动，宫殿风微燕雀高。
朝罢香烟携满袖，诗成珠玉在挥毫。
欲知世掌丝纶美，池上于今有凤毛。

（杜甫《奉和贾至舍人早朝大明宫》）

贾至诗押的是阳韵，而王维诗押的是尤韵，岑参诗押的是寒韵，杜甫诗押的则是豪韵，四人诗都不同韵。再如，白居易曾赠刘禹锡诗，用的是歌韵：

为我行杯添酒饮，与君把箸击盘歌。
诗称国手徒为尔，命压人头不奈何。
举眼风光长寂寞，满朝官职独蹉跎。
亦知合被才名折，二十三年折太多。

（《醉赠刘二十八使君》）

刘禹锡酬和的七律，用的却是真韵：

巴山楚水凄凉地，二十三年弃置身。
怀旧空吟闻笛赋，到乡翻似烂柯人。
沉舟侧畔千帆过，病树前头万木春。
今日听君歌一曲，暂凭杯酒长精神。

（《酬乐天扬州初逢席上见赠》）

这种各自押韵的酬唱之作韵脚不受拘束，创作起来比较自由。以下三种在押韵时却要受到或严或松的限制，创作起来较有难度。

二、依韵

“依韵”就是与人酬唱时，所作和诗的韵脚用与原诗同一韵部，而韵字倒不必与原诗相同或者完全相同，如皮陆的下引酬唱诗作：

连延花曼映风廊，岸帻披襟到竹房。
居士只今开梵处，先生曾是草玄堂。
清尊林下看香印，远岫窗中挂钵囊。
今日有情消未得，欲将名理问思光。
（陆龟蒙《同袭美游北禅院》）

戚历杉阴入草堂，老僧相见似相忘。
吟多几转莲花漏，坐久重焚柏子香。
鱼惯斋时分净食，鸽能闲处傍禅床。
云林满眼空羁滞，欲对弥天却自伤。
（皮日休《奉和鲁望同游北禅院》）

陆龟蒙诗五个韵字为“廊”、“房”、“堂”、“囊”、“光”，而皮日休诗五个韵字为“堂”、“忘”、“香”、“床”、“伤”，二诗相同的韵字只有一个“堂”字，但二诗所有的韵字都隶属“阳”韵。再如下引白刘的酬唱诗作：

陇西鹦鹉到江东，养得经年嘴渐红。
常恐思归先剪翅，每因喂食暂开笼。
人怜巧语情虽重，鸟忆高飞意不同。
应似朱门歌舞妓，深藏牢闭后房中。
（白居易《鹦鹉》）

养来鹦鹉觜初红，宜在朱楼绣户中。
频学唤人缘性慧，偏能识主为情通。
敛毛睡足难销日，亸翅愁时愿见风。
谁遣聪明好颜色，事须安置入深笼。
（刘禹锡《和乐天鹦鹉》）

两人七律的韵脚同属“东”韵，白居易诗的韵脚为“东”、“红”、“笼”、“同”、“中”，刘禹锡诗的韵脚除了“红”、“中”、“风”三个与之相同外，又使用了“通”、“笼”两个不同的韵字。

三、用韵

“用韵”又称“从韵”。与人酬唱时，使用原作的韵字，但韵脚的顺序不必依照原作。如白居易与张籍的酬唱诗作：

怪君把酒偏惆怅，曾是贞元花下人。
自别花来多少事，东风二十四回春。
（白居易《杏园花下赠刘郎中》）

一去潇湘头欲白，今朝始见杏花春。
从来迁客应无数，重到花前有几人。
（张籍《同白侍郎杏园赠刘郎中》）

张籍和白诗虽然使用白诗的“人”、“春”两个韵字，却没有像白居易那样用在第二句、第四句。再如刘白唱和的七律：

凌云羽翮掞天才，扬历中枢与外台。
相印昔辞东阁去，将星还拱北辰来。
殿庭捧日彯缨入，阁道看山曳履回。
口不言功心自适，吟诗酿酒待花开。
（刘禹锡《和令狐相公初归京国赋诗言怀》）

车骑新从梁苑回，履声珮响入中台。
凤池望在终重去，龙节功成且纳来。
金勒最宜乘雪出，玉觞何必待花开。
尚书首唱郎中和，不计官资只计才。
（白居易《令狐相公拜尚书后有喜从镇归朝之作刘郎中先和因以继之》）

白诗的韵脚“回”、“台”、“来”、“开”、“才”，就是刘诗的五个韵字，但是他并没有完全按照刘诗的韵字顺序，而是根据自己抒情的需要，重新安排了这几个韵字的先后顺序。

四、次韵

“次韵”又称“步韵”，就是酬答他人的诗作韵字及韵脚的顺序都依照原作。宋人程大昌认为“次韵”诗始自白居易和元稹，他在《考古编·古诗分韵》中说：“唐世次韵，起元微之、白乐天。”他的见解似乎是根据元稹本人的说法而来。元稹在《酬乐天余思不尽加为六韵之作》中说：“次韵千言曾报答，直词三道共经纶。”并且自注道：“乐天曾寄予千字律诗数首，予皆次用本韵酬和，后来遂以成风耳。”这就很容易令人产生元稹是“次用本韵酬和”之祖的印象。程大昌主张之后，后世历朝人便据以发挥衍化，遂使元稹始创“次韵”几乎成为定论。尤其是今人卞孝萱氏作《唐代次韵诗为元稹首创考》一文后，定元稹《酬乐天书怀见寄》等五首为次韵嚆矢，时间为元和五年（810）。

有人则不以为然，认为年代略先于元白的“大历十才子”中的卢纶、李益二人已有次韵酬和之作：

世故中年别，余生此会同。
却将悲与病，来对朗陵翁。
（李益《赠内兄卢纶》）
戚戚一西东，十年今始同。
可怜歌酒夜，相对两衰翁。
（卢纶《酬李益端公夜宴见赠》）

问题是二人诗作的创作年代殊难确考，倘卢纶卒年真如傅璇琮氏《卢纶考》所考，或在贞元十四年（798）、十五年（799）间，那么，“次韵”的始创人就非元白而是李卢了。

傅璇琮氏论证的是唐代次韵诗的首创者，其实，首用“次韵”形式的，在唐代之前就早已有之。北魏杨炫之《洛阳伽蓝记》卷三：

劝学里东有延贤里，里内有正觉寺，尚书令王肃所立也。肃字公懿，琅琊人也。伪齐雍州刺史奂之子也。赡学多通，才辞美茂，为齐秘书丞。太和十八年，背逆归顺。时高祖新营洛邑，多所造制，肃博识旧事，大有裨益。高祖甚重之，常呼王生。延贤之名，因肃立之。肃在江南之日，聘谢氏女为妻。及至京师，复尚公主。其后谢氏入道为尼，亦来奔肃。见肃尚主，谢作五言诗以赠之。其诗曰：“本为箔上蚕，今作机上丝。得路逐胜去，颇忆缠绵时。”公主代肃答谢云：“针是贯线物，目中恒任丝。得帛缝新去，何能衲故时。”肃甚有愧谢之色，遂造正觉寺以憩之。

南北朝时的王肃北投后，再娶公主，发妻谢氏作诗，欲唤起丈夫的旧情，而公主的酬和用的正是谢氏诗作的原韵原序。

唐人的次韵之作七绝如：

楼上残灯伴晓霜，独眠人起合欢床。

相思一夜情多少，地角天涯不是长。

北邙松柏锁愁烟，燕子楼人思悄然。
自埋剑履歌尘散，红袖香消已十年。

适看鸿雁岳阳回，又睹玄禽逼社来。
瑶瑟玉箫无意绪，任从蛛网任从灰。
（张仲素《燕子楼诗三首》）

小楼春雨复秋霜，往梦空回夜夜床。
病有相思深入骨，为谁挨得十年长？

愁身也拟化尘烟，但恐来生未信然。
不似小窗清月里，犹堪回忆慰残年。

数度擦肩头不回，依然燕子洛阳来。
奈何桥上屡经过，纵有情深应已灰。
（白居易《次韵张仲素燕子楼三首》）

白居易三首和诗，韵字和顺序都是全依张仲素原作的。再如白刘次韵的六韵排律：

病卧帝王州，花时不得游。
老应随日至，春肯为人留？
粉坏杏将谢，火繁桃尚稠。
白飘僧院地，红落酒家楼。
空里雪相似，晚来风不休。
吟君怅望句，如到曲江头。
（白居易《酬令狐相公春日寻花见寄六韵》）

芳菲满雍州，鸾凤许同游。
花径须深入，时光不少留。
色鲜由树嫩，枝亚为房稠。
静对仍持酒，高看特上楼。
晴宜连夜赏，雨便一年休。
共忆秋官处，馀霞曲水头。
（刘禹锡《和令狐相公春日寻花有怀白侍郎阁老》）

刘诗的六个韵字与白诗的六个韵字用字与顺序一模一样，这就是次韵。在诗歌的四种酬唱形式中，次韵是最难的，因为它对作者的创作思维束缚最大。要想在限定了的诗韵下作诗，没有相当的功底，谈何容易！

下编　长短句的格律

引子 词的起源

词是中古时代诗坛上的一种新体格律诗。它的出现与近体诗的肇始几乎同时，最先流行于下层社会，只是它的萌芽没有像近体诗那样得到众多文人的细心呵护和争相浇灌，仅仅在民间默默地生长着，当时草根们创作的词作至今还可以从20世纪初敦煌石窟所发现的“敦煌曲子词”中窥见一些。

词有很多异名。着眼于它的句式特征的，称之为“长短句”；着眼于它的音乐功能的，称之为“乐府”；着眼于它为诗歌别体的，称之为“诗余”。明人何良俊说：“夫诗余者，古乐府之流别，而后世歌曲之滥觞也。”（《草堂诗余·序》）足见这种新诗体同音乐之间有着不解之缘，在它的发生阶段，它就是一种歌曲，就是一种可以合乐歌唱的诗。

从性质上说，词与乐府诗是一样的。因此，六朝乐府诗中的种种句式长短不一的诗作，如鲍照的《梅花落》、沈约的《六忆诗》、梁武帝的《江南弄》、梁简文帝的《春情》等，一些学者如明杨慎，清毛奇龄、徐釚以及今人王国维等就视之为词的最初源头。不过，这种探源似乎只注重了语句的形似，没有从音乐的流变史上考察词的起源问题。宋人王灼说：

西汉特今之所谓古乐府者渐兴，晋魏为盛。隋氏取汉以来乐器歌章古调并入清乐，余波至李唐始绝。唐中叶虽有古乐府，而播在声律则渺矣。士大夫作者不过以诗一体自名耳。盖隋以来今之所谓曲子者渐兴，至唐稍盛。今则繁声淫奏，殆不可数。（《碧鸡漫志》）

王氏所谓的“曲子”，殆即隋唐时期流行的燕乐。燕乐是与中国原有的清乐风格迥异的一种西域音乐，它表现了西北民族的刚健、质朴和遒劲。配合这种燕乐而作的歌词称“曲子词”，“曲子词”即是词的先河。

王重民所辑的《敦煌曲子词集》收曲子词一百六十余首，任二北所辑的《敦煌曲校录》增至五百余首，这些作品表明民间对这种新的诗体是何等的热衷。而且，如《菩萨蛮（枕前发尽千般愿）》等所示，大约在唐玄宗开元年间（713—741），民间即已开始了曲子词的创作。传说出自李白之手的《菩萨蛮（平林漠漠烟如织）》和《忆秦娥（箫声咽）》，虽说在著作权上仍存争议，但断言盛唐时期不会产生文人对曲子词的拟作，恐怕失之武断。中唐以后，拟作的文人愈来愈多，特别是一批著名的诗人如张志和、韦应物、刘禹锡、白居易、元稹、王建等竞相参与此体的创作后，填词遂蔚成风气。

到了晚唐、五代，出现了不少以词为业的专业作家，填词不再是文人偶尔为之的余兴；采用的词牌也渐趋复杂，不再局限为小令；不仅出现了一些大家如温庭筠等，出现了填词的文人集团如西蜀词人、南唐词人，而且一些词人也开始展现自己的独特风格。于是，填词取得了与赋诗作文并驾齐驱的地位，文人填词与民间填词从此开始分道扬镳。词，终于脱去了“曲子词”的布衣，开始以“长短句”的高雅姿态登上了两宋文化的大雅之堂。如宋胡仔所说：“唐初歌辞多是五言诗或七言诗，初无长短句。自中叶以后至五代，渐变成长短句，及本朝则尽为此体。”（《渔隐丛话》后集卷三十九）

第一节　词牌：来源、故实与意象

与近体诗比较起来，词是一种很有审美情趣的格律诗。阅读或吟诵词的时候，首先接触的是词牌，而词牌有如件件工艺品似的，一眼看去，琳琅满目，悦目赏心，不由得让人惊叹是何人如此精心打造了这些富于诗情画意的词牌名称。

一、五花八门的来源

词牌就是词的词调的名称，而词调为词的腔调，即那些而今早已消失了的乐谱。乐谱风化殆尽，仅留下零星工尺谱供后人猜测，它们的名称却有相当一部分依然在今天的诗坛上亭亭玉立。要想准确地考证出这些词牌的来源恐无可能，清人毛先舒曾作《填词名解》，试图诠释词牌名义，并自诩“参伍勾稽，颇获端绪”，可《四库提要》（存目）却对其书评价甚低，说“掇拾古语，以牵合词调名义，始於杨慎《丹铅录》。先舒又从而衍之，附会支离，多不足据”。不过，根据前人的记载以及词牌本身透露的信息，可以约略推知一些词牌的来源五花八门，各有门径：

1．乐工歌伎制作

制乐演唱是乐工歌伎的专职工作，秉承上峰的指令改编或创作乐曲，是他们分内的事，有些词牌便由此流传下来。如《麦秀两岐》，词学家说这个词牌是“农村歌曲”，那是误读了宋王灼的《碧鸡漫志》，实际上这个词牌应该是乐工的精心改制。王氏其书引《文酒清话》说：

唐封舜卿性轻佻。德宗时使湖南，道经金州，守张乐燕之。执杯索“麦秀两岐”曲，乐工不能。封谓乐工曰：“汝山民亦合闻大朝音律。”守为杖乐工。复行酒，封又索此曲。乐工前乞侍郎举一遍。封为唱彻，众已尽记，于是终席动此曲。封既行，守密写曲谱，言封燕席事，邮筒中送与潭州牧。封至潭，牧亦张乐燕之。倡优作褴褛数妇人，抱男女筐筥，歌《麦秀两岐》之曲，叙其拾麦勤苦之由。封面如死灰，归过金州，不复言矣。

唐末的京官封舜卿不学无术，却喜欢附庸风雅，出使金州时，硬是要乐工演唱《麦秀两岐》曲，因为一支麦子长两个穗儿便是吉兆，意味着天下升平，年丰民乐，当官的英明睿智、治民有方。无奈当地的乐工不会演唱，为此还挨了板子。封舜卿下一个巡行地潭州的地方官从金州地方官那儿得知了此曲的唱法，在他到来前叫乐工伶人精心做了准备。封到之后，地方官设宴款待，于是“倡优”们便演唱了改制后的《麦秀两岐》：几个衣着褴褛的妇人，抱着大筐小筐，口中哀哀唱着饱受生活沉重压抑的拾麦穗之歌，哪里还有什么民乐年丰的气氛，所以京官封舜卿才“面如死灰”。这个凄苦的《麦秀两岐》是不是潭州地方官的授意就不得而知，但为“倡优”即乐工歌伎们的改制却是毫无疑义的。

《西河》也是乐工伶人改编的，《碧鸡漫志》引《脞说》云：

张红红者，大历初，随父歌丐食。过将军韦青所居，青纳为姬。自传其艺，颖悟绝伦。有乐工取古《西河长命女》加减节奏，颇有新声。未进间，先歌于青。青令红红潜听，以小豆数合记其拍，给云：“女弟子久歌此，非新曲也。”隔屏奏之，一声不失。乐工大惊，请与相见，叹伏不已。兼云：“有一声不稳，今已正矣。”寻达上听，召入宜春院，宠泽隆异。宫中号记曲小娘子，寻为才人。

古曲《西河长命女》经过乐工“加减节奏”的一番处理，又经过伶人张红红的暗记偷声，最后变成“新声”《西河》而“达上听”了。

乐工歌伎创作的词牌见于记载的也有一些，沈义父《乐府指迷》说“秦楼楚馆所歌之词，多是教坊乐工及闹井做赚人所作，只缘音律不差，故多唱之”。教坊乐工可不像而今的歌星那么红火，能留下名字的不多，盛唐时期的白明达、张野狐、李龟年算是很幸运的几个。特别是所谓正史中著有名字的白明达，在隋炀帝手下，曾作“《万岁乐》、《藏钩乐》、《七夕相逢乐》、《投壶乐》、《舞席同心髻》、《玉女行觞》、《神仙留客》、《掷砖续命》、《斗鸡子》、《斗百草》、《泛龙舟》、《还旧宫》、《长乐花》及《十二时》”等不少“新声”（《隋书·音乐志》)，入唐后又得唐高宗的宠幸，为高宗作《春莺啭》，据说日本雅乐中的《春莺啭》就是白明达的唐曲。李龟年创制的有《荔枝香》、《渭州曲》等。宋张君房云："太真妃好食荔枝，每岁忠州置急递上进，五日至都。天宝四年夏，荔枝滋甚，比开笼时，香满一室。供奉李龟年撰此曲进之，宣赐甚厚。"(《碧鸡漫志》引《脞说》)唐郑处诲则说："开元中，乐工李龟年弟兄三人皆有才学盛名。彭年善舞，鹤年、龟年能歌，制《渭州曲》，特承顾遇。于东都大起第宅，僭侈之制，逾于公侯。"(《碧鸡漫志》引《明皇杂录》)

留下名字的歌伎"作曲家"就更少了，宋钱易的《洞微志》(《碧鸡漫志》引)记载着五代一个叫"葛大姊"的"营妓教头"，说她创制了新声《喝驮子》，受到后梁军人的喜爱，梁庄宗也爱听其曲，只是他认为"此亦古曲，葛氏但更五七声耳"。如果李存勖没说错，好容易找到的歌伎"作曲家"就又被剥夺了著作权。不过，有一位歌伎"作曲家"留下了名字，她就是唐代开元天宝时期的何满子，白居易曾为她写过一首《何满子》诗：

世传满子是人名，临就刑时曲始成。
一曲四词歌八叠，从头便是断肠声。

并且自注说："开元中，沧州歌者姓名，临刑进此曲，以赎死，上竟不免。"元微之也写了一首《何满子歌》：

何满能歌声宛转，天宝年中世称罕。
婴刑系在囹圄间，下调哀音歌愤懑。
梨园弟子奏元宗，一唱承恩羁网缓。
便将何满为曲名，御府亲题乐府纂。

白氏与元氏为哥儿们，歌咏的同一个"何满子"却有差异，白氏说她以曲赎死，"上竟不免"，元氏却说"一唱承恩羁网缓"。二说当以白说为是，元(玄)宗纵使是梨园"班头"，也不太可能对一个区区歌伎法外开恩，免其死罪。而且倘若真如元氏所说有一个大团圆的结局，便降低了"何满子""断肠声"的悲剧意义。这位歌伎的结局如何另当别论，反正她唱出的一曲却成了名曲，并且演化成哀婉凄绝的词调。

2. 民间传唱

民间向来不乏作曲家，可惜难入史家法眼，绝少留下名字。不过他们对文人翻唱新声的影响可不小。词牌《竹枝》原来就是民间作曲家的作品，中唐诗人刘禹锡在所作《竹枝词·引》中写道：

四方之歌，异音而同乐。岁正月，余来建平，里中儿联歌《竹枝》，吹短笛，击鼓以赴节。歌者扬袂睢舞，以曲多为贤。聆其音，中黄钟之羽，其卒章激讦如吴声，虽伧佇不可分，而含思宛转，有淇、濮之艳。昔屈原居湘、沅间，其民迎神，词多鄙陋，乃为作《九歌》，到于今荆楚鼓舞之。故余亦作《竹枝词》九篇，俾善歌者飏之，附于末，后之聆巴歈，知变风之自焉。

文中的“建平”是古郡名，施蛰存以为指夔州（《唐诗百话》），刘禹锡说“竹枝词”为“巴歈”，证明施氏说有道理。这就使我们了解了词牌《竹枝》原本为巴蜀一带民间无名氏所为。

《祝英台近》也当是民间传唱的歌曲。梁祝为古代四大民间传说之一，在民间有广泛的知名度，而且历史相当悠久，影响地域非常辽阔。毛先舒《填词名解》引《宁波府志》叙说梁祝故事，其实河南汝南、山东济宁、江苏宜兴等不下十处都有该故事的流传。现存最早的相关资料是初唐梁载言的《十道四蕃志》，其书载有“义妇祝英台与梁山伯同冢”事，晚唐张读的《宣室志》则以《义妇冢》为名较为详尽地记载了梁祝故事。梁祝故事流传如此之广，民间艺人取以为题，创制乐曲正是极为自然的了。

明杨慎说：“乐府有《穆护砂》，隋朝曲也，与《水调》、《河传》同时，皆隋开汴河时辞人所制劳歌也。”（《词品》）他的推论有些道理，与《穆护砂》相仿，《渔歌子》、《赤枣子》、《盐角儿》等似与职业有关，《河渎神》、《二郎神》、《江神子》等似与民间祭祀有关，大约也都源出民间。

3. 借用乐府诗题或剪裁隋唐歌舞曲

有些词牌借用的是乐府旧题，如《长相思》为“杂曲歌辞”，《风入松》、《昭君怨》、《乌夜啼》为“琴曲歌词”，《玉树后庭花》为清商曲辞。乐府诗的音乐早已散佚，剩下的题目被借来当作词牌，大约也同唐人赋诗使用乐府旧题一般，无法考知这些旧题被借为词牌后是否重新配上乐曲。

隋唐歌舞曲指那个时代的大曲和法曲，大曲用于燕乐，法曲原来用于佛事，后来也用于燕乐。两者的共同特点都是规模较大，一套大曲或法曲由许多乐曲构成，都有一种较为复杂的程序。宋王灼说：

凡大曲有散序、靸、排遍、攧、正攧、入破、虚催、实催、衮遍、歇拍、杀衮，始成一曲，此谓大遍。而《凉州》排遍，予曾见一本有二十四段。后世就大曲制词者，类从简省，而管弦家又不肯从首至尾吹弹，甚者学不能尽。

凡大曲就本宫调制引、序、慢、近、令，盖度曲者常态。(《碧鸡漫志》卷三)

如此复杂的结构，演奏起来殊非易事，词家便从其中裁剪出一小部分，作为小巧玲珑的词调，如《霓裳中序第一》、《婆罗门引》、《法曲献仙音》、《法曲第二》、《伊州令》、《石州慢》、《六州歌头》、《水调歌头》、《薄媚摘遍》、《泛情波摘遍》等。词牌标题中的“中序”、“引”、“法曲”、“令”、“慢”、“歌头”、“摘遍”等还保留着自大曲、法曲裁剪而来的胎记。

4. 传自边塞域外

有些词牌的标题很古怪，看起来不像汉语词汇，如《菩萨蛮》、《苏幕遮》、《赞浦子》等，这类词牌都是中外文化交流或汉胡文化融合的产物。

《菩萨蛮》，又作《菩萨鬘》，唐苏鄂说：

大中初，女蛮国贡双龙犀……其国人危髻金冠，缨络被体，故谓之菩萨蛮。当时倡优，遂制《菩萨蛮》曲，文士亦往往声其词。(《杜阳杂编》)

《御定词谱》引文作“大中初，女蛮国入贡，危髻金冠，缨络被体，号菩萨蛮队，当时倡优遂制《菩萨蛮》曲，文士亦往往声其词”。“女蛮国”不知指哪个国家，近人杨宪益坐实为古时的缅甸，他认为“菩萨蛮”是“骠苴蛮”或“苻诏蛮”的另一个译法，其曲调为古代缅甸的音乐，开元、天宝年间由云南传入中国。(参见杨宪益:《零墨新笺·李白与“菩萨蛮”》)依杨氏说，《菩萨蛮》就属于传入的东南亚文化，只是经过汉人乐工的修润而已。在域外文化影响下生成的词牌还有《霓裳羽衣曲》，此曲原为大曲，词人将其片段裁剪为词调，据宋王溥《唐会要》记载，此曲乃是唐玄宗在天竺舞曲《婆罗门曲》的基础上改制而成的。

来自边城异族文化的词调也有一些有案可查，如《苏幕遮》，《御定词谱》引《唐书·宋务光传》说：“此见都邑坊市，相率为浑脱队，骏马戎服，名‘苏幕遮’。”据唐代和尚慧琳的《一切经音义》，“‘苏莫遮’，西域胡语也，正云‘飒磨遮’”，源出“西龟兹国”。《宋史·高昌传》则说：“(高昌国)乐多琵琶、箜篌。出貂鼠、白氎、绣文花蕊布。俗好骑射。妇人戴油帽，谓之‘苏幕遮’。”“龟兹”和“高昌”都是位于今新疆境内的西域古国。近人岑仲勉又以为《苏幕遮》为波斯语的音译，系波斯人供奉苏摩神之曲。（参见岑仲勉：《唐代戏乐之波斯语》）总之，《苏幕遮》来自西域异族无疑。

“赞浦子”中的“赞普”也并非汉语，“浦”即“普”，“赞浦”其实是吐蕃语的音译，《新唐书·吐蕃传》说：“强雄曰‘赞’，丈夫曰‘普’，故号君长曰‘赞普’。”所以“赞浦子”也当来自边地吐蕃即藏族居住的西藏北部及青海西南部一带。此外，《哨遍》、《破阵子》、《天仙子》等也原本为龟兹国的乐曲。

边塞地区远离政治中心，受异族文化影响很大，其地呈现民族融合风情的曲调也是词牌的来源之一。王灼说：“唐史及传载称：天宝乐曲皆以边地为名，若《凉州》、《伊州》、《甘州》之类，曲遍声繁，名入破。又诏道调法曲与胡部新声合作。”（《碧鸡漫志》）据此，《凉州曲》、《伊州令》、《八声甘州》等，都来自边塞地区。顾名思义，《蕃女怨》、《番枪子》、《塞姑》等词牌也属于此类。

5. 官家创制

官家指的是宫廷或者皇帝设立的乐府机关。唐宋的一些皇帝很痴迷音乐，优裕的生活条件使他们养就了某些音乐天赋，“梨园”的祖师爷唐玄宗就是其中一个。《新唐书·礼乐志》说：“玄宗既知音律，又酷爱法曲，选坐部伎子弟三百，教于梨园。声有误者，帝必觉而正之，号皇帝梨园弟子。”他不仅创办了“梨园”，亲自执教，还创制了一些词牌，如《雨霖铃》。唐段安节《乐府杂录》说《雨霖铃》为“乐人张野狐所制”，唐郑处诲的《明皇杂录》却说：“帝幸蜀，初入斜谷，霖雨弥旬，栈道中闻铃声。帝方悼念贵妃，采其声为《雨霖铃曲》以寄恨。时梨园弟子惟张野狐一人，善筚篥，因吹之，遂传于世。”（《碧鸡漫志》所引）《明皇杂录》早于《乐府杂录》，当以郑说为信。玄宗于安史乱后“行宫见月伤心色，夜雨闻铃断肠声”，思念杨贵妃不已，采“铃声”而作“《雨霖铃曲》以寄恨”，正在情理之中。沮丧时如此，兴奋时也是如此，他在登上皇位前“夜半举兵，诛韦皇后”，便情不自禁地“制《夜半乐》、《还京乐》二曲”（《碧鸡漫志》引《唐史》）。王灼的《碧鸡漫志》还说《凌波神》、《阿滥堆》、《春光好》等也都出自李隆基之手：

《凌波神》，《开元天宝遗事》云：“帝在东都，梦一女子，高髻广裳，拜而言曰：‘妾凌波池中龙女，久护宫苑。陛下知音，乞赐一曲。’帝为作《凌波曲》，奏之池上，神出波间。”《杨妃外传》云：“上梦艳女，梳交心髻，大袖宽衣，曰：‘妾是陛下凌波池中龙女，卫宫护驾实有功。陛下洞晓钧天之音，乞赐一曲。’梦中为鼓胡琴，作《凌波曲》。后于凌波池奏新曲，池中波涛涌起，有神女出池心，乃梦中所见女子，因立庙池上，岁祀之。”

《阿滥堆》，《中朝故事》云：“骊山多飞禽，名阿滥堆。明皇御玉笛，采其声，翻为曲子名。左右皆传唱之，播于远近，人竞以笛效吹。”

《春光好》，《羯鼓录》云：“明皇尤爱羯鼓玉笛，云八音之领袖。时春雨始晴，景色明丽，帝曰：‘对此岂可不与他判断！’命取羯鼓，临轩纵击，曲名《春光好》。回顾柳杏，皆已微坼。上曰：‘此一事不唤我作天工，可乎?’”

王灼的引述虽然有些是传说，但其中含有真实的因子。李唐皇帝自李世民以来，颇有爱好文艺者，仅就创制词调而言，李隆基也不是仅有的一个，据文献记载，武则天作有《鸟歌万岁乐》（《万岁乐》），唐文宗作有《文溆子》。特别是武则天，她在文学方面是有所贡献的，近体诗七律的定型就少不了她的功劳。

宋代设立的乐府机关是大晟乐府，其职责之一便是整理和创制词调。大晟乐府的负责人是著名的词人周邦彦，制撰官有七个，留下词作的“大梁词隐”万俟咏、田为、晁冲之、徐伸、晁端礼等为其中的成员。这些人虽然“以盛德大业及祥瑞事迹制词实谱”，多为歌舞升平大加谀颂，但毕竟创制了不少词牌，如《烛影摇红》、《角招》、《徵招》、《黄河清》、《并蒂芙蓉》、《五福降中天》、《寿星明》、《舜韶新》等。

6. 文人自度

词牌还有一种重要来源，就是文人的“自度曲”。自度曲，或称“自度腔”、“自制曲”、“自制腔”等，据说“度”与“制”起初有些不同，实际上宋人都已不甚了然，今人视如等同没有什么不可。宋代的自度曲都是谙熟音律的词人才会有的创新，元代以后的所谓自度曲，正如《四库提要·存目〈填词名解〉》嘲讽毛先舒的“自度十五曲”“尤为杜撰”那样，都是自欺欺人。宋代柳永、苏轼、冯伟寿、周邦彦、谭宣子、姜夔、吴文英等不少词人都有自度曲。有些词人在“自度曲”的序中或题目下会特地标明，如：

予颇喜自制曲，初率意为长短句，然后协以律，故前后阕多不同。桓大司马温云“昔年种柳，依依汉南。今看摇落，凄怆江潭。树犹如此，人何以堪！”此语予深爱之。（姜夔《长亭怨慢·序》）

辛亥之冬，予载雪诣石湖，止既月，授简索句，且征新声，作此两曲。石湖把玩不已，使工妓隶习之，音节谐婉，乃名之曰《暗香》、《疏影》。（姜夔《暗

香·序》)

南浦送别，自度腔。(谭宣子《春声碎》)

自度腔。(杨缵《被花恼》)

自度腔，夷则商犯无射宫。赋沧浪看桂。(吴文英《古香慢·序》)

有些人使用别人的自度曲时，会在词序中说明自度曲的创制人：

琅琊幽谷，山川奇丽，泉鸣空涧，若中音会。醉翁喜之，把酒临听，辄欣然忘归。既去十余年，而好奇之士沈遵闻之往游，以琴写其声，曰《醉翁操》，节奏疏宕，而音指华畅，知琴者以为绝伦。然其有声而无其辞，翁虽为作歌，而与琴声不合。又依《楚辞》作《醉翁引》，好事者亦倚其辞以制曲。虽粗合韵度，而琴声为词所绳约，非天成也。后三十余年，翁既捐馆舍，遵亦没久矣。有庐山玉涧道人崔闲，特妙于琴。恨此曲之无词，乃谱其声。而请东坡居士以补之云。(苏轼《醉翁操·序》)

石湖家自制此声，未有语实之，命予作。石湖宅南，隔河有圃曰苑村，梅开雪落，竹院深静，而石湖畏寒不出，故戏及之。(姜夔《玉梅令·序》)

吴梦窗自制此曲，余喜其声调妍雅，久欲述之而未能。甲午春，寓罗江，与罗景良野游江上。绿阴芳草，景况离离，因填此解。惜旧谱零落，不能倚声而歌也。(张炎《西子妆慢·序》)

从上述各家的词序中可知《醉翁操》为沈遵所创，《玉梅令》出自范成大家，《西子妆慢》则是吴文英“自制此曲”。

以上词牌属于原生态，这些原生态的词牌在流传过程中，文人们又往往加以改造或润色，使之又衍生出一批新的词牌。他们改造或润色的方法往往是调整原词牌的内容，包括增减字句、改变结构，之后易以新名，以便区别于旧有的词牌。比如从《浪淘沙》衍生出《浪淘沙慢》，从《浣溪沙》衍生出《山花子》(《摊破浣溪沙》)，从《木兰花》衍生出《减字木兰花》、《偷声木兰花》、《木兰花慢》等，于是词牌的队伍就越来越庞大壮观。

二、若隐若现的故实

不少词牌并不是个简单的符号，追溯其源起都会挖掘出一段饶有情节或不乏情致的故实。因为年代的久远，深藏在符号下面的故实即使浮出水面也总有些模糊，不过这种模糊有时倒形成了一种隐约迷离的美。

比如“采桑子”，是采桑女的意思。在远古时，采桑是女性的专职工作，《诗经》中有句谓：

春日载阳，有鸣仓庚。女执懿筐，遵彼微行，爰求柔桑。春日迟迟，采蘩祁祁。女心伤悲，殆及公子同归。（《豳风·七月》）

翻译过来就是：

春天太阳暖洋洋，枝头黄莺叫得忙。姑娘手挽深箩筐，沿着那条羊肠道，趁着叶嫩来采桑。春天太阳还不落，采下的蒿子多又多。姑娘心中不快活，怕被公子逼着做老婆。

词牌《采桑子》虽然义为采桑女，但其来源却不是《七月》中的泛指，而是有着特定的含义。这从此词牌的异名《罗敷媚》、《罗敷艳歌》可以得知，她指的是一个叫“罗敷”的女子。罗敷，姓秦，汉乐府古辞《陌上桑》（一名《艳歌罗敷行》）写道：

日出东南隅，照我秦氏楼。秦氏有好女，自名为罗敷。
罗敷善蚕桑，采桑城南隅；青丝为笼系，桂枝为笼钩。
头上倭堕髻，耳中明月珠；缃绮为下裙，紫绮为上襦。
行者见罗敷，下担捋髭须；少年见罗敷，脱帽著帩头。
耕者忘其犁，锄者忘其锄；来归相怨怒，但坐观罗敷。
使君从南来，五马立踟蹰。使君遣吏往，问是谁家姝？
“秦氏有好女，自名为罗敷。”“罗敷年几何？”
“二十尚不足，十五颇有余。”使君谢罗敷：
“宁可共载不？”罗敷前致辞：“使君一何愚！
使君自有妇，罗敷自有夫。东方千余骑，夫婿居上头。
何用识夫婿？白马从骊驹；青丝系马尾，黄金络马头；
腰中鹿卢剑，可值千万余。十五府小吏，二十朝大夫，
三十侍中郎，四十专城居。为人洁白皙，鬑鬑颇有须；
盈盈公府步，冉冉府中趋。坐中数千人，皆言夫婿殊。”

《陌上桑》是上古时期稀见的一首叙事诗，诗以夸夫拒载的幽默笔法叙说秦罗敷拒绝使君的骚扰之事，使一位美丽非凡、聪明绝顶的采桑女形象跃然纸上。故事与《七月》虽有丝丝缕缕的联系，但此采桑女较彼采桑女要鲜明果敢得多。

这位采桑女本来是诗人虚构的一个人物形象，后来却越传越煞有其事，到了西晋，崔豹不知根据什么把她坐实得更为具体，连罗敷的丈夫、使君的姓名官位都“考证”出来，说：“《陌上桑》者，出秦氏女子。秦氏，邯郸人，有女名罗敷，为邑人千乘王仁妻。王仁后为赵王家令，罗敷出采桑于陌上，赵王登台，见而悦之，因置酒欲夺焉。罗敷乃弹筝，乃作《陌上桑》以自明，赵王乃止。”（《古今注》）

到了南朝时，罗敷的丈夫又被换成了“秋胡”，如王筠《陌上桑》诗谓：“人传陌上桑，未晓已含光。重重相荫映，软弱自芬芳。秋胡始倚马，罗敷未满筐。春蚕朝已老，安得久彷徨。”

“秋胡”是汉刘向《列女传》中一位背负着沉重十字架的负面人物，刘向为了给“鲁秋洁妇”树立贞节牌坊，说他婚后五年游宦在外，乘车回到家乡附近见一采桑女子，便下车调戏，到得家中，他才知道自己调戏的乃是其妻“秋洁妇”。“秋洁妇”实在没料到秋胡是个见了路旁的野花就要采的花心汉，于是愤然投水自尽。以后唐代的《秋胡变文》、元代石君宝的杂剧《鲁大夫秋胡戏妻》都是据此敷衍成篇，只不过编了个大团圆的结局而已。

“秋洁妇”的死虽然显得满身正气、大义凛然，但为了一个变心的丈夫，令人总觉得不值。而且，除了像一个道德的符号外，她的形象非常模糊。还是罗敷有血有肉，生动鲜活，加上乐府古辞运笔的高妙，她既“艳”而“媚”的形象仿佛写真似的铭刻在历代文人的脑海里，因此，便有了词牌《采桑子（罗敷艳歌、罗敷媚）》。

再如词牌《念奴娇》，标题三字可不是“你多想着奴家我何等温柔娇媚”的意思，这三个字必须读成主谓结构“念奴——娇”，“念奴”是唐天宝年间著名的妖姬歌星，她因为一双眼睛和一副歌喉出众而颇受皇帝的青睐。后周的王仁裕说：“念奴者，有姿色，善歌唱，未尝一日离帝左右。每执板当席顾眄，帝谓妃子曰：‘此女妖丽，眼色媚人，每啭声歌喉，则声出于朝霞之上。虽钟鼓笙竽嘈杂而莫能遏。’宫妓中帝之钟爱也。”（《开元天宝遗事》卷一）眼色勾魂夺魄，歌喉婉转入云霞，连皇帝都被她迷得神魂颠倒。但据早于王仁裕的中唐元稹的说法，念奴似乎并不是“宫妓”。元稹的《连昌宫词》写道：

初过寒食一百六，店舍无烟宫树绿。
夜半月高弦索鸣，贺老琵琶定场屋。

力士传呼觅念奴，念奴潜伴诸郎宿。
须臾觅得又连催，特敕街中许然烛。
春娇满眼泪红绡，掠削云鬟旋装束。
飞上九天歌一声，二十五郎吹管逐。

可以“潜伴诸郎宿”，当然就不是“宫妓”，这也与元稹自注说念奴为“天宝中名倡”一致。上述诗句是根据天宝时期的一段逸事而写的，元稹说：

念奴，天宝中名倡，善歌。每岁楼下酺宴，万众喧隘。严安之、韦黄裳辈辟易不能禁，众乐为之罢奏。明皇遣高力士大呼楼上曰：“欲遣念奴唱歌，邠二十五郎吹小管逐，看人能听否?”皆悄然奉诏。然明皇不欲夺狭游之盛，未尝置在宫禁。岁幸温汤，时巡东洛，有司潜遣从行而已。

元稹在此强调玄宗很“开放”、很“大度”，念奴虽为国色天声，也不想据为己有，而是想让他的子民共同享受这个公共“资源”，只不过在外出洗温泉或东巡洛阳时，躲开人们的耳目，让有关人员偷偷地把她安置在身边而已。从元稹的诗和注可以看出，念奴比任何歌伎都技高一筹的是她能压住场子，不管听众和观众如何喧嚣，只要她一出场，“飞上九天歌一声”，就“万众”“悄然”，鸦雀无声。

另如词牌《解佩令》，初看上去不明所以，实际上它蕴含着一个“汉皋解佩”的传说。两千多年以前的西汉著名学者刘向写过一本《列仙传》，书中有“江妃二女”一节：

江妃二女者，不知何所人也。出游于江汉之湄，逢郑交甫。见而悦之，不知其神人也。谓其仆曰：“我欲下，请其佩。”仆曰：“此间之人，皆习于辞，不得，恐罹悔（侮之讹）焉。”交甫不听，遂下，与之言曰：“二女劳矣。”二女曰：“客子有劳，妾何劳之有?”交甫曰：“橘是柚也，我盛之以笥，令附汉水，将流而下。我遵其旁，采其芝而茹之。以知吾为不逊，愿请子之佩。”二女曰：“橘是柚也，我盛之以莒，令附汉水，将流而下。我遵其旁，采其芝而茹之。”遂手解佩与交甫。交甫悦，受而怀之，中当心。趋去数十步，视佩，空怀无佩。顾二女，忽然不见。《诗》曰：“汉有游女，不可求思”，此之谓也。

这一段很像韩诗学派在解释《诗经》“汉有游女，不可求思”，张衡《南都赋》“游女弄珠于汉皋之曲”注引《韩诗外传》曰：“郑交甫将南适楚，遵波汉皋台下，乃遇二女，佩两珠，大如荆鸡之卵。”可见郑交甫想讨的人家佩物是玉珠。这个傻帽碰到漂亮女子就去挑逗，以为人家给了他玉珠，就是对他有意思。殊不知他遇上的不是凡间女子，而是汉水女神，藏在怀里的玉珠也不翼而飞。这个故事传来传去就走了样，到魏晋时，传成了郑交甫解下环佩给二妃，并与二妃结下欢爱之情，如阮籍的一首《咏怀》诗所写：

二妃游江滨，逍遥从风翔。
交甫解环佩，婉娈有芬芳。
猗靡情欢爱，千载不相忘。
倾城迷下蔡，容好结中肠。
感激生忧思，萱草树兰房。
膏沐为谁施？其雨怨朝阳。
如何金石交，一旦更离伤。

阮籍的《咏怀》向称难解，这首诗的本意如何故置不论，他所谈及的郑交甫与二妃的关系倒是比《列仙传》大大前进了一步：既“猗靡情欢爱”，又“容好结中肠”。以后东晋《襄阳耆旧传》，北魏《水经注》，宋《太平寰宇记》、《方舆览胜》等书又将郑交甫与二妃相会的地点坐实在襄阳的万山（汉皋）。到了明代万历年间，这场人神之恋被《襄阳府志》收了进去，说他们那里“万山之西有曲限，为解佩渚，乃郑交甫遇神女处”。于是，那里便有了“穿天节”：“襄阳正月二十一日谓‘穿天节’，云交甫解佩之日。郡中移会汉水之滨，倾城自万山泛绿舟而下。妇女于滩中求小白石有孔可穿者，以色丝贯之，悬插于首，以为得子之祥。”（宋庄季裕：《鸡肋篇》）

到底是二妃“解佩”给郑交甫，还是二妃“解配”给郑交甫，历代的文人们也都说不清楚了。总之，“佩”者亦“配偶”之“配”也，解佩便是送上爱情的信物，以期双方配为“神仙伴侣”。词人们把“解佩令”当成了词牌，大约正有这种文化渊源。

此外，《巫山一段云》，会让人眼前浮现宋玉笔下那位“旦为朝云，暮为行雨”的巫山神女；《凤凰台上忆吹箫》，会让人想起吹箫作凤鸣、乘坐龙凤仙去的萧史、弄玉；《阮郎归》，会让人追忆天台遇仙方半载、归来人世已全非的刘晨、阮肇；《钗头凤》，会让人难忘慨叹姻缘“错、错、错”的陆游、唐婉；《雨霖铃》，会让人同情“行宫见月伤心色，夜雨闻铃肠断声”的李隆基、杨玉环；

看到《鹊桥仙》，谁不会联想到“尔独何辜限河梁”的牛郎、织女？看到《祝英台近》，谁不会联想到生难举案齐眉、死即化蝶双飞的梁祝？看到《昭君怨》，谁不会联想到那位“千载琵琶作胡语，分明怨恨曲中论”的王昭君？看到《浣溪沙》，谁不会联想到“不知水葬归何处，溪月弯弯欲效颦”的西施？等等。词牌所蕴含的若隐若现的故实很难一一详尽地叙说出来，也正因为这说不清、道不尽，反而使得词这一格律诗更加富有迷人的魅力。不管选择词牌的人写的词与本事有无瓜葛，单单是那个词牌就令人觉得亲近了许多。

三、点燃诗意的意象

体物写意，借景抒情，是文人常用的创作手法。不少以这种手法熔铸的意象凝定成词牌，宛如一幅幅国画似的镶嵌在词坛的画廊上。所谓意象，就是浸透了创作主体内心情绪的客观世界的物象。辐射着作者审美情趣的一束花，一片叶，一轮明月，一江春水，一双红唇，两道弯眉，一件红裙，一缕幽香等，都可点燃读者内心深处潜藏的诗意。纵然只是浏览这类词牌，就已经是一种令人微醺的享受。

词牌中较多的是自然意象，其中不少是单纯的自然意象。词人们把他最为欣赏的某种印象深刻的景物提炼成词牌的名称，如《一萼红》、《一丛花》、《一枝春》、《一剪梅》、《十样花》、《双头莲》、《连理枝》、《杨柳枝》、《夜合花》、《新荷叶》、《红芍药》、《并蒂芙蓉》、《东风第一枝》等。或者选择某些景物的突出特征作为关键词粘连在景物上，如《桂枝香》、《秋兰香》、《荷花媚》、《早梅芳》、《腊梅香》、《早梅香》、《雪梅香》、《秋蕊香》、《荔枝香》、《柳梢青》、《丁香结》、《淡黄柳》、《柳摇金》、《燕归来》、《彩云归》、《鹤冲天》、《双双燕》、《双燕儿》、《凤孤飞》、《凤归云》、《舞杨花》、《霜叶飞》、《春草碧》、《满庭芳》、《满江红》、《遍地花》、《雪花飞》等。抑或把两种相关的景物组合成一个意象，如《浪淘沙》、《芭蕉雨》、《蝶恋花》、《秋夜月》、《落梅风》、《松梢月》、《月下笛》、《柳含烟》、《落梅风》、《梅弄影》、《秋夜雨》、《秋色横空》、《霜天晓角》、《烛影摇红》、《高山流水》、《雪夜渔舟》、《鱼游春水》、《月上海棠》、《梅子黄时雨》、《巫山一段云》等。这些词牌的名称虽然只不过是写单纯的景物，表面上似乎显现不出词人的情感色彩，但正如王国维所说，“昔人论诗，有景语情语之别，不知一切景语皆情语也”。的确，那一个凝结不放的丁香花蕾也许正是词人心头解不开的愁思，那一双并蒂莲花也许正是词人梦寐以求的爱怜归宿，那一段杨柳枝条也许正寄托着离人难分难舍的深情，那火红的芍药似乎宛如一腔炽热的情愫，那幽幽的香气和婀娜的花影也似乎如同伊人的气息和身影。而秋夜当空的一轮皎月，深宵摇动的一缕烛光，梅子黄时淅淅沥沥的细雨，巫山顶上缭绕的流云，朝霞或晚霞映红的江面，漫天飞舞的雪花……哪一件不与人的喜怒哀乐紧密联系，息息相关？哪一桩不会拨动人的心弦？

如果说这些词牌中的自然意象是人们对景物的客观关照，那么那些有主体行为参与的意象，如《步月》、《碧窗梦》、《醉花阴》、《醉蓬莱》、《醉春风》、《探芳信》、《撷芳词》、《斗百草》、《剪牡丹》、《惜寒梅》、《踏青游》、《泛兰舟》、《误桃源》、《忆江南》、《折丹桂》、《扑蝴蝶》、《折红梅》、《看花回》、《望海潮》、《人月圆》、《明月逐人来》等，则更明显在客观物象中注入了创作主体的情感活动。碧窗旁、花阴下、蓬莱中、春风里的一晌幽梦，斗草采花、折梅扑蝶、步月踏青、泛舟观潮，人月同圆、明月逐人等，无不昭示着主体的审美情趣，也无不逗引着观者相同语境中的种种情思。

词牌中还有一些“人意象”也值得注目，尤其是继承了几千年传统女性主题的“美人”意象，如《西施》、《虞美人》、《昭君怨》、《谢秋娘》、《念奴娇》、《解语花》、《忆真妃（杨贵妃）》、《何满子》、《多丽》、《师师令》等，恍如一张张人们熟悉的老照片，让人眼前浮现出那些令人欷歔的面容，她们虽然闭月羞花、沉鱼落雁，但其传奇的人生留给后世更多的不过是“红颜薄命”的感觉而已。还有一些高踞天上的“美人”意象，如《忆瑶姬（天帝的小女儿）》、《巫山一段云（巫山神女，即瑶姬）》、《潇湘神（湘妃）》、《忆秦娥（秦穆公女弄玉）》、《凤凰台上忆吹箫（弄玉）》、《鹊桥仙（织女）》、《祝英台近》等，只是她们带给世人的都是缥缈虚幻的痴思妄想，倒是那些凡间的无名女子更能令人遐想联翩，如《采桑子》、《采莲子》、《天仙子》、《水仙子》、《凭栏人》、《玉楼人》、《百媚娘》、《好女儿》、《玉人歌》、《醉红妆》、《佳人醉》等。顺便说一下，带“子”字的词牌不见得如前人所说，都是短小曲子之义，此处所引词牌中的“子”字，其实就是少女、姑娘的意思。这些长得宛如天仙、千娇百媚的红尘女子，给人一种更为踏实而具体的感官愉悦——谁又能彻底摆脱“食色性也”的冥冥宿命。

展现“人意象”的词人还有一种高妙的手段，即以以偏概全的特写手法，让人神龙见尾不见首地感觉到“美人”的清容婉态，如《眉妩》、《眼儿媚（秋波媚）》、《柳腰轻》、《点绛唇》、《珍珠髻》、《薄媚》、《拂霓裳》、《惜红衣》、《红罗袄》、《慢卷袖》等。或者取秋波一转、眉如远山，或者取蛮腰朱唇，或者取淡妆薄抹，或者取霓裳轻拂、长袖慢卷，一举手一投足，顾盼生姿，摄魂夺魄。

“人意象”中有一些是专指男性的“王孙”意象。“王孙”本为对男性的“推敬之词”，此处借以表示女性恋慕或怀念的对象。词牌中的《望夫歌》、《思远人》、《思越人》、《梦仙郎》、《惜春郎》、《忆王孙》、《忆少年》、《阮郎归》、《风流子》、《醉公子》等，其中的“夫”、“远人”、“越人”、“仙郎”、“春郎”、“王孙”、“少年”、“阮郎”、“风流子”、“公子”等均属此类。在男性把握话语权的封建社会，这类词牌大都是代言，但也委婉地表现了女性对爱情的渴望与追求。

还有些词牌虽然并不呈现具体的物象，只是把以往感受过的某种经验凝成寥寥数字，却能唤起读者心中的共鸣，实际上它也堪称一种“心理意象”，如《永遇乐》、《相见欢》、《万年欢》、《于飞乐》、《情长久》、《意难忘》、《长相思》、《两心同》、《恋情深》、《莫思归》、《离别难》、《酷相思》、《诉衷情》、《惜分飞》、《恨来迟》、《少年游》、《忆旧游》等。一切景语都隐含着一场卿卿我我、如胶似漆的爱恋情景，这些直白的语词正能触发人们对过去时、进行时或未来时同样情景的回首、沉浸或憧憬。达人说爱情是文学作品的永恒主题，词牌中出现这么多的“人意象”或“心理意象”，自然在情理之中。

第二节　“曲子”消失之后：地道的“长短句”

词最初并不叫“词”，而是叫“曲”、“曲词”、“曲子”、“曲子词”，或者叫“倚声”、“乐府”、“近体乐府”、“歌曲”、“乐章”、“琴趣”。“曲”、“曲子”及“歌曲”、“乐章”等毫无疑义都是乐曲的意思；“琴趣”不过是可以配乐歌唱的诗歌的婉称；“乐府”即配乐诗歌。这些称呼都透露了词这种新体诗原初的本质特征，即与音乐关系密不可分。至于大约出现于南宋乾道、淳熙年间的词的另一叫法“诗余”，虽然不无追溯从诗到词这一衍变过程的用心，但多少总难泯灭词为诗之余事的不恭意味，而且从中丝毫看不出初始阶段词的合乐特征。

词又被称作“长短句”。“长短句”原本是诗歌的一体，即以五、七言为主的杂言诗。如明胡震亨就曾说过：“宋元编录唐人总集，始于古、律二体中备析

五、七等言为次，于是流委秩然，可得具论。一曰‘四言古诗’，一曰‘五言古诗’，一曰‘七言古诗’，一曰‘长短句’。”（《唐音癸签》）宋元人的诗歌分类法是否沿袭唐人的见解尚待探究，但即便是他们自己的观点，作为诗体名称的“长短句”也似乎在用以称呼词之前。率先称词为“长短句”的是苏轼及苏门学士，苏轼说：“颁示新词，此古人长短句诗也，得之惊喜。”（《与蔡景繁书》）苏门四学士之一黄庭坚则在与诗僧惠洪酬唱时说：“崇宁甲申，遇惠洪上人于湘中。洪作长短句见赠云（词略）。次韵酬之。时余方谪宜阳，而洪归分宁龙安。”［《西江月（月侧金盆堕水）》序］他在词《念奴娇（断虹霁雨）》的序中也曾说道：“八月十七日，同诸生步自永安城楼，过张宽夫园，待月。偶有名酒，因以金荷酌众客。客有孙彦立，善吹笛。援笔作乐府长短句，文不加点。”[①] 另一位苏门学士秦观干脆把自己的词集命名为《淮海居士长短句》。由此看来，称词为“长短句”始于北宋的中叶。这一叫法消解了词的原初阶段的合乐特征，同时又成为预告词必然变成“句读不葺之诗”的谶语。

“长短句”一语，是基于唐代的一些传统称谓而形成的，即长句与短句的复合。唐人称七言歌行及七律为长句，相对而言，五言以及少于五言的其他诗型自然是短句了。所以，严格意义上的长短句就是以七言句和五言句为主的杂言诗。回望词的演变和发展，可以说词从倚声合乐中经与音乐若即若离，最后变为无伴奏清唱的地地道道的长短句。这一衍变过程，实际上就是对合乐特征的逐步消解和向文人案头格律诗的逐步靠拢。今天所读的词已经完全泯灭了音乐性，与近体诗几乎毫无二致，只不过后者是齐言，而前者为杂言罢了。当然，词中也有齐言的，如皆为三言的《三字令》；皆为五言的，如《生查子》、《抛球乐》、《怨回纥》；皆为六言的，如《三台》、《回波乐》、《塞姑》、《舞马词》；皆为七言的，如《杨柳枝》、《竹枝》、《阳关曲》、《玉楼春》等，但是，这些齐言的词大都是词的初始阶段还笼罩在近体诗影响下的产物，在词中占据主流地位的仍是“句读不葺”的杂言体词。因此，如今以长短句称词再恰当不过了。

---

① 明弘治刻嘉靖修本《豫章黄先生词》载此序，然文意似欠连属。宋胡仔《苕溪渔隐丛话·后集》卷三十一载：“山谷云：‘八月十七日，与诸生步自永安城，人张宽夫园，待月，以金荷叶酌客。客有孙叔敏，善长笛，连作数曲。诸生曰：“今日之会乐矣，不可以无述。”因作此曲记之。文不加点，或以为可继东坡赤壁之歌。’”此文或为《念奴娇》序来源，然若此，则无“乐府长短句”等字。

一、倚声合乐

今人填词，据说要按照词谱，可唐宋人赋词却根本“没谱”，他们赋词的程序主要是倚声合乐，就是按照乐曲的旋律和节拍亦步亦趋。宋代词人倚声合乐所依据的乐谱来源主要有二：一是借用现成的；二是自己创制。

现成的乐谱或者是前朝的遗留，或者是当时坊间宫内流行的。前者如历朝传流下来的乐府曲、大曲、法曲、琴曲、民间小调等，后者如外域传进的异族乐曲。这些乐曲虽然大部分流佚，但其名称在唐崔令钦的《教坊记》中保存不少。该书所载的三百二十多个曲名中，有七十多个见于《御定词谱》。

唐宋人即依据这类乐曲填词。中唐诗人刘禹锡作《和乐天春词》，题中即有说明道：“依《忆江南》曲拍为句。”郭茂倩说这首词“一曰《望江南》。《乐府杂录》曰：‘《望江南》本名《谢秋娘》，李德裕镇浙西，为妾谢秋娘所制。后改为《望江南》。’”刘禹锡便是依据李德裕所制的乐曲填写了：“春去也！多谢洛城人。弱柳从风疑举袂，丛兰浥露似沾巾，独坐亦含嚬。”在现存资料中，刘禹锡似乎是依据乐曲填词的第一位文人。此词显示了文人词作初期的特征，即将齐言诗“长短其句以就曲拍”，把本来的七言诗按照《忆江南》的节拍写成参差不齐的五七言长短句。刘禹锡还依据民间小调写过不少《竹枝词》、《浪淘沙》。《新唐书·刘禹锡传》记载道：“宪宗立，（王）叔文等败，禹锡贬连州刺史，未至，斥朗州司马。州连夜郎诸夷，风俗陋甚，家喜巫鬼，每祠，歌‘竹枝’，鼓吹裴回，其声伧伫。禹锡谓屈原居沅、湘间作《九歌》，使楚人以迎送神，乃倚其声，作《竹枝词》十余篇。于是武陵夷俚悉歌之。”刘禹锡在《竹枝词九首》的“引”中说，“里中儿联歌《竹枝》，吹短笛，击鼓以赴节”，“聆其音，中黄钟之羽，其卒章激讦如吴声”。由此可以看出，刘禹锡依据的是一种以竹笛、鼓伴奏，音协“黄钟羽”的“巴歈”歌舞小调。花间派的鼻祖温八叉尤其是专注于倚声填词的晚唐文人，《旧唐书》本传说他特别善于“逐弦吹之音，为侧艳之词”。宋代词人也是如此，倚声合乐地写词，如词人贺鬼头，张耒说他“博学业文，而乐府之词高绝一世。携一编示予，大抵倚声而为之词，皆可歌也”（《贺方回乐府序》）。

有一些有音乐天赋的词人有时不满足于既成的乐曲，兴致一来便自己创制曲谱，宋代词人柳永、周邦彦、姜夔、史达祖、吴文英等都是擅长自己作词作曲的高手。这些自己创制的乐曲一般称作“自度曲”（“自制曲”、“自制腔”或“自撰腔”)。终身布衣的姜夔“少以词名，能自制曲”，《四库提要》谓“其精通乐纪亦如邦彦，今存有旁谱之词十七首”。他在自己的词集《白石道人歌曲》中，凡是自制的乐曲都特意标明为“自度曲”或“自制曲”。有的时候，姜夔是先作词后谱曲，如他所说：“予颇喜自制曲，初率意为长短句，然后协以律，故前后片多不同。桓大司马云：‘昔年种柳，依依汉南；今看摇落，凄怆江潭；树犹如此，人何以堪?’此语予深爱之。”（《长亭慢序》）但这只不过是宋人填词的非主流程序，很多词人遵循的仍是依据乐曲（不管是现成的还是创制的）填词的主流程序。姜夔自己也是如此，他有一首《玉梅令》，词序便道出了依曲填词的情形：“石湖家自制此声，未有语实之，命予作。石湖宅南，隔河有圃曰苑村，梅开雪落，竹院深静，而石湖畏寒不出，故戏及之。”只是这支乐曲是范成大家的自度曲。吴文英也喜欢自度曲，据张炎说，《西子妆慢》就是他的自度曲：“吴梦窗自制此曲，余喜其声调妍雅，久欲述之而未能。”（张炎《西子妆慢（白浪摇天）序》）“提举大晟府”的周邦彦更是“精通音律”，张炎在《国香（莺柳烟堤）序》中说：“沈梅娇，杭妓也，忽于京都见之。把酒相劳苦，犹能歌周清真《意难忘（中吕美咏・杂赋）》、《台城路（正宫・秋思）》二曲，因嘱余记其事。词成，以罗帕书之。”杭妓犹能歌唱的《意难忘》和《台城路》（即《齐天乐》）正是周邦彦的自度曲。

因为是乐曲，所以要讲究宫调，宫调就是由宫、商、角、徵、羽、变宫、变徵构成的七音和由黄钟、大吕、太簇、夹钟、姑洗、仲吕、蕤宾、林钟、夷则、南吕、无射、应钟构成的十二律，前者定歌声的高低，后者定音阶的高下。每个乐曲都属于一定的宫调，从而表现出不同的声情特征，文人填词前必须选择乐谱所属的的宫调。刘禹锡的《竹枝词》“花红易衰似郎意，水流无限似侬愁”、“东边日出西边雨，道是无情却有情”、“长安陌上无穷树，只有垂杨管别离”云云，正体现了该乐曲“含思宛转”的声情特征。懂得音律的词人都讲究词作所选的宫调，如柳永的《乐章集》、张先的《张子野词》、周邦彦的《片玉集》、姜夔的《白石道人歌曲》、吴文英的《梦窗词集》等，都在全部或部分词牌下注明了所属的宫调。但是，每种宫调究竟有何种声情特征，而今已难知其详。随着词与乐的分家和乐曲的失传，宫调已不再能左右作为案头文学的长短句，它的研究价值不能不归属于音乐史范畴。况且，即使在宋代，也并不是所有的词人都能循规蹈矩地倚声填词。

二、与音乐若即若离

或许是音痴乐盲的缘故，北宋时不少词人就已经把握不了乐曲的声情特征，苏轼的对头沈括说："今声词相从，唯里巷歌谣及《阳关》、《捣练》之类，种类旧俗。然唐人填曲，多咏其曲名，所以哀乐与声尚相谐会。今人则不复知有声矣，哀声而歌乐词，乐声而歌怨词，故语虽切而不能感动人情，由声与意不相谐故也。"（《梦溪笔谈》卷五）沈氏的批评虽然没有指名道姓，但总令人疑心是针对苏轼而言。沈括曾在苏轼的诗里吹毛求疵，罗织罪名，使苏轼陷入"乌台诗案"、贬官黄州。可苏轼在黄州的五年贬谪期间却写出了使他文名大噪的《念奴娇》词和前后《赤壁赋》。《念奴娇》属何宫调，宋人王灼已谈不清楚："今大石调《念奴娇》，世以为天宝间所制曲，予固疑之。然唐中叶渐有今体慢曲子，而近世有填连昌词入此曲者，后复转此曲入道调宫，又转入高宫大石调。"（《碧鸡漫志》卷五）不过，在苏轼《念奴娇（大江东去）》之前出现过沈唐的《念奴娇（杏花过雨）》：

杏花过雨，渐残红零落，胭脂颜色。流水飘香人渐远，难托春心脉脉。恨别王孙，墙阴目断，手把青梅摘。金鞍何处，绿杨依旧南陌。　　消散云雨须臾，多情因甚，有轻离轻折。燕语千般，争解说、些子伊家消息。厚约深盟，除非重见，见了方端的。而今无奈，寸肠千恨堆积。

由此可以推测出《念奴娇》乐曲的声情特征似乎是缠绵悱恻，但苏轼同名词却显得雄浑苍凉、奔放豪迈。苏词与沈词的声情龃龉大约正是沈括所批评的"声与意不相谐"的缘故，也正是李清照批评苏词为"句读不葺之诗"的原因。

关于苏轼《念奴娇》的"声与意不相谐"，历来存在着两种对立的看法：一种是支持的意见，如"苏门四学士"之一的晁补之说：

苏东坡词，人谓多不谐音律，然居士词横放杰出，自是曲中缚不住者。黄鲁直间作小词，固高妙，然不是当家语，是着腔子唱好诗。（吴曾《能改斋漫录》卷十六引）

晁氏以比较苏黄词作的方式，批评黄词"是着腔子唱好诗"，夸赞苏词"自是曲中缚不住者"。王灼对时人批评苏词是"长短句中诗"颇为反感，说：

东坡先生以文章余事作诗，溢而作词曲，高处出神入天，平处尚临镜笑春，

不顾侪辈。或曰“长短句中诗也”。为此论者，乃是遭柳永野狐涎之毒。诗与乐府同出，岂当分异。(《碧鸡漫志》卷二)

东坡先生非心醉于音律者，偶尔作歌，指出向上一路，新天下耳目，弄笔者始知自振。今少年妄谓东坡移诗律作长短句，十有八九，不学柳耆卿，则学曹元宠，虽可笑，亦毋用笑也。(《碧鸡漫志》卷二)

胡寅则认为苏词的价值不仅在于洗尽了“艳科”的媚态，还在于“摆脱”了“绸缪宛转之度”，亦即摆脱了乐曲旋律和节拍的束缚：

眉山苏氏，一洗绮罗香泽之态，摆脱绸缪宛转之度，使人登高望远，举首高歌，而逸怀浩气，超然乎尘垢之外。于是花间为皂隶，而柳氏为舆台矣！(《酒边词序》)

上述批评和反批评的实质其实就是苏轼懂不懂音律的问题，陆游的话便透露了这一点：“世言东坡不能歌，故所作乐府词多不协律。晁以道（按即晁说之）云：‘绍圣初，与东坡别于汴上，东坡酒酣，自歌古《阳关》。’则公非不能歌，但豪放，不喜裁剪以就声律耳。”（《老学庵笔记》卷五）说苏轼完全不懂音律，恐怕有悖于事实，因为他本人谪居黄州时就曾说过：

陶渊明赋《归去来》，有其词而无其声。余治东坡，筑雪堂于上，人俱笑其陋。独鄱阳董毅夫过而悦之，有卜邻之意。乃取《归去来词》，稍加檃括，使就声律，以遗毅夫。使家僮歌之，时相从于东坡，释耒而和之，扣牛角而为之节，不亦乐乎。(《哨遍》序)

“稍加檃括，使就声律”，说明苏轼懂得声律。此前，他在山东密州时致友人的信函中亦曾说道：“数日前，猎于郊外，所获颇多，作得一阕（按即《江城子·密州出猎》），令东州壮士抵掌顿足而歌之，吹笛击鼓以为节，颇壮观也。”（《与鲜于子骏书》）另外，苏轼在《醉翁操序》中亦提及“有庐山玉涧道人崔闲，特妙于琴，恨此曲之无词，乃谱其声，而请东坡居士以补之云”。特别是他在黄州填《水龙吟（小舟横截春江）》一词时在序中明确说道：“元丰五年，余谪居黄。正月十七日，梦扁舟渡江，中流回望，楼中歌乐杂作，舟中人言，公显方会客也。觉而异之，乃作此曲，盖越调《鼓笛慢》。”由此可见，苏轼并没有完全忽视词的倚声合乐特征，只是他并不像柳永等人那样，按照乐谱亦步亦趋地填词。同时，苏轼“非心醉于音律”，“不喜裁剪以就声律”，也同他的词学观有关，他觉得词诗一理，词即是诗，在与友人书里，他几次谈道："又惠新词，句句警拔，诗人之雄，非小词也。"（《与陈季常书》）"颁示新词，此古人长短句诗也，得之惊喜，试勉继之。"（《与蔡景繁书》）基于这一认识，他才率性为词、豪放为词、以诗为词，"曲中缚不住"地潇洒为词。

应该说，苏轼是词史上第一位填词时有意识与乐曲保持若即若离创作态度的词人，他既以迥异于传统婉约词的风格另立了豪迈一派，又将依附于乐曲的词导向了案头文学的轨道。这种有意识消解词的倚声合乐特征的倾向，尽管承受着从沈括到李清照等人的批评，但由于苏轼在文坛上举足轻重的威望，故也对北宋中叶词坛造成了重要的影响。

三、无伴奏"清唱"

宋人的词作除了那些标有宫调的作品外，其余的作品究竟有多少是倚声合乐的，因为乐谱的流散，恐怕很难统计。但根据李清照的《词论》，自北宋晏、欧开始，即已有不少大家的词作与倚声合乐渐行渐远，如李清照所说：

逮至本朝，礼乐文武大备。又涵养百余年，始有柳屯田永者，变旧声作新声，出《乐章集》，大得声称于世；虽协音律，而词语尘下。又有张子野、宋子京兄弟，沈唐、元绛、晁次膺辈继出，虽时时有妙语，而破碎何足名家！晏元献、欧阳永叔、苏子瞻，学际天人，作为小歌词，直如酌蠡水于大海，然皆句读不葺之诗尔。又往往不协音律，何耶？盖诗文分平侧，而歌词分五音，又分五声，又分六律，又分清浊轻重。且如近世所谓《声声慢》、《雨中花》、《喜迁莺》，既押平声韵，又押入声韵；《玉楼春》本押平声韵，有押去声，又押入声。本押仄声韵，如押上声则协；如押入声，则不可歌矣。王介甫、曾子固，文章似西汉，若作一小歌词，则人必绝倒，不可读也。乃知词别是一家，知之者少。后晏叔原、贺方回、秦少游、黄鲁直出，始能知之。又晏苦无铺叙，贺苦少重典，秦即专主情致，而少故实。譬如贫家美女，虽极妍丽丰逸，而终乏富贵态。黄即尚故实而多疵病，譬如良玉有瑕，价自减矣。

文中的"盖诗文分平侧，而歌词分五音，又分五声，又分六律，又分清浊轻重"是李清照词学批评的一条重要标准。在她的眼里，晏殊、欧阳修、苏轼等人的词都是些"句读不葺之诗尔"，还有与欧、苏一起名列唐宋八大家的王安石、曾巩，也根本不宜作词。究其原因，就在于他们虽然学富五车，写起词来如小菜一碟，但是因不协音律，所以“不可读也”，遑论可歌。

张炎在填《西子妆慢（白浪摇天）》一词时就说过：“吴梦窗自制此曲，余喜其声调妍雅，久欲述之而未能。甲午（1294）春，寓罗江，与罗景良野游江上。绿阴芳草，景况离离，因填此解。惜旧谱零落，不能倚声而歌也。”夏承焘《吴梦窗系年》推断吴文英约卒于宋景定元年（1260），那么在他死后大约三十余年，他自度曲的乐谱就已经“零落”，张炎填的这首《西子妆慢》所依据的，显然不是乐谱，而只能是吴文英的原词。张炎身处宋元之际，他所说的吴梦窗的“旧谱零落”并不是个案，沈义父在《乐府指迷》一书中说过：

前辈好词甚多，往往不协律腔，所以无人唱和。秦楼楚馆之词，多是教坊乐工及闹井做赚人所作，只缘音律不差，故多唱之。求其下语用字，全不可读。甚至咏月却说雨，咏春却说凉。

由“前辈好词甚多，往往不协律腔”一句观之，未能倚声合乐的词作绝非个别现象，甚至成为当时词坛创作的一种势力。

词的音乐属性虽自北宋初渐渐淡薄，而完全消失则大体是宋季以后的事，《四库提要》云：“金元以后，院本杂剧盛，而歌词之法失传。然音节婉转，较诗易于言情，故好之者终不绝也。于是音律之事变为吟咏之事，词遂为文章之一种。”

消解词的倚声合乐特征，使“音律之事变为吟咏之事”，对于词而言并非是倒退。能倚声合乐的词与不协音律、无法合乐的词之间，并没有优劣高低之分。而且，词与其他一些诗歌类型一样，都在沿着一条相似的轨道发展演变，即初始阶段与音乐浑然不分继而渐行渐远直至完全脱离了音乐，变成仅供吟诵的新体格律诗。风骚如此，乐府诗如此，散曲如此，词也是如此。所以，词从最初的倚声合乐到最后成为无伴奏“清唱”或许是种历史的必然。不管南宋格律派词人如何讲究协律之法，力图恢复词的音乐属性，都改变不了词成为案头文学的宿命。

成为案头文学之后，词的生命反倒延绵下来。它与近体诗并驾齐驱，活跃在两宋以后的元明清的诗坛上。它曾经依附的“曲子”丧失之后，丝毫未降低它的文学价值，作为一种地道的长短句，作为一种无伴奏“清唱”，作为一种新体格律诗，至今仍受到广大民众的喜爱。

第三节　类别：剪不断理还乱的划分

传统上对词有两种分类法：一种是按音乐分类，即根据音乐的不同将词分作令、引、近、慢等；另一种是按字数分类，即根据字数的多寡将词分作小令、中调、长调等。但这两种分类法似乎都不尽如人意，都存在着一些叫人越看越糊涂的地方。

一、令、引、近、慢

关于“令、引、近、慢”这几个类别，清人宋翔凤曾解释说：

诗之余先有“小令”。其后以小令微引而长之，于是有《阳关引》、《千秋岁引》、《江城梅花引》之类。又谓之“近”，如《诉衷情近》、《祝英台近》之类，以音调相近，从而引之也。引而愈长者则为“慢”。“慢”与“曼”通，曼之训引也，长也，如《木兰花慢》、《长亭怨慢》、《拜新月慢》之类，其始皆令也。亦有以小令曲度无存，遂去慢字。亦有别制名目者，则令者，乐家所谓小令也。曰引、曰近者，乐家所谓中调也。曰慢者，乐家所谓长调也。（《乐府余论·论令、引、近、慢》）

宋翔凤的解释是从训诂学的角度立论的，貌似有理，实则不然。他完全没有考虑到词在初始阶段的音乐属性。实际上，令、引、近、慢四者都是词本来依附的乐曲的名称。

令又叫小令或令曲，本来是席间宴上佐酒的时调小曲。按照这些小曲时调的乐谱填写的词便被称作小令。这类令词通常名称中都带有“令”字，如：

品令、韵令、兀令、如梦令、忆闷令、三字令、惜春令、留春令、梁州令、四犯令、破字令、探春令、伊州令、倾杯令、锯解令、珍珠令、折花令、折桂令、一七令、翻香令、唐多令、喝火令、解佩令、胜胜令、玉梅令、且坐令、师师令、甘州令、有有令、采莲令、六幺令、胜州令、调笑令、风蝶令、关河令、上林春令、花上月令、献天寿令、木兰花令、浪淘沙令、隔溪梅令、双头莲令、相思儿令、雨中花令、彩鸾归令、诉衷情令、步虚子令、金盏子令、婆罗门令、望梅花令、寿延长破字令等等。

一般来说，小令的字数较少，篇幅较短，比如字数少的词：

天，休使圆蟾照客眠。人何在，桂影自婵娟。（蔡伸《十六字令》）

词如其名，只有十六个字，不过也有的令词字数比较多，如：

澹烟残照，摇曳溪光碧。溪边浅桃深杏，迤逦染春色。昨夜扁舟泊处，枕簟当滩碛。波声渔笛，惊回好梦，梦里欲归怎归得。　　展转翻成无寐，因此伤行役。思念多媚多娇，咫尺千里隔。都为深情密爱，不忍轻离拆。好天良夕，鸳帏寂静，算得也应暗思忆。［柳永《六幺令（澹烟残照）》］

杏花正喷火。朦朦微雨，晓来初过。梦回听、乳莺调舌，紫燕竞穿帘幕。垂杨阴里，粉墙影出秋千索。对媚景，赢得双眉锁。翠鬟信任嚲，谁更忺梳掠。　　追思向日，共个人、同携手，略无暂时抛躲。到今似、海角天涯，无由得见则个。番思往事上心，向他谁行诉。却会旧欢，泪滴真珠颗。意中人未睹，觉凤帏冷落。　　都是俺嗏错，被他闲言伏语啜做。到此近、四五千里，为水远山遥阔。当初曾言，尽老更不重婚，却甚镇日，共人同欢乐。傅粉在那里，肯念人寂寞。　　终待把、云笺细写，把衷肠、尽总说破。问伊怎下得，怜新弃旧，顿乖盟约。可怜命掩黄泉，细寻思，都为他一个。你忒煞亏我！（郑意娘《胜州令》）

前者为九十四字，后者竟多达二百一十五字。

引，又叫“引子”，大约即宋大曲中“引歌”的略称。宋沈括说：“所谓‘大遍’者，有序、引歌……衮、破、行、中腔、踏歌之类，凡数十解，每解有数叠者。裁截用之，则谓之‘摘遍’。今人大曲，皆是裁用，悉非‘大遍’也。”（《梦溪笔谈》卷五）。“引”即大遍中的“引歌”，即截取大曲中前面的引子而成。韩国《高丽史·乐志》记载的宋朝所赠词乐中就有“会八仙引子”、“千年万岁引子”、《宴太清引子》、《五云开瑞朝引子》、《众仙会引子》等。称为引，是因为通常这类词牌的名称中都带有一个“引”字，如：

导引、渔父引、花清引、相思引、东坡引、太常引、青门引、梅花引、阳关引、迷仙引、黄鹤引、清波引、华胥引、云仙引、翠华引、秋风引、临江仙引、秋蕊香引、法驾导引、婆罗门引、千秋岁引、望云涯引、梦玉人引、蕙兰芳引、湘春夜引、江城梅花引、琴调相思引等。

这一类词的字数亦长短不拘，最短的不过二十四字，长的则达九十七字，如：

将军奉命即须行，塞外领强兵。闻道烽烟动，腰间宝剑匣中鸣。（无名氏《柘枝引》）

池北池南草绿，殿前殿后花红。天子千秋万岁，未央明月清风。（王建《翠华引》）

一叶扁舟轻帆卷，暂泊楚江南岸。孤城暮角，引胡笳怨。水茫茫，平沙雁，旋惊散。烟敛寒林簇，画屏展。天际遥山小，黛眉浅。　旧赏轻抛，到此成游宦。觉客程劳，年光晚。异乡风物，忍萧索、当愁眼。帝城赊，秦楼阻，旅魂乱。芳草连空阔，残照满。佳人无消息，断云远。（柳永《迷神引》）①

近，又叫近拍。这从周美成《隔浦莲近拍》与吴文英的《隔浦莲近》二词的对照中就可看出：

新篁摇动翠葆，曲径通深窈。夏果收新脆，金丸落，惊飞鸟。浓霭迷岸草。蛙声闹，骤雨鸣池沼。　水亭小，浮萍破处，帘花檐影颠倒。纶巾羽扇，困卧北窗清晓。屏里吴山梦自到。惊觉，依然身在江表。（周邦彦《隔浦莲近拍》）

榴花依旧照眼，愁褪红丝腕。梦绕烟江路，汀菰绿，薰风晚。年少惊送远。吴蚕老，恨绪萦抽茧。　旅情懒，扁舟系处，青帘浊酒须换。一番重午，旋买香蒲浮盏。新月湖光荡素练。人散，红衣香在南岸。（吴文英《隔浦莲近》）

两词的声律、句式、分段相同，说明“近拍”与“近”没什么分别。近或者近拍到底是何种乐曲，尚难清楚区分。吴梅以为与“节拍”有关，说“近、令者，有节拍者也”（《论急慢曲书》）。也有人推测说：近、近拍“可能是慢曲以后，入破以前，在由慢渐快部分所用的曲调”（汤君《敦煌曲子词辩》）。要之，说“近”为一种乐曲，大体不会错。这类词牌通常都带有“近”字或“近拍”两字，如：

好事近、倾杯近、剑器近、诉衷情近、卓牌子近、祝英台近、红林檎近、隔浦莲近拍、郭郎儿近拍、快活年近拍等。

现存此类宋词中短的四十五字，长的九十五字：

江上探春回，正值早梅时节。两行小槽双凤，按凉州初彻。　谢娘扶下绣鞍来，红靴踏残雪。归去不须银烛，有山头明月。（郑獬《好事近》）

---

① 另杨万里有《归去来引》，长达399字，为宋词中的孤调，《词律》及《御定词谱》均未收。

夜来雨，赖倩得东风吹住。海棠正妖娆处，且留取。悄庭户，试细听莺啼燕语。分明共人愁绪，怕春去。佳树，翠阴初转午。　重帘未卷，乍睡起，寂寞看僻絮。偷弹清泪寄烟波，见江头故人，为言憔悴如许。彩笺无数，去却寒暄，到浑无定据。断肠落日千山暮。（袁去华《剑器近》）

慢，是慢曲子之略，“盖调长拍缓，即古曼声之意也”（《御定词谱》卷十）。《宋史·乐志》云：“（乾兴以来）其急、慢曲子几千数。”法国国家图书馆藏唐曲谱抄本所载的《品弄》、《倾杯乐》、《西江月》、《伊州》、《水鼓子》、《急胡相问》、《长沙女引》、《撒金沙》等二十五首唐曲谱，就分别标有急曲子、慢曲子。慢词词牌中通常都附有“慢”字，如：

古香慢、熙州慢、扬州慢、声声慢、梅香慢、石州慢、探春慢、解红慢、少年游慢、卜算子慢、谢池春慢、采桑子慢、浣溪沙慢、临江仙慢、玉梅香慢、行香子慢、西子妆慢、长亭怨慢、雨中花慢、粉蝶儿慢、黄河清慢、定风波慢、马家春慢、锦堂春慢、木兰花慢、映山红慢、上林春慢、恋芳春慢、长相思慢、安平乐慢、望南云慢、西江月慢、杏花天慢、拜星月慢、瑞云浓慢、草梅芳慢、绕池游慢、夜飞鹊慢、楚宫春慢、惜黄花慢、菩萨蛮慢、江城子慢、江南春慢、紫萸香慢、浪淘沙慢、潇湘逢人慢、惜花春起早慢、花发状元红慢、月夜眠迟慢等。

现存慢词中字数最短的四十五字，最长的一百三十七字：

皇州春满群芳丽，散异香旖旎。鳌宫开宴赏佳致，举笙歌鼎沸。　永日迟迟和风媚，柳色烟凝翠。唯恐日西坠，且乐欢醉。（宋无名氏《太平年慢》）

稚绿苏晴，故溪歇雨，川迥未觉春赊。驼褐侵寒，正怜初日，轻阴抵死须遮。叹事逐孤鸿尽去，身与塘蒲共晚，争知向此征途，区区伫立尘沙。追念朱颜翠发，曾到处、故地使人嗟。　道连三楚，天低四野，乔木依前，临路敧斜。重慕想、东陵晦迹，彭泽归来，左右琴书自乐，松菊相依，何况风流鬓未华。多谢故人，亲驰郑驿，时倒融尊，劝此淹留，共过芳时，翻令倦客思家。（周邦彦《西平乐慢》）

按照音乐划分的类别，除了令、引、近、慢外，尚有“犯”（如《凄凉犯》、《花犯》）、“序”（如《莺啼序》、《霓裳中序第一》）、“转调”（如《转调丑奴儿》）、“促拍”（如《促拍采桑子》、《促拍满路花》）、“摊破”（如《摊破浣溪沙》)、"减字"(如《减字木兰花》)、"偷声(如《偷声木兰花》)"等。

在词的乐曲消失了近千年的如今，不仅准确把握令、引、近、慢音乐的差异已经很困难，而且由于这几个关键词的标识不清，常常会使读者感到困惑。其一，词牌名中无"令"字的是小令，有"令"字的不一定是小令。像《江南春》、《浪淘沙》、《长相思》、《醉太平》、《巫山一段云》、《临江仙》、《一剪梅》、《行香子》等，都是小令，而《胜州令》、《六幺令》、《采莲令(月华收)》、《水龙吟令(洞天景色长春)》、《新水令(冒风连骑出金城)》、《长相思令(旧燕初归)》、《凉州令(翠树芳条飐)》却非小令。其二，词牌名中没有"慢"字的不见得不是慢词，如《西平乐》、《汉宫春》、《长亭怨》、《倦寻芳》、《西子妆》、《雨霖铃》、《庆清朝》等。有"慢"字的究竟是不是慢词还在两可之间，如《太平年慢》、《金殿乐慢》、《献天寿慢》等。其三，有的词牌属于哪一类，不甚了然，如《祝英台近》又名《祝英台令》,《隔浦莲》也叫《隔浦莲近》或《隔浦莲近拍》，而《石州慢》又名《石州引》,《二郎神》与《转调二郎神》则已浑然莫辨。

上述的种种纠结，不得不令人慨叹基于音乐的差异划分词的类别难免有明日黄花之憾了。

二、小令、中调、长调

明代以来，人们对词的类别大都采取小令、中调、长调的三分法。寻根溯源，这三分法当源自一部词选，即《草堂诗余》。这部书据说是南宋何士信所编，《四库提要》谓书成于庆元(1195—1200)以前。明代嘉靖年间顾从敬重新编排此书，刻成《类编草堂诗余》，该刻的重要特征是以小令、中调、长调区分卷次，从此，小令、中调、长调的三分法便一直延续至今。顾从敬并没有对三类概念的内涵作出具体的解释，人们只能根据各类所属的词作出分析，清人毛先舒即采用此法推论出三类的定义:"五十八字以内为小令，五十九字至九十字为中调，九十一字以外俱为长调。"(《填词名解》)不过，毛先舒的推断禁不起推敲，万树便指出了其说的矛盾:"所谓定例，有何所据?若以少一字为短，多一字为长，必无是理。如《七娘子》有五十八字者，有六十字者，将名之曰小令乎?抑中调乎?如《雪狮儿》有八十九字者，有九十二字者，将名之曰中调乎?抑长调乎?"(《词律·凡例》)万树的驳斥确实让人无法作答。

还有人把"长调"与"慢曲"粘合在一起，似乎只有"慢曲"才是长调。

但慢曲中有些词牌的字数甚至只够小令的要求，如无名氏《太平年慢（皇州春满群芳丽）》、无名氏《献天寿慢（日暖风和春更迟）》、无名氏《金殿乐慢（驾紫鸾軿）》等都不到五十字，不知这类慢曲究竟是长调还是小令。另外，有些并非慢曲的令、引、近字数也并不少，“令”类词如柳永《采莲令（月华收）》、蔡伸《六幺令（梅英飘雪）》、欧阳修《凉（一作梁）州令（翠树芳条飐）》、无名氏《水龙吟令（洞天景色长春）》、谭意哥《长相思令（旧燕初归）》、无名氏《新水令（冒风连骑出金城）》等都超过了九十字；“引”类词如柳永《迷神引（一叶扁舟轻帆卷）》、冯伟寿《云仙引（紫凤台高）》、汪元量《锦瑟清商引（玉窗夜静月流光）、向子諲的《梅花引》，以及“近”类词袁去华《剑器近（夜来雨）》等也都在百字左右。这些字数甚多的令、引、近是否排除在长调之外也未可知。

因此，根据字数的多寡进行分类也是一种不得已而为之的方法，细究起来也难圆其说。只是这种模糊的三分法与“令、引、近、慢”的分类法一样，已经相沿成习，人们只能姑妄听之、姑妄言之。比较合理的分类法是从结构上去把握词的类别特征。

第四节　结构：辨别词类别的捷径

近体诗在结构上不分段，词却不然，除了单调之外，都分成若干段落。词的这种结构特性是由其本来属于音乐文学而自然而然形成的。稍微复杂一点儿的乐曲演奏往往分段进行，一段完了需要暂时的间歇，几段共同形成一个有机的整体。依附于乐曲的词于是也就不会例外，在结构上同样不得不具备这样的特点。这是词在结构上区别于近体诗的重要特征。根据这种结构特征，词可以划分为一段、两段、三段、四段、叠韵五种。

一段，用词的术语说就是“一片”。片者，遍也；一片，意味着乐曲演完一遍。一片，又称为“一阕”，黄公绍、熊忠的《古今韵会举要》谓“曲终为阕”，所以一首词可称一阕词，词的一段也可称为阕。不过习惯上只是在双调词中使用“片”或“阕”，称第一段为上片或上阕，称第二段为下片或下阕。

一、单调

仅有一段的词称单调。因为是单片的关系，单调词字数都不多，最少的十四个字，为《竹枝》，又名《巴渝辞》，如唐皇甫松的作品：

芙蓉并蒂［竹枝］一心连［女儿］，花侵隔子［竹枝］眼望穿［女儿］。[1]

字数最多的四十字，为南唐冯延巳的《抛球乐》[2]：

尽日登高白玉杯，红楼人散独盘桓。一钩冷露县珠箔，满面西风凭玉阑。归去须沉醉，小院新池月乍寒。

常用的单调词有《十六字令》、《南歌子》（宋叠为双调）、《荷叶杯》（另有双调）、《渔歌子》、《忆江南》（宋叠为双调）、《捣练子》、《南乡子》（另有双调）、《调笑令》、《遐方怨》、《如梦令》、《诉衷情》（宋叠为双调）、《天仙子》（宋叠为双调）、《江城子》（宋叠为双调）、《何满子》（宋叠为双调）、《行香子》（宋叠为双调）等。

二、双调

结构为两段的词称双调。双调词的字数短的三十余字，如《归自谣》三十四字，《长相思》和《相见欢》三十六字：

何处笛？终夜梦魂情脉脉，竹风檐雨寒窗滴。　　离人数岁无消息。今头白，不眠特地重相忆。（南唐冯延巳《归自谣》）

吴山青，越山青，两岸青山相送迎，谁知离别情？　　君泪盈，妾泪盈，罗带同心结未成，江头潮已平。（林逋《长相思》）

无言独上西楼，月如钩，寂寞梧桐深院锁清秋。　　剪不断，理还乱，是离愁，别是一般滋味在心头。（南唐李煜《相见欢》）

长的则可多达百余字，甚至二百余字，如：

晚云收，绀天一片琉璃。烂银盘、来从海底，皓色千里澄辉。莹无尘、素娥淡伫，静可数、丹桂参差。玉露初零，金风未凛，一年无似此佳时。露坐久，疏萤时度，乌鹊正南飞。瑶台冷，栏干凭暖，欲下迟迟。　　念佳人、音尘隔后，对此应解相思。最关情、漏声正永，暗断肠、花影潜移。料得来宵，清光未减，阴晴天气又争知？共凝恋、如今别后，还是隔年期。人强健，清尊素影，长愿相

① 中括号中的“竹枝”、“女儿”为和声。

② 柳永用此旧名创新调《抛球乐》，双调一百八十七字。

随。(晁端礼《多丽》)

为米折腰，因酒弃家，口体交相累。归去来，谁不遣君归？觉从前皆非今是。露未晞，征夫指予归路，门前笑语喧童稚。嗟旧菊都荒，新松暗老，吾年今已如此！但小窗容膝闭柴扉，策杖看孤云暮鸿飞，云出无心，鸟倦知返，本非有意。　　噫！归去来兮，我今忘我兼忘世。亲戚无浪语，琴书中有真味。步翠麓崎岖，泛溪窈窕，涓涓暗谷流春水。观草木欣荣，幽人自感，吾生行且休矣！念寓形宇内复几时？不自觉皇皇欲何之？委吾心、去留谁计？神仙知在何处？富贵非吾志。但知临水登山啸咏，自引壶觞自醉。此生天命更何疑？且乘流、遇坎还止。(苏轼《哨遍》)

前者一百三十九字，后者则二百零三字，字数虽然很多，却仍分作两段。

作为案头文学的双调词的段落构造，基础是词句，上下段根据句数的相同与否，双调词结构的内部构造可以划分为两种形式：一是对称式构造，如：

天涯旧恨，独自凄凉人不问。欲见回肠，断尽金炉小篆香。　　黛蛾长敛，任是春风吹不展。困倚危楼，过尽飞鸿字字愁。(秦观《减字木兰花》)

上下两段的句式相同，句数相等，呈现出一种传统的建筑美。属于这种构造的还有《生查子》、《卜算子》、《醉花阴》、《望江东》、《偷声木兰花》、《鹊桥仙》、《踏莎行》、《钗头凤》、《蝶恋花》、《渔家傲》、《苏幕遮》、《酷相思》、《解佩令》、《离亭燕》、《粉蝶儿》、《御街行》、《蓦山溪》等。

另一种是非对称式构造，如：

吴头楚尾，一棹人千里。休说旧愁新恨，长亭树，今如此！　　宦游吾倦矣，玉人留我醉。明日落花寒食，得且住，为佳耳。(辛弃疾《霜天晓角》)

空城晓角，吹入垂杨陌。马上单衣寒恻恻。看尽鹅黄嫩绿，都是江南旧相识。　　正岑寂，明朝又寒食。强携酒，小桥宅。怕梨花落尽成秋色。燕燕飞来，问春何在？唯有池塘自碧。(姜夔《淡黄柳》)

前一首词上下段最明显的差异在下段的首句“宦游吾倦矣”，上段第一句的四言句式被易为五言句式。后一首词则下两段句式句数完全不同。作者们似乎有意突破传统的审美习惯，试图向读者奉献一种另类的参差美。

属于这种非对称式构造的双调词尚有《醉花间》、《点绛唇》、《伤春怨》、《谒金门》、《好事近》、《忆少年》、《忆秦娥》、《烛影摇红》、《木兰花慢》、《夜游宫》、《转调踏莎行》、《锦缠道》、《青玉案》、《千秋岁》、《祝英台近》、《洞仙歌》、《惜红衣》、《法曲献仙音》、《满江红》、《天香》、《声声慢》、《黄莺儿》、《剑器近》、《醉蓬莱》、《暗香》、《长亭怨慢》、《双双燕》、《宴山亭》、《念奴娇》、《绕佛阁》、《绛都春》、《桂枝香》、《翠楼吟》、《霓裳中序第一》、《水龙吟》、《石州慢》、《瑞鹤仙》、《宴清都》、《齐天乐》、《雨霖铃》、《眉妩》、《永遇乐》、《二郎神》、《拜星月慢》、《西吴曲》、《望远行》、《疏影》、《摸鱼儿》、《贺新郎》等。

三、三叠

结构为三段的称作“三叠”。三叠词的字数一般都不下于一百字，长的多至二百余字。下引周邦彦的两首三叠词可以明显看出它们在段落构造上的不同特征：

章台路，还见褪粉梅梢，试花桃树。愔愔坊陌人家，定巢燕子，归来旧处。　　黯凝伫，因念个人痴小，乍窥门户。侵晨浅约宫黄，障风映袖，盈盈笑语。　　刘郎重到，访邻寻里，同时歌舞。惟有旧家秋娘，声价如故。吟笺赋笔，犹记燕台句。知谁伴，名园露饮，东城闲步。事与孤鸿去，探春尽是，伤离意绪。官柳低金缕，归骑晚、纤纤池塘飞雨。断肠院落，一帘风絮。（《瑞龙吟》）

佳丽地，南朝盛事谁记？山围故国，绕清江、髻鬟对起。怒涛寂寞打孤城，风樯遥度天际。　　断崖树，犹倒倚，莫愁艇子曾系。空馀旧迹郁苍苍，雾沉半垒。夜深月过女墙来，伤心东望淮水。　　酒旗戏鼓甚处市？想依稀王谢邻里。燕子不知何世，向寻常巷陌人家相对。如说兴亡斜阳里。（《西河》）

《瑞龙吟》的第一段与第二段句式、句数完全相同，两者又都与第三段相异，且字数要远远少于第三段。这种构造过去有人称作“双拽头”，大约意思是说前两段不仅构造相同，而且字数比第三段少好多，就如同一个躯体上生出两个头颅一般。属于双拽头构造的三叠词还有《绕佛阁》、《剑器近》等。

而《西河》的三段句式、句数各不相同。这类三叠词可以视之为“非双拽头”构造，属于此类的尚有《兰陵王》、《宝鼎现》、《戚氏》、《夜半乐》等。

实际上，三叠词还有一种不为人们所注意的段落构造，如下词：

晚晴初，淡烟笼月，风透蟾光如洗。觉翠帐，凉生秋思，渐入微寒天气。败叶敲窗，西风满院，睡不成还起。更漏咽，滴破忧心，万感并生，都在离人愁耳。　　天怎知，当时一句，做得十分萦系。夜永有时，分明枕上，觑著孜孜地。烛暗时酒醒，元来又是梦里。　　睡觉来，披衣独坐，万种无憀情意。怎得伊来，重谐连理，再整余香被。祝告天发愿：从今永无抛弃！（柳永《十二时慢》）

此词第一段十三句，第二段和第三段句数相同，都是八句，而且句式相同。如果援引“双拽头”的叫法先例，那么这种词的结构正好可名之为“双拽尾”，也就是说仿佛一个躯干拖着两条同样的尾巴。只是三叠词在宋词中作品很少，这类结构似乎向来很少有人关注。

四、四叠

结构为四段的称“四叠”。四叠词极为少见，现在仅存吴文英的《莺啼序》：

残寒正欺病酒，掩沉香绣户。燕来晚、飞入西城，似说春事迟暮。画船载、清明过却，晴烟冉冉吴宫树。念羁情、游荡随风，化为轻絮。　　十载西湖，傍柳系马，趁娇尘软雾。溯红渐、招入仙溪，锦儿偷寄幽素。倚银屏、春宽梦窄，断红湿、歌纨金缕。暝堤空，轻把斜阳，总还鸥鹭。　　幽兰渐老，杜若还生，水乡尚寄旅。别后访、六桥无信，事往花委，瘗玉埋香，几番风雨？长波妒盼，遥山羞黛，渔灯分影春江宿，记当时、短楫桃根渡。青楼仿佛，临分败壁题诗，泪墨惨淡尘土。　　危亭望极，草色天涯，叹鬓侵半苎。暗点检离痕欢唾，尚染鲛绡，亸凤迷归，破鸾慵舞。殷勤待写，书中长恨，蓝霞辽海沉过雁，漫相思、弹入哀筝柱。伤心千里江南，怨曲重招，断魂在否？

此词二百四十字，在现存宋词中字数堪称首位。段落构造采用的是“非对称式”。另外，宋词中还有一种特殊的四叠词，即“叠韵”词。“叠韵”一语，含义多种，有的指双声叠韵的“叠韵”，意谓韵母相同或相近的复音词，如杜甫诗“一去紫台连朔漠”的“朔漠”。有的指诗词中重言词韵字，即使用同样的韵字，如陆游《钗头凤》中的“错，错，错”。有的指写作诗词时的和韵，即运用与自己或他人诗词同一韵部的韵脚，如刘辰翁《金缕曲叠韵》，意谓使用自己前一首同名词同一韵部的韵字。而此处所说的“叠韵”，则是把双调词用原韵再重复一次，也就是把两首同韵的双调词叠合一次，如晁补之的《梁州令叠韵》：

田野闲来惯，睡起初惊晓燕。樵青走挂小帘钩，南园昨夜，细雨红芳遍。　平芜一带烟光浅，过尽南归雁。江云渭树俱远，凭栏送目空肠断。　好景难常占，过眼韶华如箭。莫教鶗鴂送韶华，多情杨柳，为把长条绊。　清樽满酌谁为伴，花下提壶劝。何妨醉卧花底，愁容不上春风面。

《梁州令》本来是双调词，分作上下两段，而把两首《梁州令》叠合在一起，组合成新的《梁州令叠韵》时，结构自然变成了四段。四段的段落构造形成前两段与后两段完全相同，因此，这种“叠韵”词的段落特征同样属于“对称式”。

有的词题虽然没有明确标示“叠韵”二字，实际上却仍是两首双调词的叠合，如贺铸的《小梅花》：

思前别，记时节，美人颜色如花发。美人归，天一涯，娟娟姮娥三五满还亏。　翠眉蝉鬓生离诀，遥望青楼心欲绝。梦中寻，卧巫云，觉来泪珠滴向湘水深。　愁无已，奏绿绮，历历高山与流水。妙通神，绝知音，不知暮雨朝云何山岑？　相思无计堪相比，珠箔雕栏几千里。漏将分，月窗明，一夜梅花忽开疑是君。

《小梅花》是在组合两首双调词《梅花引》的基础上形成的，只不过在重叠时把《梅花引》的第三句、第十一句的平仄作了调整，而全词的结构特征与《梁州令叠韵》一样，属于“对称式”。

与晁、贺二人词相似的还有柳永的《接贤宾》、周邦彦的《烛影摇红》。《御定词谱》卷十三说柳永的《接贤宾》（一名《集贤宾》）是在毛文锡五十九字双调同名词的基础上“再加一叠”而成字数略作调整的“双调一百十七字，前段十句五平韵，后段十句六平韵”的新体。关于《烛影摇红》，宋人吴曾说：“王都尉有《忆故人》词，徽宗喜其词意，犹以不丰容宛转为恨，遂令大晟别撰腔，周美成增损其词，而以首句为名，谓之《烛影摇红》云。”（《能改斋漫录》卷十六）王都尉即王诜，他的《忆故人》词为双调五十字，周邦彦在“叠韵”其词时，只不过在字数上减去两字，组成以王词首句命名的九十六字的新词。词谱称这些“叠韵”词双调，实则应是对称式结构的四段词。

而今，作为音乐文学的词早已是历史陈迹，在对词所依附的乐曲已经不甚了然的情况下，从结构特征上去把握词的分类，似乎更为稳妥。

第五节 律句：近体诗的基因

根据现存的敦煌曲子词来看，词的形成当在盛唐时期。其时，近体诗已经定型，处于近体诗巨大磁场之内的词，从一诞生起，就不可避免地携带上近体诗的基因——律句。有的论者曾经归纳出敦煌曲子词的某些特征，如带有衬字、字数不固定、平仄不拘、叶韵不定、曲体曲式多种多样等。但是，还有一个不被人提及的重要特征，即这些初始阶段的词绝大部分都在平仄分布上采纳了近体诗的律句格式。试看《云谣集杂曲子》中的几首词：

征夫数载，萍寄他邦。去便无消息，累换星霜。月下愁听砧杵起，塞雁南行。孤眠鸾帐里，枉劳魂梦，夜夜飞扬。　想君薄行，更不思量。谁为传书与，表妾衷肠？绮牖无言垂血泪，暗祝三光。万般无奈处，一炉香尽，又更添香。(《凤归云》)

莺语啼时三月半，烟蘸柳条金线乱。五陵原上有仙娥，携歌扇。香烂漫，留住九华云一片。　犀玉满头花满面，负妾一双偷泪眼。泪珠若得似珍珠，拈不散。知何限，串向红丝应百万。(《天仙子》)

日暖风轻佳景，流莺似问人。正是越溪花捧艳，独隔千山与万津。单于迷虏尘。　雪落停梅愁地，香檀枉注歌唇。兰径萋萋芳草绿，红脸可知珠泪频？鱼笺岂易呈。(《破阵子》)

潘郎妄语多，夜夜道来过。赚妾更深独弄琴，弹尽相思破。　寂寂更深坐，泪滴浓烟翠。何处贪权醉不归，羞向鸳衾睡。(《喜秋天》)

这些不知作者姓名的词作，诵读起来朗朗上口，稍微熟悉一些近体诗平仄的人都会觉得句子参差外，韵律都似曾相识，原因当然在于它们都采用了近体诗律句的平仄形式。中唐以后，很多诗人如白居易、刘禹锡等纷纷插手词的创作，他们都是近体诗创作的大家，于是笔下的词作在词句声调的配置上更加靠近近体诗。可以说，构成词的基本骨架乃是近体诗的律句，由此可以看出词的形体中正承继了近体诗的基因。

一、律句种种

词的律句完全是仿照近体诗的，其种类也和律绝一样，分作以下几种：

1. 标准律句及其变格

标准律句就是近体诗的四种基本句式：

A. 平平仄仄平平仄　　仄仄平平仄
B. 仄仄平平仄仄平　　平平仄仄平
C. 仄仄平平平仄仄　　平平平仄仄
D. 平平仄仄仄平平　　仄仄仄平平

每个字的声调与上述四种句式一模一样的词句，便属于这类律句，如：

A. 寒溪淅淅流冰谷（宋庠《菩萨蛮》）别是闲滋味（李清照《壶中天慢》）
B. 待得团圆是几时（吕本中《采桑子》）潮平路带沙（僧仲殊《南柯子》）
C. 及至重阳天也霁（黄庭坚《定风波》）罗巾空泪粉（赵鼎《醉春风》）
D. 萧萧暮雨子规啼（苏轼《菩萨蛮》）莫道不消魂（李清照《醉花阴》）

但是，在词的实际创作中，大量存在的是这类标准律句的变格，即遵循约定俗成的"一三五不论"，"一三五"或"一三"字的声调"自由"了一下子的律句，如：

a. 绿芜凋尽台城路（周邦彦《齐天乐》）南国本潇洒（贺铸《水调歌头》）
b. 谁见幽人独往来（苏轼《卜算子》）　北风吹梦长（吕本中《长相思》）
c. 明日落红应满径（张先《天仙子》）　故乡何处是（李清照《菩萨蛮》）
d. 似曾相识燕归来（晏殊《浣溪沙》）　花落更情浓（吴文英《忆江南》）

变格律句与标准律句的区别就在于奇数位置上字的平仄不同，前者可以根据用词略作调整，本来是平声的，容许换作仄声；本来是仄声的，可以换作平声。近体诗中某些论者强调必须避免所谓"孤平"的句式"仄仄平平仄仄平（平平仄仄平）"，在词中同样是不太讲究，如辛词《生查子》中所谓"孤平"的句子：

昨宵醉里行（《山行寄杨明瞻》）
去年燕子来（《有觅词者，为赋》）

2. 特殊句及其变格

在宋人的词作中，下述的两种近体诗特殊句及其变格，也同样为词人运用：

E. 仄仄平平仄平仄　　平平仄平仄

F. 仄仄㊥仄仄[①]

首先，不妨看看前一种特殊句在词中的用例：

E. 彩笔新题断肠句（贺铸《青玉案》）
倚遍阑干意无尽（欧阳修《洞仙歌令》）
暮霭沉沉楚天阔（柳永《雨霖铃》）
月下疏梅似伊好（晏几道《洞仙歌令》）
水殿风来暗香满（苏轼《洞仙歌令》）

e. 空记当时锦囊句（冯时行《青玉案》）
分付新春与垂柳（苏轼《洞仙歌令》）
吹下天香遍瑶宇（王质《青玉案》）
今夜那忧杀风景（葛胜仲《临江仙》）

值得注意的是，按照近体诗的规则，特殊句“仄仄平平仄平仄”的第五字须仄声，而词中此句的第五字则并不一定非得仄声，用平声的也不少，如宋人词：

江左沉酣求名者（辛弃疾《贺新凉》）
要鲙鲸鲵封京观（李曾伯《贺新凉》）
除却林逋无人识（方岳《贺新凉》）
感慨旧游成陈迹（林正大《贺新凉》）
且趁霜天鲈鱼好（陆象泽《贺新凉》）
自是平淮勋名在（石麟《贺新凉》）
冬看山林萧疏净（韩世忠《临江仙》）
荣贵非干长生药（韩世忠《临江仙》）
簌簌珍珠挥尘柄（吕渭老《天仙子》）

五言的 E 种特殊句也出现在宋词中，如《花犯》中的六个五言句型，就是由五个律句与一个特殊句构成的。这个特殊句就是上阕的第三句，如宋人的下述诸句：

依然旧风味［周邦彦《花犯（粉墙低）》］

---

① 以上两种句式可平可仄处不标出，唯 F 句式第三字尤为重要，故特标示。

清妍赋情味［方千里《花犯（渚风低）》］
蜂黄暗偷晕［吴文英《花犯（小娉婷）》］
盈盈瞰流水［王沂孙《花犯（古婵娟）》］
偏偏著余帽［刘辰翁《花犯（甚天花）》］

其次，再看看F种特殊句“仄仄㊉仄仄”。宋人实际上是把这种特殊句与律句“仄仄平平仄”同等看待的，如张先《南歌子》下阕第一句既使用了“仄仄平平仄”的格式，又使用了“仄仄㊉仄仄”的格式：

烟染春江暮［《南歌子（残照催行棹）》］
浮世欢会少［《南歌子（蝉抱高高柳）》］

《琐窗寒》最后一句的平仄格式也是标准律句“仄仄平平仄”与特殊句“仄仄㊉仄仄”并用，如：

待客携尊俎［周邦彦《琐窗寒（暗柳啼鸦）》］
重省佳气误［刘辰翁《琐窗寒（嫩绿如新）》］

《隔浦莲》上片的第六句，陆游词采用的是变格律句“仄仄平平仄”：

凝恨慵梳洗［陆游《隔浦莲（飞花如趁燕子）》］

周邦彦、史达祖、吴潜、吴文英、赵闻礼等人的词却采用的是特殊句“仄仄㊉仄仄”：

浓霭迷岸草［周邦彦《隔浦莲（新篁摇动翠葆）》］
阴壑生暗雾［史达祖《隔浦莲（红尘飞不到处）》］
新雨抽嫩草［吴潜《隔浦莲（扇荷偷换羽葆）》］
年少惊送远（吴文英《榴花依旧照眼》）
啼鸟惊梦远［赵闻礼《隔浦莲（愁红飞眩醉眼）》］

再如《哨遍》下阕的第四句，词人们同样是无所顾忌地交相使用这两种格式：

富贵非吾愿［辛弃疾《哨遍（一壑自专）》］
炯炯双眸子［方岳《哨遍（月亦老乎）》］
桂魄何曾死［方岳《哨遍（月曰不然）》］
亲戚无浪语［苏轼《哨遍（为米折腰）》］

谁与齐万物［辛弃疾《哨遍（蜗角斗争）》］
河水深且广［辛弃疾《哨遍（池上主人）》］
富贵人所欲［刘克庄《哨遍（胜处可宫）》］
变化如一瞬［曹冠《哨遍（壬戌孟秋）》］

由此可见，特殊句“仄仄(平)仄仄”在词中也是被看作可以置换“仄仄平平仄”的一种“特殊”的律句。

3. 衍生律句及其变格

衍生律句指的是A式和B式去掉最后一个字而变成的平仄交错格式及C式和D式去掉后三字而变成的平仄交错格式：

G. 平平仄仄平平　　西风瘦马空肥（辛弃疾《木兰花慢》）
H. 仄仄平平仄仄　　自净方能净彼（苏轼《如梦令》）
I. 仄仄平平　　梦觉西楼（石孝友《南歌子》）
J. 平平仄仄　　圆荷泻露（苏轼《永遇乐》）

衍生律句同样可以依照一三不论、二四分明的吟法灵活处理奇数字的声调，如：

g. 等闲孤负年光（陈允平《永遇乐》）
h. 帘外翠阴遮遍（毛滂《何满子》）
i. 空惨愁颜（柳永《戚氏》）
j. 有人曾住（赵彦端《绛都春》）

有学者说H式律句的平仄格式“仄仄平平仄仄”，第五字须平声，否则会导致出现所谓的“孤平”现象。其实宋人并没有这种顾忌，下列这种律句的第五字均为仄声：

昼锦满堂贵胄（李清照《长寿乐》）
滴滴要知落处（向子諲《如梦令》）
好向玉堂视草（侯置《凤凰台上忆吹箫》）
卯酒一杯径醉（严仁《好事近》）
化出玉壶境界（林淳《水调歌头》）
笑我未离世网（李谌《水调歌头》）
却伴赤松未晚（邓剡《木兰花慢》）

玉兔有情亦老（刘褒《水调歌头》）

跨鹤缓酬夙志（张祥《水调歌头》）

欲助我公寿骨（毛滂《清平乐》）

结伴踏青去好（王观《庆清朝慢》）

冷定半疑是雪（史浩《庆清朝》）

报道玉人睡觉（史浩《庆清朝》）

便觉寸心尚老（史达祖《庆清朝》）

宋人根本就没有所谓不能犯“孤平”的戒律，后人何必自寻烦恼，无端生造出一些作茧自缚的规则。

这里叙说词的律句时，只限于四言至七言的句式，三言以内及七言以上的句式没有涉及。一言句、二言句及三言句等短句的平仄，无须谈论是否符合律句的规则，因为根据近体诗的平仄规则与灵活处置，它们的任何一种平仄形式都处于律句平仄的框架内。七言以上长句的平仄形式则由于句读，可以作出不同的解析。

上述诸种律句说明长短句与近体诗在平仄格式方面在很大程度上是血脉相通的，唐宋以迄晚清的文人既是诗人又是词人，就是因为他们深谙诗律，作起词来犹如轻车熟路。

二、齐言词与律句

词中有一些词通篇都是整齐的词句，有的全部都是五言句，如《纥那曲》、《罗唝曲》、《生查子》、《怨回纥》、《一片子》等，且看下面的两首：

踏曲兴无穷，调同辞不同。愿郎千万寿，长作主人翁。（刘禹锡《纥那曲》）

去年元夜时，花市灯如昼。月到柳梢头，人约黄昏后。　　今年元夜时，月与灯依旧。不见去年人，泪满春衫袖。（欧阳修《生查子》）

前一首不仅四句皆为律句，而且粘对关系完全符合近体诗的规定，说它是一首五绝也毫不为过。后一首每一句也都是律句，上下各片也都注意了粘对关系，只是押的是仄韵，否则亦可视为两首五绝的叠合。不过，《生查子》一词如万树《词律》所说“五言八句，四韵。作者平仄多有参差”，晏几道的《生查子》平仄便与欧阳修的不同：

坠雨已辞云，流水难归浦。遗恨几时休，心抵秋莲苦。　　忍泪不能歌，试托哀弦语。弦语愿相逢，知有相逢否。（晏几道《生查子》）

不过，平仄虽然有变，但用的仍然是律句，而且也如两首仄韵五绝的叠合。

六言的齐言词有《塞姑》、《开元乐》、《舞马词》、《回波乐》、《何满子》、《三台》、《谪仙怨》、《寿山曲》等，是看其中的两首：

楼上正临宫外，人间不见仙家。寒食轻烟薄雾，满城明月梨花。

（沈括《开元乐》）

红粉楼前月照，碧纱窗外莺啼。梦断辽阳音信，那堪独守空闺。恨对百花时节，王孙绿草萋萋。（毛文锡《何满子》）

二者的所有词句都为衍生律句，前者即使视之为六言绝句也无不可。

七言齐言词有《采莲子》、《小秦王》、《杨柳枝》、《渭城曲》、《欸乃曲》、《八拍蛮》、《楼上曲》、《浣溪沙》、《瑞鹧鸪》①、《玉楼春》等，这类词除了一些民歌或仿民歌的作品没有准确地使用律句外，绝大部分文人的作品平仄格式都符合律句的规则。现以宋人常用的三个词牌为例：

楼倚春江百尺高，烟中还未见归桡。几时期信似江潮？　　花片片飞风弄蝶，柳阴阴下水平桥。日长才过又今宵。（张先《浣溪沙》）

绿杨芳草长亭路，年少抛人容易去。楼头残梦五更钟，花底离情三月雨。
无情不似多情苦。一寸还成千万缕。天涯地角有穷时，只有相思无尽处。

（宋祁《玉楼春》）

胶胶扰扰几时休，一出山来不自由。秋水观中山月夜，停云堂下菊花秋。
随缘道理应须会，过分功名莫强求。先自一身愁不了，那堪愁上更添愁。

（辛弃疾《瑞鹧鸪》）

《浣溪沙》宛如两首缺少第四句的七绝的叠加，上下片的前三句与七绝的前三句毫无分别，只不过第三句的尾字为平声韵脚而已。《玉楼春》好似仄韵阳关体七绝的重复，所以文人创作起来得心应手，宋人使用这一词牌的竟多达三百四十余首。而《瑞鹧鸪》则与七律毫无区别，《御定词谱》在谈到《瑞鹧鸪》一词时说："此调本律诗体，七言八句，宋词皆同，其小异者惟各句平仄耳。"其说

① 另有别体。

大体近是，在宋人的六十余首同一词牌中，除柳永的四首、晏殊的两首及无名氏的两首之外，其余的都与辛词相仿，皆采用了七律的形式，只不过平仄、韵式以及中间两联是否对仗各不相同而已，如李清照的同名词：

风韵雍容未甚都，尊前甘橘可为奴。谁怜流落江湖上，玉骨冰肌未肯枯。　谁教并蒂连枝摘，醉后明皇倚太真。居士擘开真有意，要吟风味两家新。

辛词平起，而李词仄起，第五句与第四句失粘，中间两联也未用对仗，并且改辛词一韵到底为上下片换韵，似乎有意规避同于七律的嫌疑，但所有的句子也毫无例外皆为律句。

可以说，齐言词中绝大多数的词牌及作品都运用了律句的格式，极少数词牌或作品受民间歌谣的影响，或者出于某种修辞的需要，或者因为配乐歌唱的关系，而使句式稍微游离于律句之外。

三、非齐言词与律句

词中最多的还是非齐言词，《全唐诗·附录》词类小序云："唐人乐府，原用律绝等诗，杂'和声'歌之，其并'和声'作实字，长短其句以就曲拍者，为填词。"由近体诗律绝"长短其句以就曲拍"，是文人创作词的一条路径，所以参差不齐的非齐言词被称之为长短句。这条创作路径从一些词中仍可以看到端倪，如"双调五十五字，前段四句三平韵，后段五句三平韵"的《鹧鸪天》词：

彩袖殷勤捧玉钟，当年拼却醉颜红。舞低杨柳楼心月，歌尽桃花扇底风。　　从别后，忆相逢，几回魂梦与君同。今宵剩把银釭照，犹恐相逢是梦中。（晏几道）

此词就是由仄起的七律演化而成，只不过把原七律第五句的律句改换成了两个三言句，并且在把后一个三言句的尾字易为韵字而已。如果用"仄仄平平平仄仄"的律句或特殊句"仄仄平平仄平仄"或它们的变格取代两个三言句，那么这首词就可以还原成一首标准的七律了。同样的例子还有很多，如《捣练子》词：

花影乱，晓窗明，莺弄春笙柳外声。和梦卷帘飞絮入，牡丹无语正盈盈。

（陈著）

此词由近体七绝演化而来也昭然在目，平起平收的七绝，首句易为两个三言句，但韵脚仍被保留，余下的三句律句的格式丝毫未变。

除上述一眼看去即可看出长短句与近体诗亲缘关系的词牌外，绝大部分长短句都是各种律句的组合，少则两种律句，如六言和七言律句组合的《西江月》，五言和七言律句组合的《卜算子》、《菩萨蛮》，三言和七言律句组合的《忆王孙》、《天仙子》、《渔家傲》、《摊破浣溪沙》，四言和七言律句组合的《踏莎行》、《丑奴儿》、《一剪梅》、《减字木兰花》等。多则三种律句以上，如三言、四言、五言律句组合的《蓦山溪》，三言、四言、七言律句组合的《忆秦娥》，三言、五言、六言律句组合的《更漏子》、《昭君怨》，三言、五言、七言律句组合的《忆江南》、《长相思》、《阮郎归》，四言、五言、七言律句组合的《点绛唇》、《人月圆》、《醉花阴》、《蝶恋花》、《贺圣朝》、《一斛珠》、《浪淘沙》、《眼儿媚》，五言、六言、七言律句组合的《好事近》、《惜分飞》、《临江仙》、《离亭燕》、《风入松》、《桃源忆故人》等；由四种律句组合而成的词则有：三言、五言、六言、七言共组的《谒金门》，三言、四言、六言、七言共组的《绮罗香》、《庆春泽》，三言、四言、五言和七言共组的《满江红》、《千秋岁》、《苏幕遮》，三言、四言、五言、六言共组的《过秦楼》、《祝英台近》、《潇湘夜雨》，四言、五言、六言、七言共组的《薄幸》、《青玉案》、《鹊桥仙》、《清平乐》、《齐天乐》等；《多丽》、《南浦》、《河传》、《疏影》、《沁园春》、《感皇恩》、《解语花》、《水龙吟》、《陌上花》、《诉衷情》、《锦缠道》、《御街行》、《夺锦标》、《烛影摇红》、《春风袅娜》、《瑶台聚八仙》等，则是由三言、四言、五言、六言、七言五种律句组合而成的。

这些非齐言词尽管形式组合得忽短忽长，看起来似乎令人眼花缭乱，但仔细观之，就可以看出它们都是万变不离律句的平仄规则。不妨以组合形式复杂的词牌《多丽》为例：

小楼寒，夜长帘幕低垂。恨萧萧、无情风雨，夜来揉损琼肌。也不似、贵妃醉脸，也不似、孙寿愁眉。韩令偷香，徐娘傅粉，莫将比拟未新奇。细看取、屈平陶令，风韵正相宜。微风起，清芬酝藉，不减酴醾。　　渐秋阑、雪清玉瘦，向人无限依依。似愁凝、汉皋解佩，似泪洒、纨扇题诗。朗月清风，浓烟暗雨，天教憔悴度芳姿。纵爱惜、不知从此，留得几多时。人情好，何须更忆，泽畔东篱。（李清照）

这首词是由三言、四言、五言、六言和七言五种律句构成的，词中的三言句“小楼寒”、“微风起”，“人情好”，不消说均是律句中应有的“仄平平”、“平平仄”格式。四言句“韩令偷香”、“徐娘傅粉”、“清芬酝藉”、“不减酴醾”、“朗月清风”、“浓烟暗雨”，“何须更忆”、“泽畔东篱”，平仄格式不是“仄⃝仄平平”，就是“平平仄仄”，声调均符合衍生律句的要求。五言句“风韵正相宜”、“留得几多时”，声调均为“仄⃝仄仄平平”，六言句“夜长帘幕低垂”、“夜来揉损琼肌”、“向人无限依依”，声调皆是“平⃝平仄⃝仄平平”，与衍生律句铢两悉称。七言句“莫将比拟未新奇”、“天教憔悴度芳姿”，平仄形式为“平⃝平仄⃝仄仄平平”，与变格律句毫无二致（带领字的七言句容当后述）。

至于构造组合较为简单的词牌，如：

水是眼波横，山是眉峰聚。欲问行人去那边，眉眼盈盈处。　　才始送春归，又送君归去。若到江东赶上春，千万和春住。（王观《卜算子》）

秋风湖上萧萧雨，使君欲去还留住。今日漫留君，明朝愁杀人。　　佳人千点泪，洒向长河水。不用敛双蛾，路人啼更多。（苏轼《菩萨蛮》）

惜别怀归老不禁，一年春事柳阴阴。日下长安何处是，碧云深。　　已恨梅花疏远信，休传桃叶怨遗音。一醉东风分首去，两惊心。（赵鼎《摊破浣溪沙》）

萍蓬行路，来不多时还遣去。会有重来，还把清尊此地开。　　隋河杨柳，见我五年三执手。红泪多情，待得重来走马迎。（晁补之《减字木兰花》）

凡是有些近体诗平仄基础的人都会一眼就辨认出这些句式的律句特征。只要把握了近体诗平仄特征，写起词来就会省略不少气力。

四、句读与律句

然而，词的句法毕竟不同于近体诗，尽管相当多的词采用了律绝的句法，表明词继承了律绝平仄的基因，但有一点却绝对不能忽视，那就是作为长短句的词有不少句法与律句大相径庭。词与近体诗句法的相异之处主要表现在词的语句由于领字的使用或语义的解析而使传统的近体诗句法发生了变异。这种句法的变异有时成为一种障眼法，使人一下子辨别不清该句是否为律句，现以宋人的《贺圣朝》为例：

满斟绿醑留君住，莫匆匆归去。三分春色二分愁，更一分风雨。　　花开花谢，都来几许。且高歌休诉。不知来岁牡丹时，再相逢何处。（《留别》）

词中有四个五言句，即“莫匆匆归去”、“更一分风雨”、“且高歌休诉”、

“再相逢何处”，似乎第二句的平仄格式为“仄仄平平仄”，其余三句的平仄格式皆为“仄平平平仄”，如果以五言律句来衡量，似乎只有“更一分风雨”符合律句的平仄格式，其他三句都不符合。其实，这四个五言句与近体诗五言句的句法是不一样的，近体五言句的句法一般是二三或二二一，而此词的前三个五言句的句法是一四，最后一个是三二，原因就在于前三句使用了“领字”，最后一句则从语义上可以解析为“再相逢”与“何处”两个层次。这样，前三句的平仄格式应该着眼于一字逗加四言句，最后一句应该着眼于三言句加两言句。如此分析，这四个五言句便皆非所谓的拗句了。

于是，引出了一个读词的关键问题，即“句读（句逗）”。古时从启蒙时候起就培养儿童的句读能力，《三字经》就有要求学童“明句读”的韵语，韩愈《师说》强调太学生也要懂得句读，因为那时没有标点，“句读之不知”就会误读文本。读词也必须“习其句读”，不过此处所说的“句读（句逗）”，用的是其偏意，主要指“读（逗）”，即一句之中应有的停顿。明了词句中的句读，特别有助于了解词人是何等巧妙地活用近体诗律句的声调艺术。为了叙述的方便，不妨把带有领字的词句称为“领字句”，把须要语义解析的词句称为“解析句”。

有些领字句虽然使用了领字，但整句就平仄而言仍然是律句，不消剔除领字，如“过春风十里，尽荠麦青青”（姜夔《扬州慢》），“念柳外青骢别后，水边红袂分时”等。这类词句不管它的句法，忽略它的句读，也不会影响对整句律句平仄的判断。然而，有些词句，分辨不出领字的句读，解析不出语义的句读，就会导致对词句平仄的误判。

1．领字句与平仄

领字如后所述，有单字领字、双字领字和三字领字之分。读词的时候，应该在这些领字之后有个短暂的停顿。停顿就是“读（逗）”，由此可以令人领悟领字句的平仄格式“读（逗）”前“读（逗）”后是两个部分，如单字领字句：

说西风消息（姜夔《惜红衣》）
对海棠驻马，红药题诗（陈德武《望海潮》）
故画作远山长（欧阳修《诉衷情》）
聚万落千村狐兔（张元干《贺新郎》）
奈花自无言莺自语（周密《大圣乐》）

“说西风消息”和“对海棠驻马”两个五言句，似乎平仄格式为“仄平平平仄”和“仄仄平仄仄”，前者似乎非律句，后者为特殊句。但是，“说”与“对”本是领字，这两个五言句的平仄格式应该是“一字逗＋平平㊀仄”和“一字逗＋㊉平仄仄”，“一字逗”之后的四言句正符合衍生律句的平仄规则。“故画作远山长”的平仄格式似乎为“仄仄仄仄平平”，好像不符合六言衍生律句的平仄规则，但“故”为领字，此句的平仄格式应该是“一字逗＋仄仄仄平平”，“一字逗”之后的五言句完全符合律句的平仄规则。同样的道理，“聚万落千村狐兔”与“奈花自无言莺自语”两句，只有在懂得二者的平仄结构乃是“一字逗＋仄仄平平㊀仄”与“一字逗＋㊀仄平平平仄仄”之后，才知道它们其实都是律句。

双字领字句与三字领字句也是如此，往往是在摘除领字时，剩下的部分才符合律句的平仄规则，如：

还见褪粉梅梢，试花桃树（周邦彦《水龙吟》）

应怪刘郎迷路又重来（张景修《虞美人》）

不如向帘儿底下，听人笑语（李清照《永遇乐》）

最堪爱一曲银钩小（王沂孙《眉妩·新月》）

更携取胡床上南楼（晁补之《洞仙歌》）

应忘却明月夜深归辇（王沂孙《法曲献仙音》）

最好是一川夜月光流渚（晁补之《摸鱼儿》）

句中的“还见”、“应怪”为双字领字，“不如向”、“最堪爱”、“更携取”、“应忘却”、“最好是”都是三字领字，确认该词句是否为律句时，应该把它们置之度外。

2. 解析句与平仄

有些词句没有领字，但句法仍与传统的近体诗句法不同，如“杨柳岸晓风残月”（柳永《雨霖铃》），倘以诗法观之，这个七言句的句法应为二二三或四三，平仄格式当为“仄仄平平平仄仄”，但是此句的“平仄仄仄平平仄”，与律句格式不符。其实，这句词的语义逻辑应划分为“杨柳岸”与“晓风残月”两部分，即在第三字之后应有一“逗”，这样，此句的句法就该为三二二或三四，平仄格式就该作“平仄仄＋㊉平㊀仄”，与律句的规则也就不再龃龉。“约他年东还海道”（苏轼《八声甘州·寄参寥子》）同样可以解析为“约他年”与“东还海道”两部分，成为符合律句的“仄平平＋平平仄仄”格式。

八言以上的词句尤其须使用这种语义解析的方法，否则不好判断它们的平仄格式是否合律，如：

高歌看、簌簌梁尘落（曾觌《踏莎行》）
来岁、断不负、莺花约（曾觌《踏莎行》）
算人生、悲莫悲于轻别（柳永《倾杯乐》）
把春波、都酿作、一江醇酎（辛弃疾《粉蝶儿》）
江阔云低、断雁叫西风（蒋捷《虞美人》）
岸边、两两三三、浣纱游女（柳永《夜半乐》）

这类近体诗中没有的长句，如果句法解析为由句中顿号所表示的那样，它们的平仄格式并没有违反律句的规则就不难理解了。

今天所看到的词，有一些词句的平仄用律句的平仄规则来衡量，似乎存在不少瑕疵。清人把这些与平仄有瑕疵的词句称为“拗句”，而且认为拗句的存在正为词之所以为词、之所以区别于近体诗的重要特征，这种说法恐怕很值得商量。

第六节　“拗句”：合乐变声造成的混乱？

后代学者研究近体诗，以“拗救”一说把变格律句置于律句之外，弄得后世读者如坠九里雾中。同样，后世的一些学者也把“拗句”说从诗学引进了词学，看起来好像貌似有理，实则令人疑窦丛生。

一、“拗句”的由来

“拗句”一语，原本与词毫不相干，它是唐代近体诗形成后，后代人对近体诗评价或者批评的一种用语。目前所见较早言及“拗句”一语的似乎是北宋的胡仔。宋王楙的《野客丛书·拗句格》卷十九记载道：

《禁脔》云：鲁直有换字对句法，如曰“只今满坐且尊酒，后夜此堂空月明”。曰：“田中虽问不纳履，坐下适来何处蝇。”前此未有人作此体，自鲁直变之。《苕溪渔隐》曰：“此体出老杜，如‘宠光蕙叶与多碧，点注桃花舒小红’者是也。今俗语谓之拗句格。”仆谓此体非出于老杜，与杜同时如王摩诘亦多是句，如云“雨中草色绿堪染，水上桃花红欲燃”，曰“劝君更尽一杯酒，西出阳关无故人”，疑亦久矣。张说诗曰“山接夏空险，台留春日迟”，此亦拗句格也。

这段文字曾为宋代许多诗话或类书如《诗人玉屑》、《锦绣万花谷》、《古今事文类聚》、《古今合璧事类备要》等广加征引，但讹误甚多。《禁脔》即北宋诗僧惠洪的《天厨禁脔》，今存四库全书本未见此条。王楙大约也是从胡仔的《苕溪渔隐丛话》转引的，胡氏说：

《禁脔》云："鲁直换字对句法，如'只今满坐且尊酒，后夜此堂空月明'，'清谈落笔一万字，白眼举觞三百杯'，'田中谁问不纳履，坐上适来何处蝇'，'秋千门巷火新改，桑柘田园春向分'，'忽乘舟去值花雨，寄得书来应麦秋'，其法于当下平字处，以仄字易之，欲其气挺然不群，前此未有人作此体，独鲁直变之。"《苕溪渔隐》曰："此体本出于老杜，如'宠光蕙叶与多碧，点注桃花舒小红'，'一双白鱼不受钓，三寸黄柑犹自青'，'外江三峡且相接，斗酒新诗终日疏'，'负盐出井此溪女，打鼓发船何郡郎'，'沙上草阁柳新暗，城边野池莲欲红'，似此体甚多，聊举此数联，非独鲁直变之也。余尝效此体作一联云：'天连风色共高远，秋与物华俱老成。'今俗谓之拗句者是也。"（前集卷四十七）

从上引两段文字中可以看出，惠洪所谓的黄庭坚"换字对句法"就是北宋俗称的"拗句"，这种拗句与词无涉，而是专指七律中的一联平仄格式，即把基本律句"平平仄仄平平仄，仄仄平平仄仄平"两句的第五字声调作了对调。这种格式今天看来实际上就是变格律句，而时人称之为"拗句"。

拗句之外，大约自南宋人周弼编选《三体唐诗》于所选七绝中特设"拗体"后，元方回《瀛奎律髓》、明胡震亨《唐音癸签》等又将"拗体"发挥至律体，清人王士祯又在元明诸人说法的基础上总结说："唐人拗体律诗有二种：其一，苍莽历落中自成音节，如老杜'城尖径仄旌旆愁，独立缥缈之飞楼'诸篇是也；其二，单句拗第几字，则偶句亦拗第几字，抑扬抗坠，读之如一片宫商，如许浑之'溪云初起日沉阁，山雨欲来风满楼'，赵嘏之'湘潭云尽暮山出，巴蜀雪消春水来'是也。"（《分甘余话》卷三）不管他的总结当否，反正也是就近体诗而言，与词还是没有关系。

胡仔等生活的宋代虽然词已经崛起于诗坛，不少诗人都在随波逐流地赶时髦似的创作词，但是文人在骨子里还是有重诗轻词的倾向，比胡仔小十五岁的陆游在自题《长短句序》中就曾说过："风、雅、颂之后，为骚，为赋，为曲，为引，为行，为谣，为歌，千余年后乃有倚声制词起于唐之季世，则其变愈薄，可胜叹哉！予少时汨于世俗，颇有所为，晚而悔之。然渔歌菱唱，犹不能止。今绝笔已数年，念旧作终不可掩，因书其首，以识吾过。”此时他65岁，十六年后他81岁时为《花间集》作跋时基本没有改变这种藐视词的态度。由此可以看出当时作词似乎只是赶时髦，只要便于歌唱，有受众，文人都想玩一把，至于关于词的创作问题，宋末仅有二三子如张炎、沈义父几个略加关注。而谈及词句平仄的也只有沈义父的寥寥数语：

古曲亦有拗音，盖被句法中字面所拘牵，今歌者亦以为碍。如《尾犯》之用“金玉珠珍博”，金字当用去声字。如《绛都春》之用“游人月下归来”，游字合用去声字之类是也。（沈义父《乐府指迷》）

初赋词，且先将熟腔易唱者填了，却逐一点勘，替去生硬及平侧不顺之字。久久自熟，便觉拗者少，全在推敲吟嚼之功也。（沈义父《乐府指迷》）

只是沈氏似乎仅从是否适合“歌者”歌唱的角度谈论字的平仄，并未说到词中的“拗句”问题。

究竟从什么时候起，批评家们开始关注词句中的所谓“拗句”，还不甚了然，大抵是从编撰词谱的明人开始的。现存最早的明人周瑛《词学筌蹄》、张綖《诗余图谱》、程明善《啸余谱》等在乐谱失传的情况下，以平仄形式编撰了词谱。在明代的格律诗坛，较之于近体诗，词的创作并不怎么景气。周瑛、张綖等热心于词的人脑子里占据主流地位的仍然是近体诗的律句，所以在归纳词谱时一看到有悖于律句的所谓“拗句”，便情不自禁地匠心陡起，把它们润色为律句。待到词的中兴时期清代，一些编撰词谱的人更加认真地研究起所谓“拗句”的问题。他们对于前朝人随意修正所谓“拗句”的做法，非常不以为然，往往大加挞伐。万树《词律》及《御定词谱》中都有严厉斥责明人以及承袭明谱的清初赖以邠《填词图谱》的言论，如万树批评程明善与赖以邠说：“盖历来造谱之意，原欲有便于人，但疑拗句难填，试易平辞易协。故于每篇作注，逐字为音，可平可仄，并正韵而皆移；五言七言，改诗句而后已。”（《词律·自叙》）又说：“旧谱不知此理，将古词逐字臆断，平谓可仄，仄谓可平。夫一调之中，岂无数字可以互用？然必无通篇皆随意通融之理。谱见略有拗处，即改顺适，五七言句必成诗语，并于万万不可移动者，亦一例注改。”（《词律·发凡》）

是《诗余图谱》等“旧谱”不懂得“拗句”的道理，还是《词律》等“新谱”发现了“拗句”的真理？陡然间还不能妄下判断，还得仔细研读他们列举的所谓“拗句”实例来仔细揣摩。

二、“拗句”的疑惑

《御定词谱》在《凡例》中有一段文字专门谈论所谓的“拗句”：

至词有拗句，尤关音律，如温庭筠之“断肠潇湘春雁飞”、“万枝香雪开已遍”皆是；又有一句五字皆平声者，如史达祖《寿楼春》词之“天桃花清晨（引者按：当为‘裁春衫寻芳’）”[①]句；一句五字皆仄者者，如周邦彦《浣溪沙慢》之“水竹旧院落”句，俱一定不可易，谱内各为注出。

前两个例句来自晚唐温庭筠的作品，万树《词律》以为词例时都有说明：

凭绣槛，解罗帏。未得君书，断肠潇湘春雁飞。不知征马几时归，海棠花谢也，雨霏霏。（温庭筠《遐方怨》）

“湘”字，飞卿次章用“怅”字，去声，想不拘也。“断肠”必用仄平，（旧）谱谓可作平仄，差。（《词律》卷二）

万枝香雪开已遍，细雨双燕。钿蝉筝，金雀扇，画梁相见。雁门消息不归来，又飞回。（温庭筠《蕃女怨》）

“已”字、“雨”字俱必用仄声，观其次篇，用“碛南沙上惊雁起，飞雪千里”，可见。乃旧谱中，岸然竟注作可平，不知词中此等拗句，乃故为抑扬之声，入于歌喉，自合音律。由今读之，似为拗而实不拗也。若改之似顺，而实问作谱之人，从何处订定其为可平乎？（《词律》卷二）

万树的说明似乎不无道理，因晚唐词人赋词用字有无合乐变声之事不得其详，所以无法判断《御定词谱》所引二句到底是不是“拗句”。《御定词谱》接下去引述的“裁春衫寻芳”、“水竹旧院落”都出自宋人的词作，情形却有些不同：

裁春衫寻芳。记金刀素手，同在晴窗。几度因风残絮，照花斜阳。谁念我，今无裳？自少年、消磨疏狂。但听雨挑灯，攲床病酒，多梦睡时妆。　　飞花去，良宵长。有丝阑旧曲，金谱新腔。最恨湘云人散，楚兰魂伤。身是客，愁为乡。算玉箫、犹逢韦郎。近寒食人家，相思未忘蘋藻香。（史达祖《寿楼春·寻春服感念》）

---

① “天桃花清晨”并非史达祖《寿楼春》的首句，而是唐孟郊《杂怨三首》第一首的首句。史词《寿楼春》首句应为“裁春衫寻芳”。

水竹旧院落，樱笋新蔬果。嫩英翠幄，红杏交榴火。心事暗卜，叶底寻双朵。深夜归青琐。灯尽酒醒时，晓窗明、钗横鬓亸。　　怎生那？被间阻时多。奈愁肠数叠，幽恨万端，好梦还惊破。可怪近来，传语也无个。莫是瞋人呵。真个若瞋人，却因何、逢人问我？（周邦彦《浣溪沙慢》）

说情形有些不同，是因为从宋人的著作中得知宋代有合乐变声的现象。沈义父曾经指出：

腔律岂必人人皆能按箫填谱，但看句中用去声字最为紧要。然后更将古知音人曲，一腔三两只参订，如都用去声，亦必用去声。其次如平声，却用得入声字替。上声字最不可用去声字替。不可以上去入，尽道是侧声，便用得，更须调停参订用之。（《乐府指迷》）

不仅入声可以代替平声，上声也可以代替平声，此事古今词学家如戈载、万树、夏承焘、宛敏灏、吴丈蜀等均加认同。而且，有人还详查宋人词集，从中发现平声可以代替去声，去声可以代替平声，如据宛敏灏所考，吴文英《过秦楼》“能西风老尽”中的“能”字、《探芳信》“藻池不通宫沟水”中的“通”字，吴氏都自注为“去声”；姜夔《莺声绕红楼》“近前舞丝丝”中的“近”字，自注为“平声”。假如作者本人没有加注，那么这些以入声或上声替代平声的用字、以平声替代去声或以去声替代平声的用字，自然会被后人断定为拗字，有拗字的词句自然也就被断定为“拗句”了。

用字变声，最大的可能就是因为合乐。时至今日，在倾听一首歌曲时，因为歌者吐字的力度大小、字词所配乐曲旋律的音高音低等因素，实际上很难判断出字词的平仄。所以在继承近体诗基因的律句中于本该是平声的位置上用入、上声假代一下，正是对律句所作的权宜处理。精通音律的格律派词人姜夔、吴文英的用字变声实例，意味更加深长，它意味着即使为了配乐歌唱而使用了变声，也还是不想让人产生运句与律句龃龉的印象。

《御定词谱》所引的《寿楼春》与《浣溪沙慢》都是孤调，旧谱对平仄格式“恶其拗”而随意更改，受到清人的指责是自然的。但是，“裁春衫寻芳”、“水竹旧院落”二句，依照宋人有过的合乐变声用例，如果“寻”字替代去声，“竹”字替代平声，两句岂不都为变格律句乎？况且，后者原封不动，也仍为特殊句。

今人夏承焘、吴熊和谈到“拗句”时说：

词中的“拗句”有时也必须遵守字声，不能随意改“拗”为顺，因为这些“拗句”往往也是音律吃紧处，他们正是以“拗”为顺的。这在周邦彦、姜夔、吴文英三家词中尤多。周邦彦词如《水龙吟》的“归期晚，纤纤池塘飞雨”，《倒犯》的“驻马望素魄”，《忆旧游》的“东风竟日吹露桃”，《花犯》的“今年对花太匆匆”，姜夔词如平韵《满江红》的“正一望千顷翠澜”，《暗香》的“江国，正寂寂，叹寄与路遥，夜雪初积”，《凄凉犯》的“匆匆不肯寄与，误后约”，《秋宵吟》的“病怀强宽”，“更移画船”等等。读时虽觉拗口，歌时当必须如此，方能合律。(《读词常识》)

宛敏灏《词学概论》在专辟的“拗句”一节中几乎引述了上引夏、吴书中的所有所谓“拗句”，然而谁敢保证这些所谓的“拗句”中没有变声的权宜用法？一加权变，则句句不见其“拗”了。

万树解说词牌《恋绣衾》时以吴文英词为例，说：“首句拗体乃此调定格。”(《词律》卷七）吴氏词首句为“频摩书眼怯细文”，而宋人词中此句仍有为律句的，如：

木落江南感未平（朱敦儒）
不惜貂裘换钓篷（陆游）
雨断西山晚照明（陆游）
柳絮风翻高下飞（刘学箕）
碧梧偷恋小窗阴（高观国）

即便是所谓“拗体”，也有不同于吴氏的，如：

长夜偏冷添被儿（辛弃疾）

试看万树的定格“拗体”及非定格的“拗体”，如果吴氏的“摩”字代去声、“眼”字代平声呢？如果辛氏的“冷”字代平声呢？怎么知道辛氏的所谓“拗体”没有改变用字的声调？

今人吴丈蜀的《词学概论》虽然也专辟“拗句”一节，说：“在宋人的词中，拗句是常见的。词中出现拗句，除了由于作者不因律害意而有意安排，还有另一个原因，就是出于配合乐曲演唱的需要。如柳永、周邦彦、李清照、姜夔、吴文英这几个词人，都是精通音律的，可是他们的词中就时有拗句。据前人研究所知，词中的拗句大都与乐曲有关系。虽然我们今天无从知道当年词曲的演奏概况，也可以推论这些懂得音律的词人在词中使用拗句，绝不是偶然的。”但是，他似乎顾及宋人时以入声字或上声字代替平声等现象，判断“拗句”时非常审慎，只判定苏轼《念奴娇》“一时多少豪杰”、“一樽还酹江月”，《水调歌头》“不知天上宫阙”为“拗句”。

然而，这几句同样还是令人难以消弭疑惑，原因就在于宋人的合乐变声，即或许为了合乐歌唱而采用的故意改变用字本来声调的做法。“一时多少豪杰”、“一樽还酹江月”、“不知天上宫阙”诸句同样存在这样的可能性。

三百余年的两宋王朝早已成为陈迹。词所披裹的乐曲的霓裳羽衣也几乎完全风化在深邃的历史时空里，剩下的只有赤裸裸的平仄格式。一眼望去，不管旧谱、新谱，凡是懂点儿近体诗的人，只要是与律句抵触的平仄格式，谁都看得出来。论者们称它们为“拗句”，似乎你不信也得信。尤其是编谱的人言之凿凿地说某一“拗句”是定格，是铁律，越是“拗涩不顺”的地方越是吃紧处，越是“音律最妙处”（哪一位听见过宋人此词的乐曲?），似乎由不得人有半点儿怀疑。其实只要有些耐心，多翻览些宋人的词作，就会发现所谓“拗句”的定格或铁律，不太禁得起推敲。不妨拿吴丈蜀慎之又慎挑拣出的三个“拗句”来解剖一下。

其一是以苏轼词为体的《念奴娇》，其上下片结句的平仄格式，《御定词谱》均归纳为（今人所撰词谱大体承袭了清谱，不赘）：

仄平平仄平仄（卷二十八）

如果第二字为仄，第四字为平，这一句就成了律句，词人如此填写也就违背了《御定词谱》确定的规则。但宋人《念奴娇》词中如此填写的并不少见，如：

睡起逢场作戏（朱敦儒，上片）
此遍聊当宾戏（辛弃疾，下片）
不类人间金石（家铉翁，下片）
为说肝肠如昨（家铉翁，下片）
薄幸如何销得（宋江，上片）
歌此与君为寿（程珌，下片）
只数汉家三杰（胡世将，上片）
独对中天明月（胡世将，下片）

莫非这些宋人都不懂得“拗句”的奥妙？或者他们填词不懂《念奴娇》的平仄规则？还有些宋人的词作此二句的平仄也明显与《御定词谱》的规则抵触，如：

睡得真个稳否（蔡伸，上片）
妙处难与君说（张孝祥，上片）
玉斧重倩修月（辛弃疾，下片）
阆苑有个人忆（辛弃疾，下片）
未忝今古人物（辛弃疾，上片）
曾扫百万胡羯（吴渊，上片）
又在何处轩槛（葛长庚，下片）
翦取一半烟水（张炎，下片）

在清谱规定第二字为平声的位置上都嵌入了仄声字，如何分析这类词句的平仄是另外的问题，反正用清谱以及承袭清谱的今人词谱来衡量，这些宋代词家似乎都不谙声韵。

其二是以苏轼词为体的《水调歌头》上片第三句，《御定词谱》确定词句的平仄格式是：

仄平平仄平仄（卷二十三）

此句与上述《念奴娇》两句平仄格式相同，没有填成清谱规定的所谓“拗句”格式的宋人也不罕见，如：

溪上桃花无数（黄庭坚）
堤外柳烟深浅（叶梦得）
向日携诗过我（向子諲）
不到闲花凡草（向子諲）
要伴人随明月（吕渭老）
独步一庭明月（吕渭老）
怪见朝来急雨（倪偁）
试把鹅黄新酒（倪偁）
窈窕一川芳渚（卫宗武）
服定衣冠礼乐（王奕）

不拣秦淮吴楚（王奕）
何况先生八十（赵必象）
只为朱轮画戟（舒邦佐）
追数平生出处（徐经孙）
九叶仙茅方茂（石麟）
谁为绛人甲子（梁大年）
杖策无人独步（无名氏）
谁识晚成大器（无名氏）
见说彭成仙隐（无名氏）
瑞蔼挹仙堂上（无名氏）
信道相门再相（无名氏）

上述这些词句都不合清谱，但是恰恰都是衍生律句。是写词的宋人错了，还是编谱的清人错了？宋词在先，清谱在后，答案不是不言而喻吗？此外，宋人还有填成下述格式的：

那知一丘一壑（叶梦得）
征裘泪痕浥遍（蔡伸）
移船藕花深处（管鉴）
庭语以识歌舞（华岳）
五示旬浃不散（无名氏）
天满当日流润（无名氏）

这类不合清谱的词句，如果根据宋人权宜变声的写法，权变一个字的声调，就成了律句。难道说这些宋人也错了？“无名氏”等不知为何许人也，可黄庭坚、叶梦得、向子諲等却是大名鼎鼎的词中名流，为什么他们竟也如此出格，全然没有重视为近人誉为“音律最妙处”的“拗句”？这实在是令人困惑不已。

三、“拗句”别谈

《念奴娇》一名《酹江月》，还是《酹江月》一名《念奴娇》，一时还搞不清楚。苏轼词中有“一樽还酹江月”之句，所以一般认为《酹江月》一名很可能缘此。不过，《全唐诗》卷九百中收有吕岩的词《酹江月》，吕岩是唐末道士，其词与苏词相仿，仅少一字，据此《念奴娇》似乎也可能为后起之名。吕岩一名罕为人知，但说起他的字——“洞宾”恐怕无人不晓，他就是传说“八仙”中的一位。只是这个人物传奇色彩太浓重，他那首词比苏词早了大约两个世纪，总令人觉得充满了神仙味儿。而且，其词上下片的结句“圣男灵女扳折”、“洞中无限风月”，与苏词的平仄巧合得一模一样。

不管吕词是真是伪，《念奴娇》上下片的结句的平仄肯定是“仄平平仄平仄”。由于苏轼的文名要远大于吕神仙，所以他的词句在格律诗坛起到了“马首”效应，以后的词人大都唯他“马首是瞻”，采用他那两句的平仄格式填写《念奴娇》，而不管其词有没有合乐变声的意图。这种现象也给而今爱好词的人一种启示，就是填词不必管什么词谱，只要按照宋人的词作依样画葫芦即可，将这两句填成所谓的“拗句”也可以，填写成律句也可以，根本就不存在是否违背词律的问题。

“拗”之为词，是不顺、曲折、弯转的意思，其实如果借用这个“拗”字，那么词中的“拗”并不在于词谱编撰者们煞有介事提醒的声调不顺的“拗句”，而主要表现一些不同寻常的句式上：

1.“拗”在词句字数的增减上

有些字数和句数本来都相同的词牌，往往有若干首的某一句，增加或减少几个字，增减字数的词句显得与同一词牌相同位置的词句不一样，旧谱因此称这类词为“变体”。实际上旧谱所谓的“正体”有时并不是该词牌始出的模样，倒是所谓的“变体”为始出的格式。比如《卜算子》词，大多数作品都是双调四十四字，前后段各四句，两仄韵，如苏轼的一首：

蜀客到江南，长忆吴山好。吴蜀风流自古同，归去应须早。　还与去年人，共藉西湖草。莫惜尊前仔细看，应是容颜老。（苏轼）

在旧谱编撰者的眼里，这种格式就是“正体”，然而，在苏词之先已经出现了张先的《卜算子》：

梦短寒夜长，坐待清霜晓。临镜无人为整妆，但自学，孤鸾照。　楼台红树杪，风月依前好。江水东流郎在西，问尺素，何由到？（张先）

张词上下片的结句均比苏词多一字，欧阳修、杜安世、黄庭坚、晁端礼等都作有与张词格式相同的《卜算子》。如果站在词牌发生学的角度而言，称“正体”倒应该是张词。还有些《卜算子》既不同于苏词，又不同于张词：

我住长江头，君住长江尾。日日思君不见君，共饮长江水。　　此水几时休，此恨何时已。只愿君心似我心，定不负相思意。（李之仪）

天生百种愁，挂在斜阳树。绿叶阴阴占得春，草满莺啼处。　　不见生尘步，空忆如簧语。柳外重重叠叠山，遮不断愁来路。（徐俯）

欲整别离情，怯对尊中酒。野梵幽幽石上飘，搴落楼头柳。　　不系黄金缕，粉黛愁成垢。春风三月有时阑，遮不尽梨花丑。（琴操）

这些《卜算子》下片与张词相同，上片与苏词相同，比张词减一字，比苏词增一字。综观宋人这一词牌的所有作品，采用苏词格式的最多，勿以先后论英雄，那么张、李、徐、琴等人的六言结句不妨视之为“拗句”。

再如《武陵春》，宋人用的格式最多的是“双调四十八字，前后段各四句，三平韵”，如欧阳修的：

宝幄华灯相见夜，妆脸小桃红。斗帐香檀翡翠笼，携手恨匆匆。　　金泥双结同心带，留与记情浓。却望行云十二峰，肠断月斜钟。（欧阳修）

而下边的几首却在结句上增一字：

风住尘香花已尽，日晚倦梳头。物是人非事事休，欲语泪先流。　　闻说双溪春尚好，也拟泛轻舟。只恐双溪舴艋舟，载不动、许多愁。（李清照）

乍雨笼晴云不定，芳草绿纤柔。燕语莺啼小院幽，春色二分休。　　试凭危栏凝远目，山与水光浮。滚滚闲愁逐水流，流不尽、许多愁。（赵师侠）

惨惨凄凄秋渐紧，风雨更潇潇。强把炉熏寄寂寥，无语立亭皋。　　客路十年成底事，水国更停桡。苍鸟横飞过野桥，人不似、汝逍遥。（吴潜）

而赵长卿的词作下阕第一句却较欧词减一字：

落了丹枫残了菊，秋色苦无多。谁唤西风泣泪罗，吹恨入星河。　　碧枝头金粟闹，曾乖翠云窝。重揉檀英忆两娥，无奈冷香何。（赵长卿）

此词下片首句是否夺字待考，倘原作的确如此，那就是有意“拗”了一下。李、赵、吴增字的六言句以及赵长卿减字的六言句都可以视为“拗句”。

词牌《风入松》也是如此，龙榆生《唐宋词格律》以南宋俞国宝词为“定格”：

一春长费买花钱，日日醉湖边。玉骢惯识西湖路，骄嘶过、沽酒楼前。红杏香中箫鼓，绿杨影里秋千。　　暖风十里丽人天，花压鬓云偏。画船载取春归

去，余情付、湖水湖烟。明日重扶残醉，来寻陌上花钿。（龙榆生）

而宋人还有一种作品数量与此不相上下的非“定格”，如北宋晏几道之作：

柳阴庭院杏梢墙，依旧巫阳。凤箫已远青楼在，水沈谁、复暖前香。临镜舞鸾离照，倚筝飞雁辞行。　　坠鞭人意自凄凉，泪眼回肠。断云残雨当年事，到如今、几处难忘。两袖晓风花陌，一帘夜月兰堂。（晏几道）

晏氏之作的上下阕第二句都较俞氏之作少一字，如果真以俞氏之作为“定格”，那么晏氏的“依旧巫阳”、“泪眼回肠”就不妨视之为“拗句”。

再看《唐多令》，宋人以“双调六十字，前后段各五句，四平韵”为多，如：

芦叶满汀洲，寒沙带浅流。二十年、重过南楼。柳下系舟犹未稳，能几日、又中秋。　　黄鹤断矶头，故人今在不？旧江山、浑是新愁。欲买桂花同载酒，终不是、少年游。（刘过）

而吴文英上片第三句却增一字：

何处合成愁？离人心上秋。纵芭蕉、不雨也飕飕。都道晚凉天气好，有明月、怕登楼。　　年事梦中休，花空烟水流。燕辞归、客尚淹留。垂柳不萦裙带住，漫长是、系行舟。（吴文英）

周密的上片第三句与下片的第三句则各增一字：

丝雨织莺梭，浮钱点翠荷。燕风清、庭宇正清和。苔面唾绒堆绣径，春去也、奈春何。　　宫柳老青蛾，题红隔翠波。扇鸾孤、尘暗合欢罗。门外绿阴深似海，应未比、旧愁多。（周密）

吴氏、周氏的增字句均可视为“拗句”。有如此类的词牌在宋人词作中还可以寻出不少。

字数增减的现象早在唐代词的初兴阶段民间词中就已经存在，如：

天上月，遥望似一团银。夜久更阑风渐紧，为奴吹散月边云，照见负心人。（《望江南》）

枕前发尽千般愿，要休且待青山烂。水面上秤锤浮，直待黄河彻底枯。
白日参辰现，北斗回南面。休即未能休，且待三更见日头。（《菩萨蛮》）

前一阕第二句增一字，后一阕上片第三句增一字，不要觉得省去“似”、

"上"二字后，词会更加典雅，其实这两首词很可能比白居易、李白（?）的同名作品更为正统，与两词比起来，白氏的"风景旧曾谙"、李氏的"暝色入高楼"才应该是"拗句"，只是后来的词人几乎全部采用了白、李的格式，民间词的两句反倒形同"拗句"了。有趣的是，这类增减字数的做法，似乎给继词而后登上格律诗坛的元曲以某种启示，元曲中广泛使用衬字也许正是词的这种"拗句"的延伸和光大。

2. "拗"在词句分合的歧异上

在字数相同的同一词牌中，由于断句的不同而出现了词句分合不一的现象，如果以其中一种使用较多的词句为正为顺，那么与此分合歧异的则宜视为"拗句"，如《人月圆》词为"双调四十八字，前段五句两平韵，后段六句两平韵"，多数词人运用始创人王诜的各十句：

小桃枝上春来早，初试薄罗衣。年年此夜，华灯盛照，人月圆时。　禁街箫鼓，寒轻夜永，纤手同携。更阑人静，千门笑语，声在帘帏。（王诜）

但杨无咎与张纲二人的词作却与王词不同：

风和日薄余烟嫩，测测透鲛绡。相逢且喜，人圆玳席，月满丹霄。　烂游胜赏，高低灯火，鼎沸笙箫。一年三百六十日，愿长似今宵。（杨无咎）

封人祝望尧云了，归路蔼欢声。何妨明日，开筵笑语，聊庆初生。　官闲岁晚身犹健，兰玉更盈庭。持杯为寿，从教夜醉，谁怕参横。（张纲）

王词下片的第四、五、六句为三个四言句，杨词却易为一个七言句加一个五言句；王词下片的第一、二、三句为三个四言句，张词却作一个七言句加一个五言句。相对于王词，杨、张二人的七言句加五言句当为"拗句"。

再如《念奴娇》仄韵体，《御定词谱》以苏轼的《中秋》为"正体"：

凭高眺远，见长空万里，云无留迹。桂魄飞来光射处，冷浸一天秋碧。玉宇琼楼，乘鸾来去，人在清凉国。江山如画，望中烟树历历。　我醉拍手狂歌，举杯邀月，对影成三客。起舞徘徊风露下，今夕不知何夕。便欲乘风，翻然归去，何用骑鹏翼？水晶宫里，一声吹断横笛。（苏轼）

全词"双调一百字，前后段各十句，四仄韵"，其他宋人仄韵体的《念奴娇》除张辑与赵长卿的分别含有增字"拗句""怪得今朝，湖上秋风无迹"（上片第二句）、"天然造化，别是一般，清瘦踪迹"（上片结句）外，余下的词作包括苏轼的《赤壁怀古》在内，也多与《中秋》句式的分合相异，如苏词《赤壁怀古》：

大江东去，浪淘尽、千古风流人物。故垒西边，人道是、三国周郎赤壁。乱石穿空，惊涛拍岸，卷起千堆雪。江山如画，一时多少豪杰。　遥想公瑾当年，小乔初嫁了，雄姿英发。羽扇纶巾，谈笑间、樯橹灰飞烟灭。故国神游，多情应笑我，早生华发。人生如梦，一樽还酹江月。（苏轼）

与屡为词人采用的“正体”或“定格”的苏词《中秋》相对照，《赤壁怀古》中的以下数句都可以看作“拗句”：

①浪淘尽、千古风流人物；
②故垒西边，人道是、三国周郎赤壁；
③小乔初嫁了，雄姿英发；
④羽扇纶巾，谈笑间、樯橹灰飞烟灭；
⑤多情应笑我，早生华发。

由于词句断句的不同而造成的句子分合成参差不一的现象在宋词中所见甚多，例子可以说不胜枚举。

其实，上述由于字数增减或分合歧异而导致的词句句式与“正体”或“定格”相龃龉的现象，叫不叫它们为“拗句”，都无所谓。此处只是想套用历来词谱编撰者喜欢使用的“拗句”一词，说明词在句式上存在的应予注目的特征。这类不同寻常的句式之所以屡见于词人的笔端，主要的原因大约是字数相同的一首词在配乐歌唱的时候，可以根据旋律的要求，适当地补充或省略若干字，也可以根据节拍的需要，适当调整词句的长短。乐谱消失后，前人某一篇词的平仄格式便渐渐形成定式，后来填词者则可以根据自己的喜好，按照前人的某种定式，选择适合自己表情寄意的句式来尽情挥洒和吟诵。

第七节　领字：显示新体诗的独特

足以显示词这一新体格律诗特点的，是“领字”的运用。

一、何为“领字”

“领字”是词的一种表现手法。但是关于这一现象的描述用语却至今言人人殊，或者称之为“领字”，或者称之为“领句”，或者称之为“领字句”，或者称之为“一字逗”、“二字逗”等。所谓领字，就是词作中用在句首、起引领管束作用的习惯性用字或词组。

最早发现和总结词的创作中领字现象的是宋末的沈义父和张炎，不过他们把这些习惯性用语或词组叫做“虚字”：

腔子多有句上合用虚字，如“嗟”字、“奈”字、“况”字、“更”字、“又”字、“料”字、“想”字、“正”字、“甚”字，用之不妨。如一词中两三次用之，便不好，谓之空头字。（沈义父《乐府指迷·句上虚字》）

词与诗不同，词之句语，有二字、三字、四字，至六字、七、八字者，若堆叠实字，读且不通，况付之雪儿乎。合用虚字呼唤，单字如“正”、“但”、“任”、“甚”之类，两字如“莫是”、“还又”、“那堪”之类，三字如“更能消”、“最无端”、“又却是”之类，此等虚字，却要用之得其所。若能善用虚字，句语自活，必不质实，观者无掩卷之诮。（张炎《词源·虚字》）

沈、张二人笔下的“虚字”不是现代语法学意义上的“虚字”，而是对他们所发现的“领字”用法的一种特殊称谓。他们根据前人词作的创作实践，指出首先“合用虚字”，即应该运用领字；其次要“善用”虚字，即领字要运用得合理适度。

小令中使用领字的情况虽然相对少一些，但有些小令使用领字似乎已经有了约定俗成的定式，如《醉太平》、《忆少年》、《贺圣朝》、《好事近》、《鹊桥仙》等词，上下片的结句几乎全都使用领字：

情高意真，眉长鬓青。小楼明月调筝，写春风数声。　　思君忆君，魂牵梦萦。翠销香暖云屏，更那堪酒醒。（刘过《醉太平·闺情》）①

无穷官柳，无情画舸，无根行客。南山尚相送，只高城人隔。　　罨画园林溪绀碧，算重来尽成陈迹。刘郎鬓如此，况桃花颜色。（晁补之《忆少年》）

脱霜披茜初登第，名高得意。樱桃荣宴玉墀游，领群仙行缀。　　佳人何事，轻相戏道，得之何济。君家声誉古无双，且均平居二。（黄庭坚《贺圣朝》）

睡起玉屏风，吹去乱红犹落。天气骤生轻暖，衬沉香帷箔。　　珠帘约住海棠风，愁拖两眉角。昨夜一庭明月，冷秋千红索。（宋祁《好事近》）

---

① 此处所引词牌仅为其中一体，下引诸词亦同。

纤云弄巧，飞星传恨，银汉迢迢暗度。金风玉露一相逢，便胜却人间无数。　柔情似水，佳期如梦，忍顾鹊桥归路。两情若是久长时，又岂在朝朝暮暮。(秦观《鹊桥仙·七夕》)

慢词中领字的运用更加频繁，管领的句子也不仅仅像小令那样仅只一句，而是管领二句、三句，甚至管领四句，比如单字领字的情形：

看：

看落笔四筵风雨惊。(刘过《沁园春·张路分秋阅》)
看悠悠几点，杨花自落。(蒋捷《喜迁莺》)
看燕拂风檐，蝶翻露草，两两长相逐。(欧阳修《贺新郎》)
看天街灯火，闹蛾儿转处，熙熙笑语，百万红妆女。(赵长卿《越江吟》)

有：

有朱楼迢递。(汪元量《莺啼序》)
有三秋桂子，十里荷花。(柳永《望海潮》)
有湖中月，江边柳，陇头云。(苏轼《行香子》)
有玉梅几树，背立怨东风，花未吐，暗香已远。(姜夔《玉梅令》)

正：

正单衣试酒。(周邦彦《六丑·蔷薇谢后作》)
正思妇无眠，起寻机杼。(姜夔《齐天乐》)
正蝉吟败叶，蛩响衰草，相应喧喧。(柳永《戚氏·秋夜》)
正惊湍直下，跳珠倒溅；小桥横截，新月初笼。(辛弃疾《沁园春》)

渐：

渐蒙笼暗碧。(周邦彦《六丑·蔷薇谢后作》)
渐连营马动，四起笳声。(蒋捷《声声慢·秋声》)
渐霜风凄紧，关河冷落，残照当楼。(柳永《八声甘州》)
渐月华收练，晨霜耿耿；云山摛锦，朝露溥溥。(苏轼《沁园春》)

上引诸例很有些代表性，由此可以看出，领字所管领的多句固然有散句，但更多的是对偶句或者排比句。

以如今的语法术语分析，单字领字的词性要求很模糊，没有某种词性的绝对规定，副词、动词、形容词、连词、介词，乃至于代名词，都可以充当领字，但就出现的频率观之，似乎以副词和动词居多。声调大体以去声为多，有些词的领字虽然貌似平声字，如：

当上苑柳秾时，别馆花深处。（柳永《黄莺儿》）

空惆怅韶华，一时虚度。（程垓《南浦》）

然宋人有改读平声字为去声的先例，如吴文英在《过秦楼》“能西风老尽”中的“能”字下自注道“去声”，据此，柳、程二人词中的“当”和“空”或许都可改读去声。

吴梅说：“万红友云：‘名词转折跌荡处，多用去声。’此语深得倚声三昧。盖三仄之中，入可作平，上界平仄之间，去则独异，且其声由低而高，最宜缓唱，凡牌名中应用高音者，皆宜用此。如尧章《扬州慢》‘过春风十里’，‘自胡马窥江去后’，‘渐黄昏，清角吹寒’，凡协韵后转折处皆用去声，此首最为明显。他如《长亭怨慢》‘树若有情时’，‘望高城不见’，‘第一是早早归来’，‘算空有并刀’，《淡黄柳》之‘看尽鹅黄嫩绿’，‘怕梨花落尽成秋色’，其领头处，无一不用去声者，无他，以发调故也。此意为昔人所未发，红友亦言之不详，因特著之。”（《词学通论》）吴氏确有见地，他从音乐的角度揭示了领字多为去声的原因，也就是在一段乐曲的开头，采用去声字起“发调”定音的作用，同时，也以这类去声字充当文本结构中承上启下的连接作用。

二、习惯性领字

“领字”的构成，除了单字外，还有双字、三字的，如：

那堪片片飞花弄晚，蒙蒙残雨笼晴。（秦观《八六子》）

又是疏烟淡月，子规声断。（陈亮《水龙吟》）

应念岭表经年，孤光自照，肝胆皆冰雪。（张孝祥《念奴娇》）

记得太行山百万，曾入宗爷驾驭。（刘克庄《贺新郎》）

便纵有千种风情，更与何人说。（柳永《雨霖铃》）

终不似、一朵钗头颤袅，向人欹侧。（周邦彦《六丑》）

不如向帘儿底下，听人笑语。（李清照《永遇乐》）

更能消几番风雨，匆匆春又归去。（辛弃疾《摸鱼儿》）

做弄得酒醒天寒，空对一庭香雪。（张炎《疏影》）

充当领字的词，固然首先看其语法意义，另外，还有一点不容忽视，那就是它们被使用于词中的习惯性用法，基于这种“惯性”，不妨称之为“习惯性领字”。根据前人领字使用的频率，大致可以归纳出常见的习惯性领字有单字领字、双字领字和三字领字三种：

1．单字领字

一般说来，充当单字领字的大都是副词、动词和形容词，如：

正、渐、向、任、但、便、倘、怎、恁、总、虽、乍、奈、更、况、并、方、将、未、已、应、莫、甚、须、对、且、最、为、再、自、漫、凭、纵、幸、暂、便、免、把、尽、想、欲、念、愿、怅、恣、恨、怨、怯、讶、忍、恐、怕、爱、嗟、喜、笑、料、叹、望、觉、痛、拟、疑、有、在、看、睹、览、听、问、道、倩、唤、诉、试、记、指、到、认、待、倚、负、动、放、遣、算、真、早、尽、似、若、信、惯、试、比等。

2．双字领字

双字领字的出现频率比单字领字高，但比三字领字的出现频率要低。常见的习惯性双字领字有：

安得、谙尽、把个、不是、不觉、不堪、不道、不妨、不忍、不忘、不合、别有、便即、便是、长是、长记、此个、才是、曾记、曾共、此日、但得、但愿、但看、但闻、但管、但有、待得、都缘、独自、底事、对着、而今、怪底、怪得、敢向、更兼、更引、更待、更被、更敢、更有、更堪、共说、好似、好在、还是、还倩、还被、还又、还见、还似、还须、还向、合是、合有、何必、何不、何况、何须、何处、何似、何事、浑似、浑是、见说、记得、尽是、尽教、借问、几度、渐觉、看来、堪羡、堪惜、堪笑、况是、况且、空使、空自、可似、可喜、可惜、留得、漫道、漫说、莫道、莫是、莫把、莫使、莫更、莫教、莫遣、莫非、莫怪、莫负、那堪、那怕、那况、那知、拟把、能不、偏是、叵耐、恰似、恰是、恰如、恰对、乞与、岂料、岂惟、且待、且把、且恁、且付、切莫、却忆、却道、却爱、却倩、却将、忍教、忍把、忍记、忍见、如此、若是、尚有、尚待、试看、试问、是处、似恁、说与、谁料、谁念、算来、闻道、闻说、无奈、无端、唯有、为甚、未必、未省、消得、休说、休辞、须知、须念、遥想、一自、一任、一似、一向、依旧、疑是、已是、因甚、因念、应念、应自、元是、犹记、犹是、犹到、犹觉、犹胜、犹恨、又恐、又被、又见、又还、又是、又却、又怕、也似、也要、也算、也有、也应、也拟、也恨、也悔、早是、早被、追念、追思、追想、只向、只是、只在、只要、只恁、只期、只让、只恐、只须、只堪、只将、只余、只今、只为、自然、自有、自念、直道、正是、正属、正好、正值、争似、争得、争奈、纵被、纵把、纵使、纵有、总道、终待、怎得、怎忍、最要、最惜、总合、总是等。

3. 三字领字

领字中最多的是三字领字，常见的习惯性三字领字如：

安排着、把而今、不似个、不信道、不枉了、不堪听、不曾得、不解寄、便早有、便是有、便纵有、便怎地、便争奈、便从此、便不解、便不是、便恁地、便莫赋、便欲趁、便拟做、便须信、便好与、便好把、便引得、便认得、便因甚、便唤作、便忘了、便和那、便只合、便只恁、便真个、便莫惜、便不念、便趁早、便当日、别是个、别有个、毕竟是、才领得、才觉出、才忘了、曾惯识、曾到处、曾不许、曾未见、曾暗识、长记得、长只恁、长孤负、除是恁、除非是、从今后、从此后、常念想、常自感、愁听得、愁不肯、都总是、都不是、都不管、都不见、都不胜、都休问、都休说、都莫问、都幻作、都道是、都尽道、都付与、都忘却、都只为、独自个、倒不如、待他年、待说与、待这回、待过了、待倩谁、待说来、待密付、得似个、独自个、但只恁、但早晚、但只恐、但只解、但莫负、但怪得、但认取、但记取、但莫道、但赢得、但起来、但怅望、但自觉、但想象、但长愿、留得个、待做个、便挽将、到处有、到这里、到恁时、到归时、到而今、定应被、第一是、断未负、断未许、动几许、定须将、定何似、等恁时、当是时、放眼看、分明是、分明似、分付似、分付与、更何况、更何妨、更忍向、更不怕、更休道、更莫把、更莫厌、更莫待、更莫惜、更一个、更没个、更那堪、更能消、更何须、更有些、更忆及、更对着、更傍那、更别有、更闲却、更可惜、更回首、更添了、更信有、更晓来、更难将、更爱惜、更堪嗟、更都来、更不忍、更那听、更休教、故要得、共作个、共道是、归来后、还须要、还又向、还又要、还又是、还得似、还又似、还记省、还又把、还遥想、还自笑、还似待、还重到、还买个、还暗忆、还应笑、恨不得、恨不见、好领取、好一个、好作个、何须教、浑忘了、浑当了、浑疑是、恨无奈、何曾道、忽追思、恍疑是、君不见、君莫忘、君莫笑、君休惜、君欲问、君看取、君试觑、君试数、皆因是、禁不住、经年价、见说道、近日来、近新来、尽消得、尽化作、尽占断、尽分付、尽输他、教说与、记那时、记曾共、记当日、记往昔、记当年、俱付与、渐消尽、渐岁晚、今休问、今夜里、今只有、见拥个、看破那、看不尽、看今日、看即是、看看是、看谁是、看是处、看自有、可直作、可煞是、空赢得、空留得、空怨忆、空追念、空只恁、空见说、空妒得、空记忆、空望极、况更有、可惜许、可惜恁、可惜被、堪爱处、恐便作、恐未免、堪叹处、堪嗟处、流不尽、留不住、料应也、料漫忆、料恨满、莫不是、莫辜负、莫轻负、莫忍教、莫不似、莫思量、莫也教、漫说道、漫数尽、漫回首、漫赢得、漫空倩、漫留得、漫相思、漫道有、漫记得、漫说向、漫遥指、每只向、每追念、每留念、漫念想、哪管他、那更堪、那堪更、那时间、那至此、那更是、那堪听、那堪被、那更被、那复有、念不到、念此际、念何处、念去来、奈刚要、奈彼此、奈何他、频回首、偏只怕、凭谁问、却不道、却有个、却胜似、却枉了、却误了、却道有、却不解、却又惹、却又因、却不忍、却因甚、切莫要、切莫遣、且看取、且惜取、且莫把、且任他、且相将、且图得、且莫恁、且莫辞、且听取、且任我、且乘闲、巧付与、强勾引、请看那、全不念、倩说与、恰正在、恁恐把、恁时节、如今又、若他时、忍重看、忍觑着、忍思量、若说与、数不尽、说不尽、算从来、算何须、算未比、算没个、算依旧、算只有、算惟有、算总是、算未肯、算未有、算犹有、算到头、算谁见、算谁是、算当时、算向来、赏不尽、似这般、试问道、尚不减、尚看他、尚记得、似记得、谁知道、谁信道、谁料得、谁问着、谁知是、谁得似、谁与问、谁会得、谁唤作、剩下了、似恁地、甚恁底、甚近日、甚时向、甚而今、甚处是、甚顿作、甚唤做、甚无端、生怕有、是处有、是处里、是几番、说不尽、始信得、深疑是、试与问、听几番、无非是、无怪乎、无计使、无限个、未曾闻、未消得、未关他、未应信、未肯向、问甚时、问别来、唯此地、惟独个、惟有个、唯剩有、惟是有、为当时、为怕见、望不见、望不断、望不尽、消得个、休忘却、休忘了、休追念、休待听、写不尽、消受得、须信道、须记作、虚过了、相见处、虚负了、幸自有、向此际、向谁道、向晚来、向记得、向其间、细念想、细思算、想如今、想恁时、又何况、又别是、又正是、又却是、又还近、又还见、又还将、又只恐、又不成、又早是、又早被、又岂识、又岂是、又岂关、又岂知、又却似、又却怨、又那得、又闻得、又争如、又争奈、又争忍、又争似、又争可、又何似、又能得、又何必、又何妨、又恐有、又还将、又还是、又谁料、又莫是、又添得、又准知、又奚必、又怎知、又怎生、又怎禁、又怕听、又更与、又不忍、又何苦、又却被、又重向、又恰见、又恐被、又那更、又却待、又说向、也不会、也合寄、也拟把、也不许、也莫为、也只是、也莫负、也不料、也休说、也不忍、也徒将、要争个、要趁他、有多少、忆几番、遥相望、元只是、愿听了、犹想见、犹剩得、犹记得、犹自有、犹赖是、犹未识、应相记、应有些、应自有、应自喜、应暗想、应便作、应未许、应不解、应不似、依前是、依旧是、因嗟念、因甚却、因动感、愿长恁、一恁待、与谁听、早晚是、早赢得、早已是、早是被、自过了、自赋得、自别有、最可怜、最堪怜、最堪爱、最妙处、最好是、最无端、最难忘、最难管、最苦是、最忺听、最得意、最难禁、最怜他、最妨他、最可惜、最谁苦、最先念、再休管、再休说、再休提、总不解、总付与、总不道、纵写得、纵留得、纵余得、纵消受、怎奈向、怎欠个、怎忍见、怎生得、怎脱去、怎得去、怎识得、怎抛却、怎奈向、怎似他、怎禁得、怎禁他、怎敌他、怎生向、怎生那、怎忘得、怎一个、怎不教、怎忍听、怎忍辜、争得似、争知道、争似此、争要做、争解说、这些儿、这一段、这次第、这闲里、真个是、只不过、只落得、只做得、只赢得、只留得、只恐他、只恐向、知甚时、知多少、直饶更、终不似、终须待、终须是、终不负、终不如、终不许、转思量、正坐久等。

三、领字的功能

领字的出现，最初当是为了配合合乐歌唱的需要。由于乐谱的失传，今人已经很难准确地揣测出领字是如何配合词乐声腔的，清李佳曾推测说：“词最忌板，须用虚字转折方活。如任、看、正、待、乍、怕、总、向、爱、奈、似、但、料、想、更、算、况、怅、快、早、尽、凭、叹、方、将、未、已、应、若、莫、念、甚、倘、便、怎、恁等类皆是。学者不晓音律，但谱一词，自唱数遍，觉有生硬，哑而不响，平侧不顺之字，屡屡易之，以求其谐。久之亦暗与音律自合。”（《左庵词话》）不懂音律的人怎么才能做到“久之亦暗与音律自合”，还是令人丈二和尚摸不着头脑。

其实，运用“领字”的结果，主要是在语句结构上，起到了对近体诗律句的颠覆和解构作用，这不仅造成了词句与诗句在结构上的鲜明不同，而且改变了词句的节奏。比如管领一句的几个领字：

叹鬓侵半苎（吴文英《莺啼序》）
当上苑柳秾时（柳永《黄莺儿》）
聚万落千村狐兔（张元干《贺新郎·送胡邦衡待制赴新州》）
纵芭蕉不雨也飕飕（吴文英《唐多令》）

上述以“叹”字领起的五字句、以“当”字领起的六字句、以“聚”字领起的七字句、以“纵”字领起的八字句，已经不是一个整合得亲密无间的语句，领字与其后的词之间存在着细微而明显的间距，以致各句分别成了1+4、1+5、1+6、1+7的复式结构；同时，原来律句的五言“二二一（或二一二）”、六言“二二二”、七言“二二二一（或二二一二）”、八言“二二二二”节奏，也相应变为“一二二”、“一二二一（一二一二）”、“一二二二”、“一二二二一（一二二一二）”节奏。习惯于律句结构的读者无法再用近体诗的规则去观照和理解含有“领字”的这些句子，所以歌唱或吟诵这类词的语句，不得不采用山断云连似的唱法或吟式，即在“领字”后略作一个停顿。这个停顿旧时称为“句读”的“读”，也就是在吟诵时“读”的领字不能与接下去的部分势如贯珠般地吟诵下去。领字颠覆和解构律句的直接效果，就是如同李佳所说的那样，能使本来板滞的词句“活”起来，呈现出一种抑扬顿挫的动感。因此，领字运用得好的词都非常适合吟诵，如周邦彦的《六丑·蔷薇谢后作》：

正单衣试酒，怅客里光阴虚掷。愿春暂留，春归如过翼，一去无迹。为问花何在？夜来风雨，葬楚宫倾国。钗钿堕处遗香泽。乱点桃蹊，轻翻柳陌，多情为谁追惜？但蜂媒蝶使，时叩窗槅。　　东园岑寂，渐蒙笼暗碧。静绕珍丛底，成叹息。长条故惹行客。似牵衣待话，别情无极。残英小，强簪巾帻；终不似、一朵钗头颤袅，向人欹侧。漂流处、莫趁潮汐。恐断红尚有相思字，何由见得。

先后使用了“正”、“怅”、“为问”、“葬”、“但”、“渐”、“似”、“终不似”、“恐”等多个领字，使全词显得跌宕起伏，抑扬高下，千回百折，错落有致。

至于领字的其他功能，应是因词而异。清人沈祥龙说：“词中虚字，犹曲中衬字，前呼后应，仰承俯注，全赖虚字灵活，其词始妥溜而不板实。”（《论词随笔》）他是着眼于一些起顺接或转接作用的领字而言的。还有些领字本身带有情感色彩，如“想”、“欲”、“念”、“怅”、“恨”、“怨”、“讶”、“忍”、“恐”、“怕”、“爱”、“嗟”、“喜”、“笑”、“叹”等，运用这类语词作领字，自然突出了作者的喜怒哀乐，起到了抒写心意、释放情感的作用。

第八节　对仗：容许创作自由

词中也有对仗，但与律诗的对仗规则相比，有很大的随意性。律诗的对仗一般必须做到“五相”、“三避”。“五相”即字数相等、词性相同、结构相似、意思相关和平仄相对；“三避”即避免重字，避免同律（两句语词平仄相同），避免合掌（两句意义相同）。而且，对仗的位置也都规定得很刻板，即颔联与颈联必须对仗。词的对仗却赋予了作者很大的创作自由，不再像律诗的对仗那样用字调声都得小心谨慎，比如程垓的词《最高楼》：

旧时心事，说着两眉羞。长记得，凭肩游。缃裙罗袜桃花岸，薄衫轻扇杏花楼。几番行，几番醉，几番留。　　也谁料，春风吹已断；又谁料，朝云飞亦散。天易老，恨难酬。蜂儿不解知人苦，燕儿不解说人愁。旧情怀，销不尽，几时休。

其中的对仗或七言，或五言，或三言；声调或者平仄相对，或者平仄相同；对仗中相同的字不少；而且，程垓对仗的位置，别的词人未必也用对仗。由此看来，词赋予文人的创作自由较近体诗多得多，概括言之，即可谓“四不”：“位置不定”、“平仄不拘”、“字数不限”和“重字不避”。

一、位置不定

词的对仗没有限定必须在哪个位置上。作者倚声填词想在什么位置对仗，可以随心所欲，只要那个位置提供了对仗的条件。试看下引的《玉楼春》词：

别后不知君远近，触目凄凉多少闷。渐行渐远渐无书，水阔鱼沉何处问。
夜深风竹敲秋韵，万叶千声皆是恨。故欹单枕梦中寻，梦又不成灯又烬。

（欧阳修）

桃溪不作从容住，秋藕绝来无续处。当时相候赤栏桥，今日独寻黄叶路。
烟中列岫青无数，雁背夕阳红欲莫。人如风后入江云，情似雨余黏地絮。

（周邦彦）

年年跃马长安市，客舍似家家似寄。青钱换酒日无何，红烛呼卢宵不寐。
易挑锦妇机中字，难得玉人心下事。男儿西北有神州，莫滴水西桥畔泪。

（刘克庄）

欧阳修的词没有对仗，刘克庄上阕的后两句和下阕的前两句使用了对仗，而周邦彦词除了首二句外全都采用了对仗形式。欧阳修自己曾作《玉楼春》二十余首，其中十二首上片三四句对仗，两首下片首二句对仗，一首上片三四句和下片首二句皆对仗，十三首完全没有对仗。

其他的词牌也是如此，晏殊《珠玉词》中收有他所作的《浣溪沙》十二首，每一首下片的首二句都是对仗，在这个位置上用对仗已经成为晏殊词的定则。但是，其他一些人的《浣溪沙》却并非如此，如：

百亩中庭半是苔，门前白道水萦回。爱闲能有几人来。　小院回廊春寂寂，山桃溪杏两三栽。为谁零落为谁开？（王安石）

花满银塘水漫流，犀槌玉板奏凉州。顺风环佩过秦楼。　远汉碧云轻漠漠，今宵人在鹊桥头。一声敲彻绛河秋。（苏轼）

脚上鞋儿四寸罗，唇边朱粉一樱多。见人无语但回波。　料得有心怜宋玉，只应无奈楚襄何。今生有分共伊么？（秦观）

送了栖鸦复暮钟，阑干生影曲屏东。卧看孤鹤驾天风。　起舞一尊明月下，秋空如水酒如空。谪仙已去与谁同。（陈与义）

秋水斜阳远漾金，平山隐隐隔横林。几家村落几声砧。　记得西楼凝醉眼，昔年风物似于今。只无人与共登临。（贺铸）

《踏莎行》词也是这样，不少作者以对仗开头，如“春色将阑，莺声渐老”（寇准）、“小径红稀，芳郊绿遍”（晏殊）、“临水夭桃，倚墙繁李”（黄庭坚）等，但也有些作者不以为然，自管自地以散句开篇：

一片花飞，青春已减，可堪南陌红千点。（吴则礼）
木落天寒，年华又暮。老来多病须调护。（王炎）

《临江仙》的上片结句，不少人用的是对仗：

风吹梅蕊闹，雨细杏花香。（晏殊）
谁知巴峡路，却见洛城花。（苏轼）
清风居士手，杨柳洛城腰。（陈师道）
风花飞有态，烟絮坠无痕。（李之仪）

可也有人偏偏不用对仗作结，如：

绿荷多少恨，回首背西风。（晁补之）
微波澄不动，冷浸一天星。（秦观）
登高怀远客，山影雁边横。（谢逸）
春风寒食夜，遗恨在封绵。（葛胜仲）

这些例证说明词的对仗并没有固定的位置，在提供了对仗基本条件的位置上，是否运用对仗的形式并没有硬性的规定。有的词牌貌似对仗有固定的位置，实际不然，如《西江月》，一般都在上下片的首二句对仗，然而，也有人并非如此，如欧阳炯词的开篇却是“月映长江秋水，分明冷浸星河”，张孝祥词的开篇则为“问讯湖边柳色，重来又是三年”。

二、平仄不拘

词中的对仗不像近体诗那样讲究声调，平仄严格相对、仄脚在出句、平脚在对句等一类的规则在词中都遭到了忽视。符合近体诗要求的工稳整饬的对仗，在词中固然不会受到排斥，而仅仅做到字数相等、词性相同、结构相似、意思相关的对仗，即使声调相同，在词中也被认为是合理的。

上面引述的对仗例子中，有一些对仗如果用近体诗的标准衡量，似乎很有些毛病，比如“当时相候赤栏桥，今日独寻黄叶路”，出句平脚收尾，对句仄脚收尾，近体诗不容许出现这种似乎本末倒置的对仗。同样，“烟中列岫青无数，雁背夕阳红欲莫（暮）”，出句和对句都以仄声字收尾，而且还相互押韵，这当然不可能出现在近体诗中。周邦彦笔下的这类对仗并非特例，相似的句子在词中屡见不鲜，如：

红杏了，夭桃尽。（苏轼《占春芳》）
南苑吹花，西楼题叶。（晏几道《满庭芳》）
桥倚高寒，鹊飞空碧。（张野《夺锦标·七夕》）
情随湘水远，梦绕吴山翠。（谢逸《千秋岁·夏景》）
旧歌空忆珠帘，彩笔倦题绣户。（史达祖《东风第一枝》）
一杯眇眇怀今古，万事悠悠付寒暑。（吴潜《青玉案》）
几度东风吹世换，千年往事随潮去。（戴复古《满江红》）

这些从三言到七言的对仗有个共同点，即出句和对句的尾字或上平下仄，或均为仄。除了这一点为近体诗所不允许外，其他部分都符合近体诗对仗平仄相对的要求。

在词的对仗中，还有一种情形：不仅尾字的声调不合近体规则，而且出句和对句的平仄不是相对，而是相同。这类有悖于近体诗对仗规则的对仗在词中是大量存在的，如：

左牵黄，右擎苍。（苏轼《江城子·密州出猎》）
红酥手，黄藤酒。（陆游《钗头凤》）
彩舟云淡，星河鹭起。（王安石《桂枝香·金陵怀古》）
柔情似水，佳期如梦。（秦观《鹊桥仙·七夕》）
月上柳梢头，人约黄昏后。（欧阳修《生查子·元夕》）
西顾郎官湖渺，东看庾楼人小。（黄庭坚《离亭燕》）
莺嘴啄花红溜，燕尾点波绿皱。（秦观《如梦令·春景》）
帘卷曲阑独倚，江展暮云无际。（无名氏《江亭怨》）
今夜觅梦池秀句，明日动探花芳绪。（史达祖《东风第一枝》）

从出句与对句二者的声调关系来看，上述这类对仗都不符合近体诗对仗的规则，不过，分而言之，每一个单句都是由近体诗平仄的基因构成的，全都遵从近体诗平仄交错的规则。

三、字数不限

与近体诗相比，词的对仗在字数上有了更大的回旋余地。律绝只能限制在五言或七言的框架之内，而词因为是长短句，所以从三言到七言，只要是字数相等的两句，都可以自由地选择对仗与否。换言之，词的对仗不受字数的局限，作者都可以在容许的框架内，展现自己的对仗艺术。

在现存的宋词中，不少对仗都显示了当时文人驾轻就熟的对仗艺术，如：

三言句：

碧云天，黄叶地。（范仲淹《苏幕遮·怀旧》）
花露重，草烟低。（欧阳修《阮郎归·踏青》）
转朱阁，低绮户。（苏轼《水调歌头》）

四言句：

密约沉沉，离情杳杳。（寇准《踏莎行·春暮》）
白沙远浦，青泥别渚。（辛弃疾《鹊桥仙》）
一川烟草，满城风絮。（贺铸《青玉案·春暮》）

五言句：

日边清梦断，镜里朱颜改。（秦观《千秋岁》）
落花人独立，微雨燕双飞。（晏几道《临江仙》）
雪里清寒逼，月下幽香袭。（邵叔齐《连理枝》）

六言句：

海上蟠桃易熟，人间秋月长圆。（晏殊《破阵子》）
相见争如不见，有情还似无情。（司马光《西江月·佳人》）
楼外河横斗挂，淮上潮平霜下。（贺铸《水调歌头·台城游》）

七言句：

无可奈何花落去，似曾相识燕归来。（晏殊《浣溪沙》）
绿杨烟外晓寒轻，红杏枝头春意闹。（宋祁《玉楼春》）
寒梅惊破前村雪，寒鸦啼落西楼月。（万俟咏《梅花引》）

隔句对：

玉艳淡薄，梨花带月；胭脂零落，海棠经雨。（万俟咏《卓牌子》）
兰堂夜烛，百万呼卢；画阁春风，十千沽酒。（柳永《笛家弄》）
梦里飞红，觉来无觅；望中新绿，别后空稠。（冯艾子《春风袅娜》）

三、四、六言句对仗和隔句对都是近体诗中所没有的。隔句对又称“扇对”，称“隔句对”最名副其实，如上引柳永词，“兰堂夜烛”与第三句“画阁春风”对仗，第二句“百万呼卢”与第四句“十千沽酒”对仗，中间都隔着一句，故称“隔句对”。

四、重字不避

近体诗的对仗一般都注意尽量少用重字，词则不然，对仗时是否有重字，都不太在意。宋人词中的对仗，屡屡有重字出现，仅以《卜算子》为例，就可以看出这一点：

水是眼波横，山是眉峰聚。（王观）

我住长江头，君住长江尾。（李之仪）

朝见树头繁，暮见枝头少。（刘克庄）

屈指数春来，弹指惊春去。（高观国）

我向河南来，伊向河西去。（汪元量）

有意送春归，无计留春住。（僧挥）

去也终须去，住也如何住。（严蕊）

而且，有些宋人还在对仗中刻意使用重字，有意追求重字对仗的表达效果。久而久之，有些词牌的某体甚至成了专门运用重字对仗的专体，《一剪梅》就是如此。在《一剪梅》系列中，没有运用重字对仗的周邦彦、吴文英的作品被视为“正体”，运用重字对仗的词作则被视为“变体”，有趣的是，“变体”《一剪梅》的影响要远远大于“正体”《一剪梅》。

首先创作“变体”《一剪梅》的大约是苏轼的中表亲程垓，其词集《书舟词》中即载有此词：

小会幽欢整及时，花也相宜，人也相宜。宝香未断烛光低，莫厌杯迟，莫恨欢迟。　　夜渐深深漏渐稀，风已侵衣，露已沾衣。一杯重劝莫相违，何似休归，何自同归。（《一剪梅》）

不知为什么，明人毛晋觉得这首词是苏轼所作，《四库提要》则不以为然，说该“词语意浅俚，在垓亦非佳制，可信其必非轼作。晋之所云，未详其何所据也”。著作权的问题姑置勿论，反正运用重字对仗的《一剪梅》似乎肇始于是词。

诚如纪昀等所评，这首词“语意浅俚”，确非上乘，不过词中的“花也相宜，人也相宜”、“莫厌杯迟，莫恨欢迟”、“风已侵衣，露已沾衣”、“何似休归，何自同归”等重字对仗却显得很是独特，很是新颖，很有些时尚。自从其词问世后，辛弃疾以下模仿追随的大有人在，据不完全统计，即有：

忆对中秋月桂丛，花在杯中，月在杯中。今宵楼上一尊同，云湿纱窗，雨湿纱窗。　　浑欲乘风问化工，路也难通，信也难通。满堂惟有烛花红，杯且从容，歌且从容。（辛弃疾《一剪梅·中秋无月》）

陌上行人怪府公，还是诗穷，还是文穷？下车上马太匆匆，来是春风，去是秋风。　　阶衔免得带兵农，嬉到昏钟，睡到斋钟。不消提岳与知宫，唤作山翁，唤作溪翁。（刘克庄《一剪梅·袁州解印》）

束缊宵行十里强，挑得诗囊，抛了衣囊。天寒路滑马蹄僵，元是王郎，来送刘郎。　　酒酣耳热说文章，惊倒邻墙，推倒胡床。傍观拍手笑疏狂，疏又何妨，狂又何妨！（刘克庄《一剪梅·余赴广东实之夜饯于风亭》）

谁剪轻琼做物华，春绕天涯，水绕天涯。园林晓树恁横斜，道是梅花，不是梅花。　　宿鹭联拳倚断槎，昨夜寒些，今夜寒些。孤舟蓑笠钓烟沙，待不思家，怎不思家。（方岳《一剪梅·客中新雪》）

人生能有几中秋，人自多愁，月又何愁。老娥今夜为谁羞，云意悠悠，雨意悠悠。　　自怜踪迹等萍浮，去岁荆州，今岁渝州。可人谁与共斯楼，归去休休，睡去休休。（李曾伯《一剪梅·乙卯中秋》）

万事如花不可期，花不堪持，酒不堪持。江天雪意使人迷，剪一枝枝，歌一枝枝。　　歌者不来今几时，姜影无词，张影无词。不歌不醉不成诗，歌也迟迟，雪也迟迟。（刘辰翁《一剪梅·和人催雪》）

人生总受业风吹，三岁儿儿，八十儿儿。深闺空谷把还持，啼看人知，啼怕人知。　　客中自种绿猗猗，月下横枝，雪下横枝。尊前百岁且开眉，今岁今时，前岁今时。（刘辰翁《一剪梅·和敖秋崖为小孙三载寿谢》）

剩蕊惊寒减艳痕，蜂也消魂，蝶也消魂。醉归无月傍黄昏，知是花村，不是花村。　　留得闲枝叶半存，好似桃根，可似桃根？小楼昨夜雨声浑，春到三分，秋到三分。（张炎《一剪梅》）

十年愁眼泪巴巴，今日思家，明日思家。一团燕月照窗纱，楼上胡笳，塞上胡笳。　　玉人劝我酌流霞，急捻琵琶，缓捻琵琶。一从别后各天涯，欲寄梅

花，莫寄梅花。（汪元量《一剪梅·怀旧》）

小巧楼台眼界宽，朝卷帘看，暮卷帘看。故乡一望一心酸，云又迷漫，水又迷漫。　　天不教人客梦安，昨夜春寒，今夜春寒。梨花月底两眉攒，敲遍阑干，拍遍阑干。（蒋捷《宿龙游朱氏楼》）

一片春愁待酒浇，江上舟摇，楼上帘招。秋娘度与泰娘娇，风又飘飘，雨又萧萧。　　何日归家洗客袍，银字笙调，心字香烧。流光容易把人抛，红了樱桃，绿了芭蕉。（蒋捷《舟过吴江》）

程垓使用重字对仗的技巧，不仅影响了宋朝文人，而且影响到后代的不少词家，元谢应芳，明刘基、凌云翰、程敏政、王世贞，清吴绮、彭孙遹、朱彝尊、查慎行、厉鹗等词人都曾模仿他而创作了重字对仗的《一剪梅》。

第九节　用韵：不再一成不变

近体诗律绝用韵的基本特征是押平声韵，偶句押韵，并且一韵到底，通篇如此，毫无变化。词的用韵却不再一成不变，而是呈现了灵活多变的生动样态。

一、有的押平声韵，有的押仄声韵

一首词的用韵全都是平声的，称平韵格，如柳永的《八声甘州》：

对潇潇暮雨洒江天，一番洗清秋。渐霜风凄紧，关河冷落，残照当楼。是处红衰翠减，苒苒物华休。惟有长江水，无语东流。　　不忍登高临远，望故乡渺邈，归思难收。叹年来踪迹，何事苦淹留？想佳人、妆楼颙望，误几回、天际识归舟？争知我、倚阑干处，正恁凝愁！

全词八韵，为“秋”、“楼”、“休”、“流”、“收”、“留”、“舟”、“愁”，所以称“八声”。平韵格的常见词还有《十六字令》、《南歌子》、《渔歌子》、《忆江南》、《潇湘神》、《捣练子》、《浪淘沙》、《江南春》、《忆王孙》、《江城子》、《长相思》、《醉太平》、《浣溪沙》、《巫山一段云》、《采桑子》、《诉衷情》、《画堂春》、《阮郎归》、《山花子》、《朝中措》、《眼儿媚》、《人月圆》、《柳梢青》、《太常引》、《少年游》、《鹧鸪天》、《南乡子》、《临江仙》、《小重山》、《一剪梅》、《唐多令》、《破阵子》、《喝火令》、《行香子》、《风入松》、《八六子》、《雪梅香》、《满庭芳》、《水调歌头》、《凤凰台上忆吹箫》、《汉宫春》、《扬州慢》、《玉蝴蝶》、《高阳台》、《寿楼春》、《望海潮》、《沁园春》等。

一首词的全部韵脚都是仄声的称仄韵格，如苏轼的《洞仙歌》：

冰肌玉骨，自清凉无汗。水殿风来暗香满。绣帘开，一点明月窥人，人未寝，倚枕钗横鬓乱。　　起来携素手，庭户无声，时见疏星渡河汉。试问夜如何？夜已三更，金波淡，玉绳低转。但屈指西风几时来？又不道、流年暗中偷换。

全词六韵，为“汗”、“满”、“乱”、“汉”、“转”、“换”，都是仄声。仄韵格的词也有很多，如《如梦令》、《生查子》、《醉花间》、《点绛唇》、《霜天晓角》、《卜算子》、《谒金门》、《好事近》、《忆少年》、《忆秦娥》、《醉花阴》、《望江东》、《鹊桥仙》、《夜游宫》、《踏莎行》、《蝶恋花》、《苏幕遮》、《淡黄柳》、《青玉案》、《暗香》、《桂枝香》、《雨霖铃》、《永遇乐》、《疏影》、《摸鱼儿》等。

同一个词牌，韵脚到底是平声还是仄声，有些时候由作者自己随心所欲地决定。宋人陈允平在其词集《日湖渔唱》中曾经说过：

《绛都春》，旧上声韵，今改平声。

《永遇乐》，旧上声韵，今移入平声。

《三犯渡江云》，旧平声，今改入声。

改换韵脚声调的原因或许在于试图适于歌唱，正如姜夔在自己的平韵《满江红》序中所说：“满江红旧调用仄韵，多不协律。如末句云‘无心扑’三字，歌者将‘心’字融入去声，方协音律。予欲以平韵为之，久不能成。因泛巢湖，闻远岸箫鼓声，问之舟师，云：‘居人为此湖神姥寿也。’予因祝曰：‘得一席风径至居巢，当以平韵《满江红》为迎送神曲。’言讫，风与笔俱驶，顷刻而成。末句云‘闻佩环’，则协律矣。”姜夔谙熟音律，所言或许有些道理，不过，同样谙熟音律的李清照对随意改换韵脚声调却不以为然，她在《词论》中曾批评道：“且如近世所谓《声声慢》、《雨中花》、《喜迁莺》，既押平声韵，又押入声韵；《玉楼春》本押平声韵，有押去声，又押入声。本押仄声韵，如押上声则协；如押入声，则不可歌矣。”究竟是公有理还是婆有理，在乐曲已经亡佚的今天，更加使人不知所从。总之，除了前人言及的这些词牌外，还有《柳梢青》、《多丽》、《天仙子》、《霜天晓角》、《忆秦娥》、《钗头凤》、《念奴娇》、《水龙吟》等，都既可押平韵，又可押仄韵。

二、有的押偶句韵，有的句句押韵或隔多句押韵

偶句押韵是近体诗用韵的特征之一，受到近体诗深刻影响的词，不少词牌采用的也是这种韵式，如欧阳修的《生查子·元夕》：

去年元夜时，花市灯如昼。月上柳梢头，人约黄昏后。　　今年元夜时，月与灯依旧。不见去年人，泪满春衫袖。

词的四个韵字“昼”、“后”、“旧”、“袖”都在偶句的句尾。齐言的词如此，句式长短参差的词同样有采用这种近体诗韵式的，如陆游的《卜算子·咏梅》：

驿外断桥边，寂寞开无主。已是黄昏独自愁，更著风和雨。　　无意苦争春，一任群芳妒。零落成泥碾作尘，只有香如故。

词的韵式不仅受到近体诗的影响，而且还受到乐府诗的影响，有些词便是采用了“柏梁体”句句押韵法，如范仲淹的《渔家傲》：

塞下秋来风景异，衡阳雁去无留意。四面边声连角起。千嶂里，长烟落日孤城闭。　　浊酒一杯家万里，燕然未勒归无计。羌管悠悠霜满地。人不寐，将军白发征夫泪。

全词十句，句句押韵。

作为一种长短句，字数多、篇幅长的词更多的是采用每隔若干句而押韵的韵式，如：

落日熔金，暮云合璧，人在何处？染柳烟浓，吹梅笛怨，春意知几许？元宵佳节，融和天气，次第岂无风雨？来相召、香车宝马，谢他酒朋诗侣。　　中州盛日，闺门多暇，记得偏重三五。铺翠冠儿，捻金雪柳，簇带争济楚。如今憔悴，风鬟雾鬓，怕见夜间出去。不如向帘儿底下，听人笑语。（李清照《永遇乐》）

全词“处”、“许”、“雨”、“侣”、“五”、“楚”、“去”、“语”八韵，每隔两句一用韵。不过，用韵所隔句数的多少并没有统一的规定，完全由各个词牌而定。如柳永的《夜半乐》：

冻云黯淡天气，扁舟一叶，乘兴离江渚。渡万壑千岩，越溪深处。怒涛渐

息，樵风乍起，更闻商旅相呼，片帆高举。泛画鹢、翩翩过南浦。　望中酒旆闪闪，一簇烟村，数行霜树。残日下、渔人鸣榔归去。败荷零落，衰杨掩映，岸边两两三三，浣纱游女。避行客、含羞笑相语。　到此因念：绣阁轻抛，浪萍难驻。叹后约丁宁竟何据？惨离怀、空恨岁晚归期阻。凝泪眼、杳杳神京路，断鸿声远长天暮。

三叠的“渚”、“处”、“举”、“浦”、“树”、“去”、“女”、“语”、“驻”、“据”、“阻”、“路”、“暮”十三个韵字，所隔句数不一，或隔一句，或隔两句，或隔三句。有些词韵脚相隔得更远，如周邦彦押入声韵的《双头莲》：

一抹残霞，几行新雁；天染断红，云迷阵影；隐约望中，点破晚空澄碧。助秋色。门掩西风，桥横斜照；青翼未来，浓尘自起；咫尺凤帏，合有人相识。　叹乖隔。知甚时恣与，同携欢适。度曲传觞，并鞯飞辔，绮陌画堂连夕。楼头千里，帐底三更，尽堪泪滴。怎生向、总无聊，但只听消息。

上阕从第六句才开始起韵“碧”，紧接一句用“色”字后，又隔五句后才用韵字“识”。这种韵脚距离非常疏阔的词比较少见，只有周邦彦的《西平乐》，柳永的《破阵乐》、《凤归云》等。

三、有的一韵到底，有的转韵

前面所举的柳永《八声甘州》、苏轼《洞仙歌》、欧阳修《生查子》、陆游《卜算子》、范仲淹《渔家傲》、李清照《永遇乐》、柳永《夜半乐》、周邦彦《双头莲》等，不管用韵是疏是密，有一点是相同的，即都一韵到底，这与近体诗相同（只是近体诗用平韵），而与近体诗用韵最为相异的是，词可以转韵，即在同一首词里，可以换用不同的韵字。一种情形是层递式转韵，即韵脚转换似有章可循，如：

碧桃天上栽和露，不是凡花数。乱山深处水萦回，可惜一枝如画为谁开？　轻寒细雨情何限！不道春难管。为君沉醉又何妨，只怕酒醒时候断人肠。（秦观《虞美人》）

春水，千里。孤舟浪起，梦携西子。觉来村巷夕阳斜。几家？短墙红杏花。　晚云做造些儿雨。折花去，岸上谁家女？太狂颠！笑那边，柳绵，被风吹上天。（辛弃疾《河传》）

秦词的上片先用仄韵“露”、“数”，后转平韵“回”、“开”，下片复转仄韵“限”、“管”，接着又转平韵“妨”、“肠”。辛词上片始用“水”、“里”、“起”、“子”四仄韵，再转“斜”、“家”、“花”三平韵；下片先用“雨”、“去”、“女”三仄韵，再转“颠”、“边”、“绵”、“天”四平韵。两次都是一层层地递转换韵，显得大体有些有规律。属于这种转韵方式的常用词还有《南乡子》（单调）、《蕃女怨》、《调笑令》、《昭君怨》、《菩萨蛮》、《更漏子》、《喜迁莺》、《清平乐》、《忆余杭》、《河渎神》、《河传》等。

另一种情形为错综式转韵，即韵脚转换没有规律可循，如下引二词：

长安道，投老倦游归，七十古来稀。藕花雨湿前湖夜，桂枝风淡小山时。怎消除？须殢酒，更吟诗。　　也莫向、竹边辜负雪；也莫向、柳边辜负月。闲过了，总成痴。种花事业无人问，惜花情绪只天知。笑山中，云出早，鸟归迟。（辛弃疾《最高楼》）

宝马晓鞴雕鞍，罗帏乍别情难。那堪春景媚，送君千万里。半妆珠翠落，露华寒。红蜡烛，青丝曲，偏能钩引泪阑干。　　良夜促，香尘绿，魂欲迷，檀眉半敛愁低。未别心先咽，欲语情难说。出芳草，路东西。摇袖立，春风急，樱花杨柳雨凄凄。（五代薛昭蕴《离别难》）

辛词上片用“归”、“稀”、“时”、“诗”四平韵，下片先转“雪”、“月”，继而转回同一韵部的“痴”、“知”、“迟”三平韵。此词平仄韵交错使用，尚属简单明了，薛词却复杂得多：上片先用平韵“鞍”、“难”，再转仄韵“媚”、“里”，又转回平韵“寒”，继而用仄韵“烛”、“曲”，接着又再次转回平韵“干”。下片始用仄韵“促”、“绿”，再转平韵“迷”、“低”，又转仄韵“咽”、“说”，继则转回平韵“西”，接下去复转仄韵“立”、“急”，最后转回平韵“凄”。全词韵脚转换得令人眼花缭乱。大约再没有别的词韵脚转换得如此错综繁复。属于错综式转韵的常用词还有《荷叶杯》、《定西番》、《相见欢》、《上行杯》、《酒泉子》、《定风波》等。

四、有的平仄通押，有的以方言口语入韵

近体诗押平声韵，而且绝对不能平声仄声通押，词则自由得多，有的可以平仄通押，如贺铸的《六州歌头》：

少年侠气，交结五都雄。肝胆洞，毛发耸。立谈中，死生同，一诺千金重。

推翘勇，矜豪纵，轻盖拥，联飞鞚，斗城东。轰饮酒垆，春色浮寒瓮。吸海垂虹。闲呼鹰嗾犬，白羽摘雕弓，狡穴俄空，乐匆匆。　似黄粱梦，辞丹凤；明月共，漾孤篷。官冗从，怀倥偬，落尘笼，簿书丛。鹖弁如云众，供粗用，忽奇功。笳鼓动，渔阳弄，思悲翁，不请长缨，系取天骄种。剑吼西风。恨登山临水，手寄七弦桐，目送归鸿。

上片交错使用八平韵“雄”、“中”、“同”、“东”、“虹”、“弓”、“空”、“匆”和八仄韵“洞”、“耸”、“重”、“勇”、“纵”、“拥”、“鞚”、“瓮”，下片则交错使用十仄韵“梦”、“凤”、“共”、“从（zòng）”、“偬”、“众”、“用”、“动”、“弄”、“种”和九平韵“篷”、“笼”、“丛”、“功”、“翁”、“缨”、“风”、“桐”、“鸿”。

对这一现象，清人万树慧眼有识，曾在其书《词律》的《发凡》中说“凡调用平仄通协者颇多，如《西江月》、《换巢鸾凤》、《少年心》，俱显而易见”，并且具体指出宋代词人柳永《曲玉管》、苏轼《戚氏》、黄庭坚《鼓笛令》、周邦彦《渡江云》、杜安世《渔家傲》、洪皓《江城梅花引》、蔡伸《丑奴儿慢》、康与之《大圣乐》、杨无咎《二郎神》、辛弃疾《哨遍》、石孝友《蝶恋花》和《惜奴娇》、陈允平《绛都春》、吴文英《丑奴儿慢》、张炎《渡江云》、蒋捷《昼锦堂》和《大圣乐》等词作中平仄通押的例证。他还不客气地说，“此等调向来谱家皆未究心，致多失注，使本调缺韵”。他所批评的“谱家”大概囿于近体诗不准平仄通押的老例而看走了眼。

上引贺词的韵字中没有入声字，万树列举的柳永等人词中平仄通押的也无入声字，似乎入声字不在平仄通押之列。其实早在五代时，词中已经出现了入声与平声通协的现象：

水上鸳鸯比翼，巧将绣作罗衣。镜中重画远山眉，春睡起来无力。　细雀稳簪云髻，含羞时想佳期。脸边红艳对花枝，犹占凤楼春色。（五代欧阳炯《西江月》）

上片三个韵脚分别为平韵字“衣”、“眉”和仄韵字“力”，下片三个韵脚分别为平声字“期”、“枝”和入声字“色”，上下片的首句尾字入声字“翼”和“髻”也被安排为韵字。宋词中少有入声与平声通押的词例，但并非绝无，如杜安世的《惜春令》：

春梦无凭犹懒起，银烛尽，画帘低垂。小庭杨柳黄金翠，桃脸两三枝。　妆阁慵梳洗，闷无绪，玉箫抛掷。絮飘纷纷人疏远，空对日迟迟。

上片的两平声字“垂”、“枝”与下片的入声字“掷”、平声字“迟”通押。宋人沈义父曾说，“平声却用得入声字替”（《乐府指迷》），前面亦曾言及，一些词牌的仄韵也可以易为平韵，平仄互易的现象不仅仅是便于歌唱，而且也说明所谓“入派三声”并不是自宋元易代时开始的。语音的变化过程是个漫长而渐进的过程，很难设想一进近古，中古的入声立刻裂变为平、上、去。至于入声与上声、去声的通押，王国维早已指出：

稼轩《贺新郎》词：“柳暗凌波路。送春归，猛风暴雨，一番新绿。”又《定风波》词：“从此酒酣明月夜，耳热。”“绿”、“热”二字皆作上、去用。与韩玉《东浦词·贺新郎》以“玉”、“曲”协“注”、“女”，《卜算子》以“夜”、“谢”协“节”、“月”，已开北曲四声通押之祖。（《人间词话》）

词之所以用韵比近体诗自由，可以平仄通押，刘永济曾解释道：“尝考诗韵之严，起于唐代，而流滥于宋人。唐代试士有限韵之制，宋人和诗以险韵见奇。及其风尚既成，遂坚不可破。词则或起自闾巷，或用于燕间，在当时为小道，故平仄既可通叶，方音亦能入韵，寻其轨迹，似反近于古诗。”（《词论》）

由此可见，起于闾巷燕间的“小道”词，宋人吟唱起来只要顺口，不管平声仄声都照押不误。而且如刘永济所说，有的词人甚至于以方音口语入韵。这一点清人王鹏运早有指出，他在为宋王炎《双溪诗余》所作的跋文中说：“双溪此集，以方音协者十居三四，其时取便歌喉，所谨严者在律不在韵，故不甚以为嫌。”为了“取便歌喉”，谐于乐曲，使用方音也是情理中事。在他之前，戈载也曾说过：

宋人词有以方音为叶者，如黄鲁直《惜余欢》“阁”、“合”同押；林外《洞仙歌》“锁”、“考”同押；曾觌《钗头凤》“照”、“透”同押；刘过《辘轳金井》“溜”、“倒”同押；吴文英《法曲献仙音》“冷”、“向”同押；陈允平《水龙吟》“草”、“骤”同押，此皆以土音叶韵，究属不可为法。（《词林正韵·发凡》）①

① 引者按：戈载《词林正韵·发凡》此处引文有误，林外《洞仙歌》韵字中无“考”字，“考”当为“老”之讹。刘过《辘轳金井·席上赠马佥判舞姬》韵中无“溜”字。陈允平所存两首《水龙吟》韵字中均无“草”、“骤”二字。然其所指宋词以方音入韵现象确实存在。

戈氏《词林正韵》一书尽管成为清晚期以迄民国词人填词的圭臬，尽管在音韵学史上地位相当重要，但是其书是否完全反映了宋词用韵的真实面貌，却不免令人怀疑。因为想对全宋词作穷尽式扫描和周严性归纳，在戈氏那个时代相当不易。何况其人尽管认为“词韵与诗韵有别”，分韵也大致考虑到宋词用韵的实际，但似乎总是难免有排斥“韵”与“时”俱进之嫌，发现“宋人词有以方音为叶者”，却认为“究属不可为法”，便是证明。戈氏还指出了宋人词中使用口语的现象：

唯有借音之数字，宋人多习用之，如柳永《鹊桥仙》“算密意幽欢，尽成辜负”，“负”字叶方布切；辛弃疾《永遇乐》“凭谁问、廉颇老矣，尚能饭否”，“否”字叶方古切；赵长卿《南乡子》“要底圆儿糖上浮”，“浮”字叶房逋切；周邦彦《大酺》“况萧索青芜国”，“国”字叶古六切；潘元质《倦寻芳》“待归来碎揉花打”，“打”字叶当雅切；姜夔《疏影》“但暗忆江南江北”，“北”字叶逋沃切；韩玉《曲江秋》亦用“国”、“北”叶“屋”、“沃”韵；吴文英《端正好》“夜寒重长安紫陌”，“陌”字叶末各切；《烛影摇红》“相闲金茸翠亩”，“亩”字叶忙补切；蒋捷《女冠子》“羞与闹蛾儿争耍”，“耍”字叶霜马切之类，略举数家，已见一斑。相沿至今，既有音切，便可遵用，故一一补于各韵之末。（《词林正韵·发凡》）

认为方言土音入韵“不可为法”，对时人口语以为“便可遵用”，意见当否是另外的问题，关键是以方言口语入韵表明宋人赋词在用韵方面的确不像唐人吟咏律绝那般咬文嚼字似的刻板和审慎。

五、有的押重字韵，有的通篇押一字韵

近体诗押韵使用重复的韵字被视为诗家大忌，词却使用了也无妨。词中最常见的重韵是出于修辞技巧的需要而有意使用重复的韵字。如此用韵不仅不使人觉得厌烦，反倒令人感到活泼俏皮，如下述几首词：

吴山青，越山青。两岸青山相送迎，谁知离别情？　　君泪盈，妾泪盈。罗带同心结未成，江头潮已平。（林逋《长相思》）

恨君不似江楼月，南北东西。南北东西，只有相随无别离。　　恨君却似江楼月，暂满还亏。暂满还亏，待得团圆是几时？（吕本中《采桑子》）

窗前谁种芭蕉树？阴满中庭。阴满中庭，叶叶心心，舒卷有余情。　　伤心

枕上三更雨，点滴霖霪。点滴霖霪，愁损北人，不惯起来听！（李清照《添字采桑子》）

暗香横路雪垂垂，晚风吹。晓风吹，花意争春，先出岁寒枝。毕竟一年春事了，缘太早，却成迟。　　未应全是雪霜姿，欲开时。未开时，粉面朱唇，一半点胭脂。醉里谤花花莫恨，浑冷淡，有谁知。（辛弃疾《江神子·赋梅，寄余叔良》）

这些词中的重韵有的是由于词句重复而出现的，如吕词的“南北东西”、“暂满还亏”和李词的“阴雨中庭”、“点滴霖霪”，有的是因为特殊的对仗而形成的，如林词的“吴山青”、“越山青”和辛词的“晚风吹”、“晓风吹”、“欲开时”、“未开时”。这类展示作者文字功夫的重韵在宋词中比较常见。

还有一种因为强化词意的表达而自然出现的重复韵字，如：

春归何处？寂寞无行路。若有人知春去处，唤取归来同住。　　春无踪迹谁知？除非问取黄鹂。百啭无人能解，因风飞过蔷薇。（黄庭坚《清平乐》）

风住尘香花已尽，日晚倦梳头。物是人非事事休，欲语泪先流。　　闻说双溪春尚好，也拟泛轻舟。只恐双溪舴艋舟，载不动许多愁。（李清照《武陵春》）

黄词中第一次出现的韵字“处”用在问句中，重复的韵字出现在作答的假设句中，前后自然贯通，令人浑然不觉。李词中第二个“舟”字承接头一个“舟”字，从容过渡，从舟载人船过水无痕似的滑向舟载“愁”，完成了一个极为高明的夸张修辞，所以丝毫不显得啰唆和冗赘。这种重韵在宋词中虽然还很稀见，但它与前一种重韵一起说明词容得下作为律绝避忌的重复韵字。

宋词中还有一种特殊的重韵，即全篇使用同一个韵字，如辛弃疾的《柳梢青（莫炼丹难）》通篇用“难”韵，刘克庄的《转调二郎神·再贺》通篇用“省”韵，蒋捷的《声声慢·秋声》通篇用“声”韵，石孝友的《惜奴娇》通篇用“你”韵等，其中具有可读性的是蒋、石二人的作品：

黄花深巷，红叶低窗，凄凉一片秋声。豆雨声来，中间夹带风声。疏疏二十五点，丽谯门不锁更声。故人远，问谁摇玉佩，檐底铃声。　　彩角声吹月堕，渐连营马动，四起笳声。闪烁邻灯，灯前尚有砧声。知他诉愁到晓，碎哝哝多少蛩声。诉未了，把一半分与雁声。（蒋捷《声声慢·秋声》）

我已多情，更撞著、多情底你。把一心、十分向你。尽他们，劣心肠，偏有你。共你，风了人，只为个你。　　宿世冤家，百忙里，方知你。没前程，阿谁似你。坏却才名，到如今、都因你。是你，我也没星儿恨你。（石孝友《惜奴娇》）

蒋词上下阕各四韵，从始至终押一个“声”字韵，读来直觉得秋声满耳，非常新奇别致，丝毫没有啰唣重复的感觉。石词上下阕各五仄韵，只用一个韵字“你”，说尽有缘男女之间的情爱，鲜活生动，俗而不鄙，清李调元说它“开曲儿一门”（《雨村词话》），确实有理。

这种全篇仅用同一个韵字的词体，可以称为“独字韵体”。它与宋代词坛上的所谓“福唐独木桥体”似乎有些渊源关系。“福唐独木桥体”一名始出自黄庭坚的词《阮郎归·效福唐独木桥体作茶词》：

烹茶留客驻金鞍，月斜窗外山。别郎容易见郎难，有人思远山。　　归去后，忆前欢，画屏金博山。一杯春露莫留残，与郎扶玉山。

何以称“福唐独木桥体”，莫知所以。“福唐”是宋代福州的别称，或许始作俑者与其地有关。黄词并不高明，但其用韵有些另类，即上下阕各四平韵中偶句韵皆使用同样的韵字“山”。重复出现的四个“山”字似乎淹没了另外不同的四个韵字，形成其词韵脚的突出特征。“独字韵体”则在“福唐独木桥体”的基础上进一步膨胀，干脆所有的韵脚都使用同一个韵字。

属于“独字韵体”的尚有黄庭坚《瑞鹤仙（环滁皆山也）》、方岳《瑞鹤仙·寿丘提刑》、赵长卿《瑞鹤仙·归宁都，因成，寄暖香诸院》、李曾伯《瑞鹤仙·戊申初度自韵》、蒋捷《瑞鹤仙（玉霜生穗也）》等。黄词改作欧阳修《醉翁亭记》，全篇通押一个“也”字；方、赵、李、蒋都赶时髦，跟在黄庭坚之后亦步亦趋，以一“也”字通押全篇。这些词作虽然如方岳词序所说为“时文体”，但读起来都味同嚼蜡。

辛弃疾也有一首词形式上与“独字韵体”类似，好像全篇仅押“些”字韵：

听兮清佩琼瑶些，明兮镜秋毫些。君无去此，流昏涨腻，生蓬蒿些。虎豹甘人，渴而饮汝，宁猿猱些。大而流江海，覆舟如芥，君无助狂涛些。　　路险兮山高些，愧余独处无聊些。冬槽春盎，归来为我，制松醪些。其外芬芳，团龙片凤，煮云膏些。古人兮既往，嗟余之乐，乐箪瓢些。（《水龙吟·用“些语”再题瓢泉，歌以饮客，声韵甚谐，客皆为之釂》）

实际上此词有些模仿骚体的味道，全篇押的是“长尾韵”，即韵脚在韵句的倒数第二个字，句尾再缀以楚辞《招魂》句末的虚词“些”。上片的韵字“瑶”、“毫”、“蒿”、“猱”、“涛”与下片的韵字“高”、“聊”、“醪”、“膏”、“瓢”分别拖着同一条“些”的尾巴，虽有游戏成分，倒也不失别致，作者自说唱给酒友听，酒友们都兴奋得浮一大白（醻），这恐怕不是吹牛。

另外，还有一种所谓的句中韵，也叫句中暗协，如：

歌声未尽处，先泪零。（周邦彦《绮寮怨》）

东篱把酒黄昏后。（李清照《醉花阴》）

怕凤鞋挑菜归来。（史达祖《寿楼春》）

这种句中出现的所谓韵字，多半是由于与韵脚韵母相同或相似的汉字在一句之内彼此偶然邂逅而已，虽然也有文人热衷这种特殊的押韵法，终不过一种文字游戏而已。

第十节　填词：依样画葫芦

作词，习称“填词”，就是依照某一词牌的词谱，将相应的语言材料填充进去。正如《御制词谱序》所说：“夫词寄于调，字之多寡有定数，句之长短有定式，韵之平仄有定声，杪忽无差，始能谐合。”不过，依据词谱填词首先得词谱“靠谱”，词谱要是不十分准确可靠，填出的词来恐怕就有点儿“不靠谱”。而今所见的词谱都不是在穷尽所有宋词的前提下抽象归纳出来的，所以难免就有些靠不住。其次，绝大部分词谱不像律绝那样容易记忆，赋词时必须手头案边有本词谱，这就很麻烦。于是，前人便创造出一个稳妥的赋词方法——依样画葫芦，即背熟几首前人的佳作，再依其平仄格式和韵式照葫芦画瓢。

一、词谱系列及价值

真正意义的词谱应该是词所依附的乐谱，可惜宋朝还没有终结，乐谱却已经烟消云散了。流传下来的姜夔的十七首词虽然带有旁谱，然“节拍如西域梵书状者，亦无人能通其说”（《四库提要》）；清代谢元淮的《碎金词谱》纵然附有宫调工尺谱，也很难断言其中含有宋代乐谱。如今所谓的词谱描画的不过是词的平仄格式。

这种词谱的肇始者不是宋人，而是去宋两百余年之后的明人。根据现存资料，最早的当是明人周瑛的《词学筌蹄》。周瑛在其书自序中说："此编以调为主，诸事并入调下。且逐调为之谱，圜者平声，方者侧声，使学者按谱填词，自道其意中事，则此其筌蹄也。"只是其书不如略微晚出的张綖《诗余图谱》更广为人知。张綖其书在明季很受推崇，有个叫王象晋的农学家在为其刻本所作的序中说："南湖张子创为《诗余图谱》三卷，图列于前，词缀于后，韵脚句法，犁然井然。一披阅而调可守，音可循，字推句敲，无事望洋，诚修辞家南车已。"不过，清人的评价却大不相同，《四库提要（存目）》就说："是编取宋人歌词，择声调合节者一百十首，汇而谱之，各图其平仄于前，而缀词于后。有当平当仄，可平可仄二例，而往往不据古词，意为填注。于古人故为拗句以取抗坠之节者，多改谐诗句之律。"看来，张綖既不懂音律，又特癖好近体诗，所以对词中的"拗"句很看不上眼，并且把它任意"改谐"律句。

明清之际又有程善明的《啸余谱》和赖以邠的《填词图谱》行世。程善明认为"人有啸而后有声，有声而后有律有乐。流而为乐府，为词曲，皆其声之绪余也"（《啸余谱·自序》），所以名其书为《啸余谱》。此书受到万树的恶评，说它"触目瑕瘢，通身罅漏"（《词律·发凡》）。永瑢等也赞同万树的看法，说其书"平仄字数，皆出臆定，久为词家所驳"［《四库提要（存目）》］。赖以邠自诩他的《填词图谱》"依古图谱之法，既广搜罗，复精考订。鲁鱼悉正，沧海无遗"（《填词图谱·凡例》），万树却尖刻地指斥其书："图则葫芦张本（按指张綖《诗余图谱》），谱则瞶捧《啸余》。持议或偏，参稽太略。……列调既谬，分句尤讹。云昭示于来兹，实大误夫后学！"（《词律·自叙》）

取代上述种种词谱在词史上地位的是康熙年间问世的两部巨著：《词律》与《御定词谱》（或名《钦定词谱》）。《词律》为万树所撰，全书二十卷，收六百六十调，一千一百八十余体。其书是在批判明人词谱谬误的基础上撰成的，在词的分类、分体、断句、声调等问题上提出了自己的见解，如认为词按字数分为小令、中调、长调不合理，认为明人词谱"最无义理者是第一体、第二体等排次"，指出旧谱五七言断句的毛病，上声、去声有时可以代替平声，词的转折跌宕处多用去声，古词抑扬顿挫多用拗字等。永瑢等人对这些长处都极推崇，称赞其书"千虑而一失者，虽闲亦有之。要之，唐宋以来，倚声度曲之法，久已失传，如树者固已十得八九矣"（《四库提要》）。晚清经学家俞樾更是夸赞"《词律》一书为词家正鹄"，"此在词学中，亦可云学览之潭奥，摛翰之华苑矣"。（《词律序》）《御定词谱》全书四十卷，是王奕清、陈廷敬等人奉康熙帝圣旨，在万树《词律》基础上撰成的。因为晚出，所以避免了《词律》的某些“舛漏”，收调八百二十余，体两千三百余。永瑢等称其书“每调各注其源流，每字各图其平仄，每句各注其韵叶，分刌节度，穷极窈眇，倚声家可永守法程”（《四库提要》）。

《词律》、《御定词谱》二书都是大部头的著作，填词者无法随身携带，使用起来很不方便。于是，以后又相继出现了一些小巧玲珑的“携带本”，其中著名的是乾隆年间舒梦兰的《白香词谱》（以下略称舒谱）、近人龙榆生的《唐宋词格律》（以下略称龙谱）和王力的《诗词格律》（以下略称王谱）。三谱收录的都是常用词牌，舒谱收一百调，龙谱一百五十三调，王谱收五十调。三谱解说简明扼要，排印清晰，优于上述诸谱。

万树《词律》和官修《御定词谱》的主要价值在于：首先，可以让人明了各种词牌的结构特征、句式构造的灵活性；其次，有助于人们了解每一词牌的流变史，包括始创、名解、异名、原属宫调、同一词牌的各种变体等；再次，借助于作者对明人词谱的批判，可以认识词这种格律诗不同于近体诗的独特性，如上声、入声有时可以代替平声，有时平仄可以通押，有时可以换韵等。

不过，按照词谱作者的本意而言，词谱的编修主要还是为了填词。万树说：“词谓之‘填’，如坑穴在焉。以物实之而洽满，如字可以易，则枘凿背矣，即强纳之而不安。”比喻很形象，词谱就如同挖好的一个个坑，填充的物件必须大小合适，否则就像方榫头插圆榫眼一样，彼此不容。就是说填的字必须平仄准确，不能随便更换。然而，问题是这些词谱是各吹各的号，各弹各的调，给出的“坑穴”并不尽然相同，这就使得填词者面对它们挖好的“坑穴”无所适从。

二、词谱的陷阱

从舒谱、龙谱和王谱中随手拈来一个词牌《念奴娇》，试看它们对平仄格式的具体描述，原来图谱的符号不一，为了看得清楚，一律改成文字表述[1]：

《念奴娇》

舒谱	龙谱	王谱
中平中仄，	中平中仄，	中平中仄，

① 笔者按：“中”字表示可平可仄。舒谱据《白香词谱笺》，广东人民出版社 1981 年版。龙谱据《唐宋词格律》，上海古籍出版社 1978 年版。王谱据《诗词格律》，中华书局 2000 年版。

仄中平中仄，※	仄平中中仄，※	仄平平中仄，※
中中平仄（韵）。※	中平平仄（韵）。※	中平平仄（韵）。※（或仄平中、中仄中平平仄）。
中仄中平平仄仄，	中仄中平平仄仄，	中仄中平平仄仄，
中仄中平平仄（韵）。	中仄中平平仄（韵）。	中仄中平平仄（韵）。
中仄平平，	中仄平平，	中仄平平，
中平中仄，	中平中仄，	中平中仄，
中仄平平仄（韵）。	中仄平平仄（韵）。	中仄平平仄（韵）。
中平平仄，※	中平中仄，※	中平中仄，※
仄平平仄中仄（韵）。※	仄平平仄中仄（韵）。※	中平平仄平仄（韵）。※
中仄中仄平平，	中仄中仄平平，	中仄中仄平平（或中平中仄平平），※
中平中仄，※	中平中仄，※	中平平仄（或中仄平平），※
中中平平仄（韵）。※	中仄平平仄（韵）。※	中仄平平仄（韵）。※
中仄中平平仄仄，	中仄中平平仄仄，	中仄中平平仄仄，
中仄中平平仄（韵）。	中仄中平平仄（韵）。	中仄中平平仄（韵）。
中仄平平，	中仄平平，	中仄平平，
中平中仄，	中平中仄，	中平中仄，
中仄平平仄（韵）。	中仄平平仄（韵）。	中仄平平仄（韵）。
中平平仄，※	中平平仄，※	中平中仄，※
中平平仄平仄（韵）。※	仄平平仄平仄（韵）。※	中平平仄平仄（韵）。※

【引者注】※表示三谱或两谱相异者。

以上《念奴娇》词牌选择的是三谱中相同的一体，双调一百字，上下片各十句，四仄韵。在全词二十句中，两谱或三谱相异的竟达八句之多。这么多形状不一的“坑穴”，让填词者究竟是填平声字还是填仄声字？如果选择其中的一种格式填词，以另外“坑穴”挖得不一样的词谱来衡量，究竟算对还是算错？

而且，如以宋人辛弃疾同一词牌为例，用三谱来检验时，会发现宋词多有不符之处。先看上片：龙谱和王谱第二句第二字均定为平声（舒谱为可平可仄），但宋人作仄声的不胜枚举，如：

听一声啼鸟［周邦彦《念奴娇（醉魂乍醒）》］
正海棠临水［曾纡《念奴娇（江城春晚）》］
见一枝独放［李光《念奴娇（榕林叶暗）》］
是历遍人间［朱敦儒《念奴娇（老来可喜）》］
正露荷擎翠［张元干《念奴娇（江天雨霁）》］
乍雨清烟霭［王之道《念奴娇（碧天无际）》］
正露零仙掌［史浩《念奴娇（银潢耿耿）》］
向晓来微雨［曾觌《念奴娇（群花渐老）》］
正洞庭木落［倪偁《念奴娇（素秋向晚）》］
堕玉京仙子［辛弃疾《念奴娇（戏赠善作墨梅者）》］

舒谱第二句第三字作平声（龙谱可仄可平，王谱模棱两可），而宋人笔下作仄声的亦不少见：

有多少方镇［李纲《念奴娇（晚唐姑息）》］
算无地倾倒［毛幵《念奴娇（王孙老去）》］
正金菊芙蓉［赵彦端《念奴娇（棠阴绿遍）》］
听画角吟风［姚述尧《念奴娇（山城秋早）》］
正夺目花光［沈瀛《念奴娇（郊原浩荡）》］
似邹鲁儒家［辛弃疾《念奴娇（君诗好处）》］
得抽脚篮中［李曾伯《念奴娇（云胡不喜）》］

上引赵彦端以下诸人词句的第五字均作平声，而三谱却都定了仄声。其实无须如此烦琐，随便翻翻宋人同牌词作即可寻见不合三谱的平仄，如龙谱、王谱第三句第二字均定为平声（舒谱为可平可仄），辛词《用韵答傅先之提举》“还有奇节”却为上声字“有”，而叶梦得词“沧海沉沉”为上声“海”，田为词“满院秋色”是去声“院”。第三句第三字三谱均作平声，而张榘词“几番击节”为入声字“击”，吴潜词“来从太素”为去声字“太”。第十句第一字舒谱和龙谱都定为仄声（王谱可平可仄），王之道词“无言暗想烟树”为平声“无”，辛词“春寒犹自如此”却为平声字“春”。

再看下片：第二句第三字王谱定为平声（舒谱和龙谱可平可仄），辛词“东山岁晚”为去声字“岁”，另一首“与公臭味”为去声字“臭”，又一首“一枝最爱”为去声字“最”。第九句第三字舒谱和龙谱定为平声（王谱可平可仄），辛词“无多笑我”却为去声字“笑”。第十句第一字龙谱定为仄声（舒谱和王谱可平可仄），而辛词“朝来波浪翻屋”为平声字“朝”，另一首“光阴只在弹指”为平声字“光”，又一首“长庚应伴残月”为平声字“长”。

以上三谱定为平声之处，宋人填入了上声或入声字或者还可以曲为之说，因为宋时填词有以上声字或入声字代替平声字的现象；然而，令人困惑的是，今人实在无法弄清楚作者是不是在使用“权宜变声”法。倘若非得制“谱”，以上三谱第二句与宋词龃龉的词句恰恰大都是“领字 + 衍生律句”，被定为平声的位置恰恰是“一三不论”的位置。这倒反证了长短句的句式大都为律句。可以填入入声、去声字的地方，被死死定为平声，恰恰说明词谱挖出的“坑穴”本身就不合理。

无须列举更多的例子，由《念奴娇》一个词牌，即可以看出三谱之间的龃龉及共同存在的问题。谓予不信者，自己可以动手验证。其实，抽象、归纳词谱是件颇为麻烦和费力不讨好的事。因为一则谁都难以对宋词作穷尽式的扫描和翻览，如此一来，根据的资料就难免有些遗漏；二则宋人时以上声、入声代替平声，上声和入声本来就是仄声，确定声调时只有平、仄、可平可仄三种，那些代替平声的上声或入声，究竟定平为宜还是定仄为宜，殊难决断。况且，到底有哪些上声或入声是代替平声的，如无作者自注，也很难断定。

既然宋人的词作与后人所编的词谱声调多有不合，那么词谱的权威性就不能不受到怀疑，所谓填词之“指南”、“圭臬”之类的谀辞就不能不大打折扣。虽然依据这些词谱提供的“坑穴”一个萝卜一个坑地填词，大体可以做到八九不离十，但严格追寻起来，还是会授人以柄。那么，今人填词就没有更为合适的办法吗？有，那就是——依样画葫芦。

三、最好依样画葫芦

带湖吾甚爱，千丈翠奁开。先生杖屦无事，一日走千回。凡我同盟鸥鸟，今日既盟之后，来往莫相猜。白鹤在何处？尝试与偕来。　　破青萍，排翠藻，立苍苔。窥鱼笑汝痴计，不解举吾杯。废沼荒丘畴昔，明月清风此夜，人世几欢哀？东岸绿荫少，杨柳更须栽。

这是辛弃疾的《水调歌头》。这个词牌是宋人常用的词牌之一，辛弃疾就作了近四十首。不仅作品繁多，而且体式多样。按照这首词的平仄填出的词作，如果以三谱来衡量，也许会挑出所谓不合词牌平仄格式的“毛病”，不过填词者则尽可不管不顾，因为谁敢说豪放派的旗手辛弃疾的词不守平仄规矩！只有孤陋寡闻的人才会株守那些并不十分精确的词谱。

时代在前进，朝代已更换，填词并不意味着非要抱残守缺。有些陈规旧矩已经风化了多年，甚至连具木乃伊都未曾留下，今人大可不必再去刻意遵循一些论者告诫的择腔选调、句用四声、依据《词林正韵》等问题。

四、无须再择腔选调

在词能够配乐歌唱的那个时代，依附于某一宫调乐谱的词牌固然都具备自己的声情特征，填词者要使自己的词适合演唱，就必须考虑抒发的情感与乐谱所属宫调的声情若合一契。绝不能乐谱是喜悦的，填的词却是哀婉的，或者乐谱是激越的，填的词却是低沉的。然而，时间的流水已经把乐谱冲刷得荡然无存，词牌的声情特征变得模糊不清。有人试图借助于元曲宫调的声情特征来推导宋词，元人周德清《中原音韵》曾说“小石旖旎妩媚”，意思是属于小石调的乐曲都柔媚温婉，于是有人推测说属于小石调的宋词声情特征大约就是“旖旎妩媚”。

《蝶恋花》属于小石调，宋人这一词牌中确实有很多作品显得“旖旎妩媚”，但是不“旖旎妩媚”的也并不罕见，如：

急鼓疏钟声报晓，楼上今朝，卷起重帘早。环佩珊珊香袅袅，尘埃不到如蓬岛。　何用珠玑相映照？韵胜形清，自有天然好。莫向尊前辞醉倒，松枝鹤骨偏宜老。（李夫人）

狂滥生涯今几许，敕赐湖天，万顷烟波主。约我小舟同老去，要前一叶风掀舞。　邂逅同寻溪上路，淡墨题诗，正在云深处。别后作书频寄语，无忘林下萧萧雨。（蔡楠）

朱阙玉城通阆苑，月桂星榆，春色无深浅。萧瑟篌笙仙客宴，蟠桃花满蓬莱殿。　九色明霞裁羽扇，云雾为车，鸾鹤骖雕辇。路指瑶池归去晚，壶中日月如天远。（丁谓）

李词清高自持，蔡词超然自适，丁词通篇富贵气，它们都何曾有半点“旖旎妩媚”？

有的论者说乐谱失传，还可以宋人词作所表现的文情特征去揣摩某一词牌的声情特征，如说《满江红》大都显得激昂慷慨，的确，像岳飞的《满江红》，读罢总难忘那种怒发冲冠、壮怀激烈的豪迈振奋。不过，试看周邦彦的《满江红》：

昼日移阴，揽衣起、香帷睡足。临宝鉴、绿云撩乱，未忺妆束。蝶粉蜂黄都褪了，枕痕一线红生肉。背画栏、脉脉悄无言，寻棋局。　　重会面，犹未卜。无限事，萦心曲。想秦筝依旧，尚鸣金屋。芳草连天迷远望，宝香薰被成孤宿。最苦是、蝴蝶满园飞，无人扑。

全词如李清照的《声声慢》似的“凄凄惨惨戚戚”，与激昂慷慨毫不沾边。

宋人沈括早就说过“今人则不复知有声矣。哀声而歌乐词，乐声而歌怨词”，连“今人”即北宋人对乐谱的声情特征都分不清所以然了，今人难道还要相信和恪守南宋人杨缵《作词五要》“第一要择腔”、“第二要择律”云云的教导吗？

词牌的声情特征是在乐谱存在的条件下，由旋律的各种音乐因素如音高音低、节奏急缓等决定的，并不像有的论者所说短句多就显得怅慨壮烈，贺铸的《六州歌头（少年侠气）》激昂慷慨乃是缘于其词表现的内容和抒发的情感，并非词中三言句多所致，而韩元吉的《六州歌头（东风着意）》却是使用同样数目的三言句抒发出缱绻缠绵的风致。

因此，今人只要选择喜爱的词牌，尤其是那些引得人遐思和联想的词牌，就尽管随心所欲地填词。比如《千秋岁》，词牌名很有祝祷人长寿的意味，为亲朋好友祝寿时不妨填上一曲。论者或许说《千秋岁》声情哀婉，前人多用以抒发幽怨凄楚的情感，甚至用来写悼词，黄山谷悼秦七就曾写《千秋岁（苑边花外）》。但是，宋人周紫芝的《千秋岁（小春时候）》、黄公度的《千秋岁（郁葱佳气）》不就是在“人人尽祝千秋岁”吗？宋人填词尚且如此，今人这样填又何必吹毛求疵！《寿楼春》也是如此，祝愿长者居住华屋之中青春永驻，以其祝寿岂非名实相符。如《御定词谱》所说，此调盖为宋人史达祖的自度曲，龙榆生以为“声情低抑，全作凄音”，“殆为悼亡之作”，但今人移作寿词，也并不值得大惊小怪，说白了，这就叫旧瓶装新酒，时移世易，填词也须与时俱进。

五、不必介意尾句的用声戒律

关于词谱中的仄声“坑穴”如何填充，清人万树有一种说法：“平仄固有定律矣，然平止一途，仄兼上、去、入三种，不可遇仄而以三声概填。盖一调之中，可概者十之六七，不可概者十之三四。须斟酌而后下字，方得无疵。此其故，当于口中熟吟，自得其理。”（《词律·发凡》）他的这条戒律，还是具有一定的合理性，如遇到“转折跌荡处”是仄声的“坑穴”宜填去声，因为大部分宋人确实特别注重去声字的运用。当然，宜填去声也不见得是金科玉律，如果涉及文意难违，填上声、入声也无大妨害。但万树有的言论则纯属往自己的脖子上套枷锁，如所谓尾句最末两字仄声必须用一去声一上声。他说：“尾句尤为吃紧，如《永遇乐》之‘尚能饭否’、《瑞鹤仙》之‘又成瘦损’，‘尚’、‘又’必仄，‘能’、‘成’必平，‘饭’、‘瘦’必去，‘否’、‘损’必上，如此然后发调。末二字若用平上或平去，或去去、上上、上去，皆为不合。”（《词律·发凡》）他如此定声的理由，真叫人想不明白，万氏在世时，乐谱已经散佚了四百多年，看来不是合乐的原因。如果是出于吟诵的需要，则见仁见智，难求共识。最重要的是绳之以宋词，他的说法就不攻自破了。试看辛弃疾的同名词《永遇乐》的尾句：

这回稳步。（《送陈仁和自便东归，陈至上饶之一年，得子，甚喜》）
更邀素月。（《梅雪》）
片云斗暗。（《检校停云新种杉松，戏作……》）

“稳步”、“素月”、“斗暗”，难道符合他所谓的“去上”吗？再看辛词的三首《瑞鹤仙》尾句：

鲁公拜后。（《寿上饶倅洪莘之，时摄郡事，且将赴漕举》）
数声画角。（《赋梅》）
欲归未得。（《南剑双溪楼》）

“拜后”为去去，“画角”为去入，“未得”为去入，也没有一个是去上。由此可见万氏的立论是何等粗疏。

至于四言句一句用四声，北宋词人周邦彦虽然首开其例，如他的《扫花游》的“晓阴翳日”（上平去入）、《解连环》的“手种红药”（上去平入）等，然起而效尤的不过是南宋格律派词人姜夔、吴文英、张炎等，不过这到底近乎文字游戏，更不足以奉为填词的准则。

六、只管用今音

宋人赋词并没有一本韵书作参考，只要便于歌唱，听起来和谐，哪怕是方言都可以拿过来充当韵脚。清人毛奇龄说："词本无韵，故宋人不制韵，任意取押。虽与诗韵相通不远，然要是无限度者。"（《西河词话》）说"词本无韵"有些言过其实，"不制韵"即不制韵书倒是有些眼光。还是清人杜文澜的话更接近宋人赋词用韵的实际，他说："宋词用韵有三病：一则通转太宽，二则杂用方音，三则率意借协。"（《憩园词话》）不过，他列举的三种情况倒不见得都是"病"，如今我们读宋词，大部分作品大体上感觉还是和谐有致的。

语音随着时代的发展而变化着，唐诗中许多韵字而今用普通话读起来根本不和谐，同样，宋词中被清人所诟病的某些韵字，而今也是让人觉得不太合辙。但是，在当时它们似乎是合辙押韵的。比如谢章铤批评周密："吾请征之周草窗，先与盐不同部也，而《鹧鸪天》合之。庚青与侵不同部也，而《恋绣衾》合之。庚青与真文不同部也，而《梅花引》、《声声慢》、《浣溪沙》合之。《江城子》且并合于蒸与侵矣。至莺在庚部，而吴梦窗《木兰花慢》则押入江阳矣。草窗《眼儿媚》、《浣溪沙》，则押入真文侵矣。"他所说的周密词，大约就是"燕子时时度翠帘，柳寒犹未褪香绵"（《鹧鸪天》）、"芳蹊有恨时时见，趁游丝、高下弄晴。生怕被春归了，赶飞红、穿度柳阴"（《恋绣衾》）之类。其实，属于"盐部"的"帘"与属于"先部"的"绵"，至今还很押韵；属于"庚部"的"晴"与属于"侵部"的"阴"，在从小生活在江南的周密那里也很合辙，正如现在的南方人仍然分不清前鼻音和后鼻音一样。由此也可以推断，宋人赋词用韵就是觉得顺嘴上口而已，他们根本不会在意自己的韵脚是否符合后人所编的《词林正韵》。

《词林正韵》的编撰是在宋灭五百余年后，它究竟在多大程度上还原了宋词用韵的原貌，那是音韵学家研究的问题。只是倘若按照戈载所归纳的词韵去赋词，朗诵起来并不见得都是和谐的，比如"微部"的"霏"与"依"，"齐部"的"啼"与"闺"，"灰部"的"槐"与"梅"，"屋部"的"菊"与"国"，"佳部"的"柴"与"阶"等。而且试想：在21世纪的今天，想写几首唐人创制的律绝或者宋人定夺的长短句，还得手不释卷地翻阅金人编的《平水韵》，或者清人编的《词林正韵》，选择一些如今并不朗朗上口的韵脚，总叫人有种时空错位之感。

因此，赋词时最稳妥的用韵方法就是用今音。用今音，是运用现代汉语普通话的语音，最好避免方言土语。没什么特殊的原因，就是尽量少点儿流通的障碍。湖北人的方言“买鞋子”，北方人误听成“买孩子”；广东人说“唔知”，北京人会听成“母鸡”；大文豪苏东坡是四川人，被贬谪到惠州，喜欢吃荔枝，当地人告诫他“一啖荔枝三把火”，他听成要“日啖荔枝三百颗”，明明是吃太多要上火的东西，此翁却声称每天要吃上那么多荔枝，竟然还变成名句流传下来。这都是方言土语惹的祸。所以除地方戏之外，赋词还是少用方音为宜。

至于在长短句的句子中间，明白“入派三声”的道理后，根据表意的需要，适当地使用一些入声字也无不可。本来是仄声的“坑穴”，填进中古时的入声字，固然无妨；本来是平声的“坑穴”，填进已经变为普通话平声的入声字，也无可非议。这就叫权变，孟老夫子文中有段与辩士的对话：

淳于髡曰：“男女授受不亲，礼与？”

孟子曰：“礼也。”

曰：“嫂溺，则援之以手乎？”

曰：“嫂溺不援，是豺狼也。男女授受不亲，礼也；嫂溺，援之以手者，权也。”（《孟子·离娄上》）

齐国的辩士淳于髡问孟子：“男女之间不亲手递送和接受东西，这是礼的规定吗？”孟子答道：“是礼的规定。”淳于髡又问：“嫂子快要淹死了，要不要用手去拉她？”孟子回答：“嫂子快要淹死而不援手，那是野兽。男女之间授受不亲，是礼的规定；嫂子淹在水里，用手去拉她，这叫‘权’。”“权”就是权变，就是对老规矩在不同场合作出的变更。这种儒家智慧或者称油滑的处世哲学，借用在运用今音赋词上倒会增加一些艺术表现的自由度。

总而言之，笔者的观点是：填词并不见得非得以近人编的“词谱”为依据，只要有宋人词作的先例，只管依照它的平仄格式填写，纵使这个先例与诸家的“词谱”不合，也不必视为违背规则。而且，填词者当以意境为上，所谓“词谱”者，不过是蹄筌而已。庄子云：“筌者所以在鱼，得鱼而忘筌；蹄者所以在兔，得兔而忘蹄；言者所以在意，得意而忘言。”既得己意，何管乎蹄筌。